天机长安

叶飒 著

辽宁人民出版社

图书在版编目（ＣＩＰ）数据

天机长安 / 叶飏著 . — 沈阳：辽宁人民出版社，
2024.7
　　ISBN 978-7-205-11103-8

　　Ⅰ．①天… Ⅱ．①叶… Ⅲ．①长篇历史小说－中国－
当代 Ⅳ．① I247.5

中国国家版本馆 CIP 数据核字（2024）第 072742 号

出版发行：辽宁人民出版社
　　　　　地址：沈阳市和平区十一纬路25号　邮编：110003
　　　　　电话：024-23284191（发行部）　024-23284304（办公室）
　　　　　http://www.lnpph.com.cn
印　　刷：三河市天润建兴印务有限公司
幅面尺寸：165mm×235mm
印　　张：18
字　　数：240千字
出版时间：2024年7月第1版
印刷时间：2024年7月第1次印刷
责任编辑：孙姝娇
封面设计：乐　翁
版式设计：李梓祎
责任校对：吴艳杰
书　　号：ISBN 978-7-205-11103-8
定　　价：56.00元

目　录

第一章　命案

永徽五年（654），长安城。天蒙蒙亮，一切似乎都如往常一样平静，突然间，空荡的街面传来一阵急促的马蹄声，一名穿着大理寺差服的差人，快马加鞭疾驰到一处宅邸，不等马匹站稳就翻身下马，冲到大门前拼命拍打起来。很快，一位老仆就打开了大门，见来人是大理寺的公差。公差语气急促地说道："请马上转告骆大人，杜大人有急令，命所有官员即刻前往大理寺。"此时的骆沉青早已经在卧室听到了谈话，他不敢怠慢，赶忙换好公服赶去大理寺点卯。出了自己的家门走到街上，敏锐的直觉让他意识到，今天的长安城似乎与往日有些不同，本来应该肃静的街面上多了许多御林军，这不禁让他有些诧异。昨晚不是他当值，所以对京城御林军的调动并不知情，他下意识地摸了摸身上傍身的半块玉佩，不禁加快了脚步。

当他走入大理寺的大门，几个相熟的差役纷纷向他打着招呼："骆大人早上好。"骆沉青也微笑着点头回应，但他发现这些人的脸色似乎都有些严肃。他唤过一个叫陈长河的衙吏问道："昨夜可是发生了什么事？为何大家的脸色都不怎么好看？"

"骆大人，您还不知道吗？"陈长河反问道，"昨夜可出了了不得的大事了，各位大人都在内堂，您还是赶紧去看看吧。"

"哦！"骆沉青心中一沉，皱了皱眉头，心道：果然出事了！

他挥了挥手让陈长河退下，脚下的步伐也紧了紧，奔向内堂。

骆沉青一进内堂，就发现大理寺所有的官员全都到了，并且人人的脸色都显得很严肃。来迟的骆沉青拱手向大家告了个罪，随后站到了自己的位置上，注视着自己的上司大理寺卿杜若。

只见杜若环视了一下众人，清了清嗓子，沉声说道："人都来齐了吧？"

当值官吏清点了一下人数，回禀道："回大人，除了告假的三人外，人都到齐了。"

杜若点了一下头，示意自己已经知道了，然后又开口道："诸位，这一大清早的就把各位召集来，想必有些人已经知道昨夜京城发生的事情了，一夜之间，京城居然发生了十七桩命案，死者里面有江湖人士，也有朝廷的命官。"

听闻此言，骆沉青不由得心中一惊，他没想到昨晚的长安城居然会发生这样的大事！

只听杜若又说："陛下雷霆震怒，京畿重地居然会有如此猖狂之徒，这是对皇上和朝廷的蔑视和挑衅！陛下已经下旨，着令大理寺、靖安司和御林军共同彻查此案，誓要将这些法外之徒捉拿归案。"杜若顿了顿说："不知道诸位同僚有什么想法？"

随后堂上就是一片窃窃私语，骆沉青看向杜若，发现杜若也用一种期待的目光注视着他，他略加思索拱手道："大人，卑职觉得此事在一夜之间骤起，一定不是偶然的，肯定是有幕后主使，而且是早有预谋的。"

杜若点了点头，说："那骆大人可有破获此案件的思路？"

大家纷纷转头看着骆沉青，他在大理寺办案多年，屡破奇案，能力是有口皆碑的，并且他还有着别人无法理解的破案手段，因此大家都对他寄予厚望。

骆沉青朗声说道："回大人，此事事关重大，卑职也不敢托大，会尽力查办此案，尽快给皇上和大人一个交代。"

杜若严肃的脸上露出了一丝微笑，他对这个下属向来是很器重的，说骆沉青是大理寺第一办案高手也不为过，于是他下令："本官任命骆沉青为本案的主办官，发放令牌手书，诸君须全力协助骆大人查办此案，不得有误！"

众官员纷纷道："遵命！"

会议散后，骆沉青领了令牌和手书，带了两个亲随，前往停尸房查看。为了保证尸体能够长久保存，停尸房选在了干燥阴暗类似于冰窖的地方，骆沉青常年办案，对此倒是毫不在意，而两位随从也是见多识广的人，没有表现出任何不适应。

十七具尸体被编号整齐地摆放在停尸间内。骆沉青三人凑上前仔细观察，奇怪的是这些尸体面色看上去并没有大量失血的苍白，反而还有一些红润。骆沉青让随从唤来仵作，仔细询问情况。

仵作回复道："启禀骆大人，小人仔细查看了尸体，并没有发现明显的外伤。随后又进行了验毒，发现这些人也没有中毒的迹象。这样外伤和毒杀都可以排除，小人目前也没有查探出死因。"

骆沉青皱了皱眉，沉声说道："这杀人手法确实有些蹊跷，仵作，这就随我一起进一步仔细验尸。"

仵作答应一声，赶紧拿来了验尸所用的工具。骆沉青俯下身去，开始对尸体进行检验。

确实，从尸体的外部来看，看不出任何外伤，随着尸体被解剖，奇怪的事情发生了，尸体的内脏遭到了重创，很多脏器都被震碎了。

随后，其他几具尸体也一一被解剖，竟是一样的情景。

仵作也是大吃一惊，惊叫道："大人，这种情况小人从未见过，身体表面完好而内脏皆碎，我也不知道凶徒使用的是什么手段。"

骆沉青皱了皱眉，陷入了沉思。

这杀人于无形的手法，似乎和师父教给自己的秘法有很多相似之处，借助机关术的加持，使自己的力量和速度成倍增长，一击制敌，却丝毫看不出外伤。

看来这些凶徒的来头不简单啊！骆沉青心想。

"我立刻去向杜大人禀报，尔等定要看护好尸体，任何人没有我的命令都不得靠近。"说完，骆沉青迈步向外走去。

两名随从应了一声，立刻调派人手将停尸房戒严。

"有这等事？"杜若也惊诧道。

"依下官看，此事背后绝不简单！"骆沉青说，"这些凶徒使用的手法在江湖中几乎绝迹，此番再现，对于朝廷和百姓来说将是一场大祸！"

"那依你看，这案子要怎么查才好？"杜若很是急切，他可不想因为这件案子弄得自己乌纱不保，甚至有可能人头落地。

"下官准备先去西市探查一番，那里三教九流、鱼龙混杂，江湖人士常往来于此地，消息也是极为灵通，或许能有什么收获。"骆沉青答道。

"好，好，那你就速去！"杜若有些迫不及待。

骆沉青告了个罪，随即转身走出大理寺府衙，朝着西市走去。

第二章　巧遇

大唐西市是长安城最繁华的贸易集市，商业贸易西至罗马、东到高丽，是占地面积最大、建筑面积最大、业态最发达、辐射面最广的世界贸易中心、时尚娱乐中心和文化交流中心。在这里不仅可以看到各色的百货商品，更是可以遇到各种肤色、各种语言的贸易者，最重要的是，这里信息发达，也是大理寺和靖安司获得情报的重要场所。

骆沉青一路走一路观察，并没有发现什么异常，这里还是像往常一样熙熙攘攘，一片祥和，百姓们似乎并不知道昨夜长安城发生的状况。

走了许久，骆沉青感觉有些累，抬头看到了一间叫作"朋聚来"的茶楼。他心想：茶楼这种三教九流聚集之地消息最为灵通，不妨进去打听一下，顺便也喝碗茶歇歇脚。

于是骆沉青迈步走进了茶楼，店小二一见有客人上门，立刻热情地迎了上来，满脸堆笑道："官爷您来了，里边请！"

"给我找一处上好的位置，再来一壶明前龙井。"骆沉青吩咐。

小二领着骆沉青来到了二楼靠窗的位置，转身就去准备茶水。

骆沉青靠着窗，喝着茶，从这里可以直接看到西市大街，对街上的情景一目了然。他看似悠闲地喝着茶，实则屏气凝神、目光如炬，两耳也聚拢了周边的声音。

谈天说地的、议论国事的、笑谈风月的，各类声音都被他尽收入耳。听了一阵，他感觉并没有得到值得关注的信息，正想回神专心喝茶，突然，一个声音吸引了他的注意。这是一个带着浓重异域口音的声音，听起来还很熟悉。

骆沉青转过头去，看着不远处一个熟悉的白色背影，微笑着说道："老尹，好久不见，可否过来坐坐？"

那人听到呼唤，身形一顿，紧张地立即转身看向声音的源头。直到看清楚了骆沉青的样貌，才松了一口气，立刻换上一副笑脸，"原来是骆大人啊，吓了我一跳！"随后就踱了过来。

等他坐定，骆沉青开口问道："老兄怎么如此紧张，可是又在生意场上得罪了什么人，怕人寻仇不成？"

"骆大人这话说的，我尹甲做生意那可是本本分分，童叟无欺，哪会有什么仇人？"那人皮笑肉不笑地操着一口生硬的官话说道。

"那我叫你，你何必这么紧张？"骆沉青反问。

"唉！"尹甲叹了一口气，"大人您是不知道，现在我国和百济关系不好啊，两国之间的战争随时可能爆发，而这长安城里的百济国商人对我们也是越来越不友好，有时候言语不和就对我们大打出手，我也是尽量躲开他们，所以大人刚刚叫我的时候我就有些紧张。"

尹甲，高句丽人，几年前就来到长安城进行商贸，经常会在两地贩运一些特产。在骆沉青还没有升任大理寺少卿的时候，两人便有过往来，关系一直处得不错。此人堪称长安城消息最灵通的人士之一。

骆沉青笑道："长安城可不是边关之地，我大唐的王法在这里可是严格得很，你还怕那些百济人吃了你不成？"

"不怕一万，就怕万一嘛！"尹甲笑道，随后他脸色一变，"骆大人恐怕是为昨夜长安之事而来的吧？"

骆沉青心里一沉，说道："尹兄不愧是长安第一神通啊，昨晚发生的事你这么快就知道了？"

"嘿嘿嘿，"尹甲干笑几声，"也是略有耳闻罢了。"

"那尹兄可知昨夜之事什么来头？"骆沉青问。

"也只是听闻。"尹甲喝了一口茶，并没有立刻作答。

"少卖关子，速速回答我的问题，不然以后我可不照顾你的生意了。"骆沉青半开玩笑地说。

"别啊，骆大人，小人的生意以后还得仰仗大人的关照呢！"随后尹甲挪了挪微胖的身体，往骆沉青身边凑了凑，压低声音说，"我听说昨夜的案子与江湖中的一件宝物有关，各门各派都在争夺这件宝物。"

"宝物？"骆沉青摸了摸鼻子，示意他继续说。

"对，是宝物，但是具体是什么宝物我也不知道，只知道传言得了这件宝物的人可以一统江湖，号令群雄。"尹甲故作神秘地继续说，"而且这件宝物还关系着大唐王朝的秘密。"

"是什么秘密?"骆沉青追问。

"那小人就不得而知了。"

骆沉青心中开始思索,到底是什么样的宝物引起了这么大的腥风血雨?

尹甲看到骆沉青陷入沉思,立即起身告辞,骆沉青也没有留他,点了点头放他离去。

连续命案、秘术、江湖、王室……这看似不相干的几件事,到底有什么样的关联呢?骆沉青一时间也找不到头绪。

第三章　遇袭

喝完茶,骆沉青抬头看了看天色,时候也不早了,他决定先返回大理寺,和同僚们一起商议一下此案的线索和思路。想到这,他便结了茶钱,转身离去。

在返回的路上,骆沉青走得有些慢,他心里还在盘算着案件的来龙去脉以及尹甲刚才说的那番话,不知不觉走进了一处僻静的地方。

就在此刻,作为武者的他突然心生警觉,感觉有一股潜在的危机感将他包围。他立刻停下脚步站定,环顾四周,手也紧紧握住了自己的佩刀。

猛然间,从阴影中和房上窜出几条人影,带着劲风向他扑来,速度奇快。来不及思考,骆沉青本能地抽出长刀,挥刀格挡。

只听"当!当!当"几声脆响,他瞬间就挡住了几名黑衣人的进攻,随后大喝一声："何方鼠辈，光天化日之下竟敢行刺朝廷命官！"

黑衣人并不作答，继续对他施展杀招，骆沉青也摆开架势，与他们缠斗在一起。

几个回合过去，骆沉青发现这些人不是一般的杀手，他们是经过训练的，攻守协同都非常有组织性，他们招招狠辣，都是奔着杀死骆沉青而来。

当然，骆沉青也不是等闲之辈，能坐到大理寺少卿的位子上也是手头有些功夫的。又过招了十几个回合，他开始适应了对方的围攻招式，开始逐渐占据上风。黑衣人久攻不下，也担心打斗会引来靖安司的注意，眼见无法尽快杀死骆沉青，为首的一个人大喝一声，黑衣人纷纷撤退。

骆沉青岂能放过他们，随后追击。没想到其中一名黑衣人突然转身，手中甩出一枚暗器。骆沉青躲闪不及，肩胛处顿时一麻，他心知不好，这暗器上定然有毒。

于是他放弃继续追击黑衣人，看着他们离去，骆沉青靠着墙坐了下来。他撕开衣服露出肩头，果然，在肩胛处钉着一枚梅花刺，而周围已经泛着瘀黑。

他知道这毒性必然很强，须尽快服下解毒药，于是点了自己的几处要穴，暂时封住了毒气，打算回到大理寺请名医去毒疗伤。

跌跌撞撞走了很久，骆沉青感觉毒性越来越大，头脑也逐渐不受自己控制，突然眼前一黑，昏死了过去。

不知过了多久，骆沉青悠悠转醒，他抬眼看了看四周，发觉自己躺在室内的一张床上。旁边一位老和尚面露喜色，柔声问道："施主你醒了，感觉怎么样？"

"水……"骆沉青低声说道，毒性加上失血，让他此刻虚弱不堪。

旁边过来一位小和尚，端来一碗清水。骆沉青接过碗一饮而尽。

果然水是生命之源，喝完后骆沉青感觉好了很多，这才顾得上仔细端详站在窗前的老和尚。只见这老和尚面容慈祥，一派长者风范。

"多谢大师救命之恩，骆某没齿难忘。"

"施主何来谢字，救人乃出家人的本分，更何况施主昏倒于本寺门口，贫僧就更不能袖手旁观了。"老和尚微笑作答。

骆沉青点了点头，又仔细看了看老和尚的脸，猛然想起来这不正是大慈恩寺的方丈净空大师吗？当年他随着众官员拱卫陛下来庙里礼佛，得见大师数面，加之他当差办案，对人的特征记忆力尤强，所以现如今认了出来。

"原来是净空大师救了我。"骆沉青说。

"善哉善哉，正是贫僧，施主原来认得我？"净空也有点意外。

"是，下官乃是大理寺少卿骆沉青，见过大师。"

"原来是骆大人，贫僧不知，还望恕罪。"净空回礼。

"不敢当，在下感念大师救命之恩。"

"施主何故身受重伤，且昏倒在本寺门口？"净空问，"而且施主中的这毒也甚是歹毒，毒性十分厉害！"

"下官是为了追查一桩案子，从西市出来后遭到偷袭，一个没留神才身中暗器。"骆沉青回答道。

"原来如此。"方丈没有再打听其他，只是说道，"施主的伤一时半会儿恐怕也难以返回大理寺，天色已晚，不如今夜就留在本寺，贫僧也好给施主继续祛除毒性。"

"那就叨扰大师了。"骆沉青心知他现在的伤情确实无法回到大理寺，不如就留在寺中静养，待到明日再返回复命。

"施主何来叨扰，贫僧求之不得。"净空说完，突然脸色一肃，话锋一转，继续问道，"方才贫僧为施主疗伤之时，无意中看到施主身上有半块玉佩，不知是何来历？"

骆沉青一愣，没想到方丈会问这个问题，他停顿了片刻答道："实不相瞒，这半块玉佩是家师之物，我一直带在身边。"

"令师尊姓大名？现在何处？"净空似乎很感兴趣。

"家师的姓名我并不知，只知道人称'清风散人'，我从小跟着师父长大。"骆沉青说，"不过家师已在多年前过世，我也不知这半块玉佩的来历。"

净空方丈脸上闪过了一丝失望，但很快就恢复如常。

骆沉青觉得这半块玉佩的来历必然不凡，于是问道："大师是否知晓这玉佩的来历？"

净空似乎有些欲言又止，这更加引起了骆沉青的好奇。只见净空起身，打开房门，环顾了一下四周，确定无人，这才关紧门窗，回到了坐榻之上。

净空低声说道："贫僧和施主也是有缘之人，既然机缘已到，贫僧就为施主讲述一下这半块玉佩的来历吧。"

骆沉青不由得从床上支起了身体，目不转睛地看向净空。

"施主可知道'墨者'？"净空问道。

"听说过，自春秋战国以来墨家的门人遍布天下，形成了江湖上一个神秘的门派，但我对墨家知之甚少。"骆沉青答。

净空点了点头，继续说："墨者以拯救天下为己任，提倡'兼爱非攻'，隐匿在民间，成为国家兴亡的操控者和江湖秩序的维护者。"

"然而，到了李唐时代，墨者日渐式微，门人弟子也日渐凋零，已经许多年没有出现过顶尖的人物了。"净空叹息一声。

骆沉青并没有插话，等着净空说完。师父虽然抚养他长大，但并没有说过自己的身世，这一直也是骆沉青心里最好奇的事情。

"凡是墨者，都有这样的半块玉佩，作为身份的凭证。"净空说。

"原来师父竟是墨家门人！"骆沉青心中大惊。

"贫僧观施主这块玉佩，是上好的和田玉，又有'几'字纹饰，据我所知尊师应该是墨家'天机堂'的门人，并且职位不低。"

"天机堂？"骆沉青问道，"这天机堂有何来历？"

"天机堂的门人善使机关术。"净空说，"机关术分为外修和内修，这外修就是利用时间、空间和自然界的金、木、水、火、土五行以及风雷，化作自己的阵法，用来克敌制胜。"

净空继续说："而内修呢，就是制作能够辅助人体的各种器具，来提高人体的极限，增强人体机能。这天机堂就是以内修为自己的修行体系。"

骆沉青大惊，因为他自小跟师父学的就是利用各种器械，所以自己在行走江湖的时候，利用这些手段无往不利，看来净空大师所言不虚。

第四章　秘闻

"施主可还想知道更多的秘密？"净空抬眼望向骆沉青。

"还有秘密？"骆沉青惊讶。

"请施主随老衲来。"说罢，净空方丈走向一面墙，用手摆弄了一下墙侧的花瓶，只听"咔吧"一声，墙壁上出现了一道石门，净空伸手作出了一个"请"的手势。

骆沉青随净空走入密室，随后石门在身后关上，周围有微弱的烛光。骆沉青环顾四周，这间密室内满是各种古籍书卷，显然是净空毕生所藏。他大感好奇。

"施主这边来。"净空唤了一声。

骆沉青迈步走向净空，只见他缓缓从架子上取出一个匣子，仔细端详后递给骆沉青。

骆沉青伸手接过，掸去匣上的浮尘，将它打开。

只见匣内赫然躺着一部古卷，骆沉青伸手将古卷取出，展开。古卷开篇醒目地写着三个大字：推背图。

骆沉青心中惊骇，这《推背图》可是李唐开国时，唐太宗李世民命天文学家李淳风、相士袁天罡推算大唐气运而作，里面记载着两位预言大师对唐朝及其以后朝代重要事件的预测。

骆沉青抬眼看向净空，只见他微笑点头，似是知道骆沉青的心中疑惑。

"阿弥陀佛，施主看到的的确是《推背图》真迹。"净空说，"但这《推背图》并不是像你想的那么简单。"

"请大师解惑。"骆沉青说。

净空走向密室的角落，点燃烛火，示意骆沉青过来坐下。

两人落座后，净空闭目思索了一阵，缓缓睁开眼睛说道："很多人只知道当年太宗登基，命两人推演未来，袁李二人受命后，发挥自己的才智，完成了这部奇书。多年后，书里很多推算的事情都一一应验，不得不说这二人确实有破解天机之能。"净空顿了一顿，接着说："不过当年太宗委托二人去做的还有另外一件事，就是堪舆长安城风水，暗中布局。"

骆沉青并没有插话，只是眼中露出诧异之色。

"高祖和太宗是趁着隋乱取得天下的，而长安城经过战乱也早已破败，因此太宗认为此城不祥，遂命二人对长安城进行重新布局。"净空接着说，"袁李二人受命，根据易卜星宿，将长安城划分为一百零八坊，并一一对照天上的星宿，每一坊都有自己的坊主，也被称为'宿主'。他们的职责是在各自的管辖范围内，为李唐王室效力，维护王朝的安全与稳定，而这些'宿主'都有不同的技艺和才能，也可以说他们就是李唐王朝在长安最可靠的情报机构，从此这个机构就被安置下来，监视百官和民情。这个组织被称作不良人。"

"居然还有这样的事！"骆沉青心中一凛。但他不动声色，并没有表现出来，只是等着净空的下文。

"随着岁月的流逝，'宿主'们也逃脱不了生老病死的规律，再加上袁李二人的仙逝，这个组织也越来越松散，现在更多的不良人是他们的子女或徒弟，而这些人逐渐不受朝廷的控制，更像是江湖中人，其中也不乏野心极大的人物。"净空说。

"那大师觉得最近发生的连环杀人案与这些'宿主'有关？"骆沉青问道。

"善哉善哉，贫僧只是为施主点拨一二，这其中的内情，贫僧也不知，需要施主自己去寻找答案。"净空说，"但是贫僧认为，长安城发生的事，多半与不良人脱不了干系。"

"多谢大师点拨。"骆沉青感谢道。

"施主且听我继续说。"净空并没有客套，而是继续往下说，"当年袁李二人根据推测，算出长安城六十载，也就是一甲子后必然会有一次大劫，贫僧掐指一算，今年正好是一甲子。"

"什么！"骆沉青又是大惊，"难道说袁公和李公所说的大劫就是昨日之事？"

净空微微点头表示同意："老衲听说江湖中今年要推选新的武林盟主，很多江湖人士都蠢蠢欲动，坊间流传着一句话。"

"什么话？"骆沉青更加好奇。

"得天机者，得天下。"净空答道。

骆沉青心思何等缜密，立马联想到了墨家的天机门，但他故作平静，言道："大师是否能参透这句话的玄机？"

净空不紧不慢地说道："贫僧也没有确切的想法，但猜测可能与墨家有关。"

骆沉青点头："大师与下官的猜测一致，只是这天机是什么？"

净空摇头不语，表示自己也不太清楚。

骆沉青也没有再追问，于是拉回话题继续说道："这《推背图》本是皇家之物，又是怎么到大师之手的？"

净空看了看他，说："袁李两位国师，与我师尊素来交好，当年为太宗编制《推背图》时，为了以防遗失，特撰写了一册副本，交予师尊保管，师尊圆寂之前告诉了我关于长安的一些秘闻，让我在合适的时机，把这些告诉那个有缘人。今日我看机缘已到，就将这些告诉了施主。"

骆沉青感觉自己肩上的担子更重了，他继续问道："那两位国师可曾留下什么破解之法？"

净空点了点头，说："以两位国师的才智，必然是留下了破解之法，但是贫僧并不知晓。不过师尊圆寂前曾留有遗言，是四句话：'甲子长安，天机现世，止战息乱，百坊内寻。'"

骆沉青低头琢磨了一下，说："看来尊师的意思是，想要知道事情的真相，还是要在这一百零八坊内寻找答案啊。"

净空微笑点头："施主果然聪慧，去寻找你想要的答案吧！"

第五章　嘉会

经过一夜的疗养，骆沉青感觉自己的身体已无大碍，心中赞叹净空方丈的医术了得。用过早膳后，骆沉青便起身告辞，方丈看他恢复得不错，也不强留，将他送出大门后，转身回寺。

走在街上，骆沉青的脑中还在思考着净空方丈昨夜所说的那些话。虽然他得到了一些信息，但是这些信息并不系统，骆沉青的心中还是有很多疑惑。他需要将这些线索梳理清楚，搞清楚"天机"和"宿主"以及江湖的关系。

他边想边往大理寺走去，一进门，各位同僚纷纷围拢过来，问候着骆沉青："骆大人，气色看起来不太好啊！""骆大人昨日没有回府，属下真是担心得紧。""骆大人，杜大人等您很久了，您赶紧去吧。"

骆沉青没有一一回答，只是微笑着点头，分开众人，快步向内堂走去。进了内堂，骆沉青发现杜若坐在公案后，神色有些焦急，看见他进来后神色才略微缓和了一些。

骆沉青躬身施礼，道："属下见过杜大人。"

杜若回道："骆老弟，这不是公堂，不用拘束。"

"谢大人，"骆沉青说，"不知大人找我何事？"

"昨日你领命后出去办差，下人们回禀在大慈恩寺附近发生了打斗，靖安司赶过去的时候所有人已经踪迹全无，但地上发现了血迹，而你昨夜又没有回家，大哥我是担心得很啊！"杜若说。

"多谢大人关心，"骆沉青谢道，"实不相瞒，昨天的打斗确实与属下有关，并且属下还遭了暗算。"

"什么！"杜若的声音立刻提高，"有没有受伤？"

"有劳大人关心，只是受了点小伤，已经恢复了。"骆沉青说。

"仔细说说发生了什么。"杜若说。

于是，骆沉青就将发生的事原原本本向杜若讲述了一遍，但他没有提及与净空方丈的密谈，也没有吐露袁李二人的布局。

听完后，杜若长出一口气，显然被骆沉青昨天的遭遇吓得不轻。他安慰道："骆老弟受苦了，今后再出去办差可得更加小心谨慎才是！"

"属下明白。"骆沉青拱了拱手。

"那骆老弟下一步打算如何查案？是要调查这些黑衣人的来历吗？"杜若问。

"这些黑衣人来路奇怪，我还不清楚他们的目的，恐怕调查起来会有一定的困难。不如先把他们放在一边，继续沿着命案的线索探查。"骆沉青回复。

杜若皱眉思索了一会儿，说："好吧，办案你是行家，我也不过多插手，就按照你自己的打算行事吧。不过，圣上对这件事很关注，朝堂上的百官也都盯着咱们呢，这案子还需尽快了结。"

"属下明白，我一定尽快查出案件的真相。"骆沉青站起来一拱手，"那属下就继续去查案了，向大人告辞。"

"去吧，要注意安全。"杜若又叮嘱道。

"是，属下告辞。"骆沉青转身离开内堂。

望着骆沉青离开的背影，杜若的眼中闪过一丝不易察觉的光芒。

走出大理寺，骆沉青抬头看了看天上的太阳，估摸了一下时间尚早，昨日已经去过西市，没有探查出太多有用的线索，今日不妨去一下城西的嘉会坊。这嘉会坊是官员和文人墨客大宴宾朋的地方，也是三教九流汇聚、歌舞升平的场所，或许能有什么线索，更何况那里还有自己的一位红颜知己，想来也有些日子没有见到她了。

想到这里，骆沉青转身向嘉会坊走去，不久后就来到了嘉会坊的东门。说到这嘉会坊也是长安城著名的繁华之地，四面各开一坊门，中有十字大街。西南隅，有隋太保尉迟刚舍宅所立之褒义寺。十字街西之北，有灵安寺。坊中另有盱眙尉顾非熊宅、起居舍人韦庄宅、郑国庄穆公主庙。而最著名的就是这里的"万国楼"。万国楼是朝廷百官和文人名士最集中的地方，无论是大宴宾朋还是吟诗作对，都是首选。

当然，这里最著名的还是"京城第一花魁"栾玉姑娘，也就是骆沉青的那位红颜知己。这栾玉姑娘自幼被卖到青楼，从小学习琴棋书画、诗词歌赋，人长得也是极标致，是百官、文人和富家公子们争相追捧的对象。但是栾玉很清高，一般的角色她根本看不上，能和她做朋友的都是有着不同凡响的本事的人，骆沉青就是其中之一。栾玉很仰慕他的一身本领和查案的能力，并且骆沉青虽是一介武夫，但是浑身散发着温文尔雅的气质。当年万国楼的神秘失窃案就是他一手经办，最终追查出了幕后真凶，为栾玉洗脱了罪名，一来二去，两人也就成为了知己好友。

眼见着万国楼一片气派景象，雕梁画栋，高耸入云，堪称城西最受瞩目的建筑。骆沉青迈步走了进去，门迎快步迎了上来，见面就赔着笑大声招呼：“原来是骆大人大驾光临，有失远迎，恕罪恕罪。”

骆沉青微微点了一下头，问道：“栾玉姑娘可在？”

门迎说：“大人来得不凑巧，栾玉姑娘此时正在陪一位贵客。”

“什么贵客？”骆沉青问。

门迎凑到近前，压低了声音说：“大人有所不知，今日的贵客便是那李适之公子，他今日在此大宴宾朋。”

“李适之？”骆沉青脑子转了转，这个名字好熟悉。

随即他就想起了这个人，李适之不就正是那个废太子李承乾的孙子吗？

“那好吧，带我先去茶室，我等一等栾玉姑娘。”骆沉青说道。

“好嘞，大人请随小的来。”门迎赶紧带着他向茶室走去。

第六章　栾玉

来到茶室，骆沉青找了个舒服的位置坐下，茶童立刻给他上了一壶上好的西湖龙井。他知道栾玉一时半会儿也无法脱身，吩咐了门迎一声，就慢慢品起茶来。

正品着茶，骆沉青猛然间想起了玉佩的事，随手就拿出了玉佩端详，只见这半块玉佩晶莹剔透，上面的"几"字雕刻精美。虽然骆沉青从小就看师父把玉佩带在身边，但师父从来也不让他把玩。后来师父过世了，玉佩就传到了他的手里，但他也从来没有意识到这半块玉佩居然藏着这么大的玄机，此刻，他盯着玉佩，思绪仿佛回到了和师父朝夕相伴的时光。

那时候骆沉青还是个五六岁的孩子，他从记事开始就跟着师父，身边再无亲人。师父教他武艺和读书识字，虽然严苛，但是总能让他感受到师父的那份亲情似的感情。之后师徒二人一起行走江湖，遇到了很多事情，师父总是护在他身边，为他遮风挡雨。直到他十八岁成年后，师父才放心让他独自去江湖历练，但在危急时刻，师父总是第一时间伸出援手替他解围。最终在师父的帮助下，他成长为一个有责任和担当的男子汉，也顺利进入大理寺。想到往日种种，骆沉青的眼眶不禁有些湿润，他暗自下定决心，一定要将这桩案件查个水落石出，不负师父的期许和在天之灵，而墨家的种种，也一定要搞清楚。

正当他沉浸在思绪中时，忽听得门口传来几声轻轻的叩门声，一个甜美的声音随即从门外传来："骆公子在吗？奴家方便进来吗？"

骆沉青瞬间从自己的思绪中抽离开，这个声音很熟悉，他知道是栾玉来了，随即朗声说道："是栾姑娘吗？快请进。"

"咔"的一声，房门被轻轻推开，一个婀娜的身影出现在骆沉青的眼前。只见进来的女子有着惊为天人的容貌：丹唇外朗、皓齿内鲜，明眸善睐，杏面桃腮，颜如渥丹。她冲着骆沉青微微一笑，更是让人直觉：美人在时花满堂，至今三载闻余香。

"骆公子，让你久候了。"栾玉说。

"栾姑娘不必客气，快请坐。"骆沉青答道。

"谢过公子。"栾玉微微施礼，走到骆沉青身侧坐下。

"公子可是很久没有来看栾玉了呢。"栾玉用纤纤玉手为骆沉青斟了一杯茶，随即说道。

"最近公务繁忙，一直抽不开身来看望姑娘。"骆沉青有些难为情。

"那不知道今日公子大驾光临，所为何事呢？"栾玉也是个聪明伶俐的人儿，知道骆沉青突然到访，一定是有什么重要的事。

栾玉家原本也是官宦人家，因父亲得罪了高官，被诬陷下狱，最终身死，而女眷们充军的充军，发配的发配。执行官看到小栾玉姿色出众，就将她卖给了万国楼。在这里栾玉学习琴棋书画、诗词歌赋，加上天资绝色，很快就成为万国楼的花魁，后来在长安城的花魁评选中，更是成为名震长安的"第一花魁"。但是人怕出名，栾玉成名后，想要一睹芳容的人络绎不绝，栾玉是个极为有主见的人，并不是客人的身份高，有财有势就能得到她的青睐，因此也得罪了不少人。

眼见着栾玉越来越红，万国楼的一些姑娘们就开始眼红，处处为难她。但栾玉也懒得和她们计较，很少与她们发生争执，只是每天做着自己喜欢的事。只是时间一长，栾玉就感觉到自己被孤立，人也变得越来越忧郁。

有一天，万国楼里发生了一桩失窃案，所有的线索都指向栾玉，因此她也成为众矢之的，并且有好事之人报了官，官府的人不分青红皂白就将栾玉抓了起来。后来骆沉青知道了此事，仔细分析案件后发现此事非常蹊跷，于是亲自查办此案，抓住了真凶，为栾玉洗脱了罪名。

栾玉因此认识了这个秉公办案的年轻才俊，相邀他在万国楼一会。两人相谈间，栾玉发现骆沉青不仅心思缜密，做事光明磊落，对琴棋书画、诗词歌赋也是颇为精通。她芳心一动，觉得这个男人才是她心目中的理想郎君，两人的关系也逐渐熟络了起来。

"栾玉姑娘可曾听说最近长安城发生的连环命案？"骆沉青问道。

"略有耳闻，听说一夜之间便死了十七人。"栾玉说，"公子想必也是接了这件案子。"

骆沉青点了点头："是啊，不过这案子确实有些棘手，我还没有什么头绪，所以来拜会一下姑娘。你在这万国楼消息灵通，看看会不会有什么线索信息。"

栾玉低头沉思，片刻后抬起头来，说："奴家也没有听说关于此案的消息，不过最近楼内确实有一些反常之处。"

骆沉青用期待的眼神示意她继续说下去。

"最近楼内的江湖人士多了起来，奴家听他们闲谈间都在说最近推选武林盟主的事情，说是江湖中为了这盟主之位大打出手的事情经常发生。"栾玉说。

"嗯，这件事我也听说了，不过还不确定这争夺盟主之位与案子有何牵连。"骆沉青说。

栾玉似乎是想到了什么，说道："另外，我还发现，最近万国楼经常有异族进出，他们总是神神秘秘的，只在最隐秘的包厢内相聚，门口还派人把守。"

"异族？"骆沉青心中一沉，难道说这件事跟异族还有关系？

"姑娘可是知道他们是什么地方的异族？"骆沉青问道。

"看服饰装扮像是北边的突厥人。"

骆沉青陷入沉思，最近突厥人在长安城有如此异动，也不知他们是车鼻可汗还是沙钵罗可汗的人，这个需要尽快弄清楚。如果这桩案件牵扯到他们，这事情恐怕就更加复杂了。

这时候门外传来一阵叩门声，一个浑厚的声音响起："栾玉姑娘可是在此？"

栾玉一怔，小声告诉骆沉青："门外的是李适之李公子。"

骆沉青也觉得奇怪，这李适之怎么会找上门来？

他旋即点头示意栾玉可以让他进来。

于是栾玉起身开门应道："奴家在，李公子请进。"

第七章　夜探

门口赫然站着一位风度翩翩的富家公子，正是李适之。

李承乾是唐太宗李世民的嫡长子，母为文德皇后长孙氏。武德年间，作为皇孙，受封中山郡王。他丰姿岐嶷，仁孝纯深。唐太宗即位，将其册立为皇太子，更是深得太宗喜爱，派陆德明、魏征等名臣悉心辅佐和教导。不料，不久后李承乾因为受伤落下了个跛足的毛病，此后他性情大变，飞扬跋扈。他日益感觉到自己的太子之位不稳，在得知魏王李泰有夺嫡之念后，更是不顾一切，在贞观十六年试图暗杀李泰，因为行动不密没有成功。随后他又联系几位重臣，想要图谋不轨取代太宗，事情败露后，太宗震怒，但念在是自己最喜爱的儿子，因此网开一面留了他的性命，废为庶民，流放于黔州，同时也保全了他的家眷，没有使儿孙受到牵连。

所以这李适之作为李承乾的孙子，没有受到迫害，反而小心谨慎地游走在权力场间，也颇为自在。今天他在万国楼大宴宾朋，到场的权贵们也是不少。

只见李适之站在门口，环视了一下室内，发现只有骆沉青一人，便满脸堆笑，拱手道："这位仁兄请了，在下李适之，不知贵客在此，还望恕罪。"

骆沉青自是知道李适之的来头的，连忙起身抱拳施礼，口中说道："李大人言重了，下官大理寺少卿骆沉青，见过大人。"

李适之眉梢一挑，似是想起了什么，随后又客气道："骆大人好气魄，一看就是响当当的汉子，在下久有耳闻，今日能目睹大人的风采真是三生有幸！"

"不敢不敢，既然李大人找栾玉姑娘有事，那下官就先告辞了。"骆沉青拱了拱手，又朝栾玉点了点头，"姑娘珍重，我有公务在身，就不多叨扰了，改日再见。"

栾玉知道此时不能强留，也微笑点了点头，说："奴家送送骆公子。李公子稍候片刻。"说罢转身陪着骆沉青下楼而去。

到了楼下，栾玉拉着他的衣襟低声说道："公子想要了解异族的事，请晚间宵禁之后再来此处，想必能探听到什么。"

骆沉青微微点头，与栾玉告别，转身走出了万国楼。

想到晚上还要来探万国楼，骆沉青就没有回大理寺，而是回到家中，躺在床上边养神边思考着之前得到的消息，命案、武林盟主、墨家、推背图、袁天罡和李淳风、突厥、李适之……这些杂乱无章的线索困扰着他，想着想着他便睡着了。

再次睁眼，已经是子夜。骆沉青站起来活动了一下筋骨，感觉受伤的地方已经不再那么疼痛，于是他换下了官服，从床下抽出了一套夜行服，换好后感受了一下衣服没有半点绷挂之处，又随手抽出了一个古朴的箱子，打开来，只见箱子里整齐地摆放着几套器械。这就是师父传授给自己的机关秘术，他挑选了几样戴在身上。

　　这些机关可以增强使用者的体质，借助机关的能力，可以让自己的力量、速度、弹跳、身法得到极强的提高。今夜探万国楼，不知道会遭遇什么样的危险，所以骆沉青也不敢大意，将器械准备充足。又检查了一遍没有发现问题，他推开门，没入夜色之中。

　　此时的长安城已经开始宵禁，而且在发生了连环命案之后，巡逻的岗哨和值夜的士卒更是多了起来，一般人是不允许在宵禁之后随意在内城走动的，坊与坊之间的门户也都会关闭，如无手令私自出行，是会被格杀勿论的。但骆沉青有查案的令牌在手，而大多数的值夜军官也都与他相识，所以一路上畅通无阻，不久就来到了万国楼。

　　万国楼因为不属于内城，所以宵禁并没有那么严格，此时楼外还是一片灯火通明，楼内的欢声笑语不断。

　　骆沉青躲在一旁，仔细观察着楼外的情况。果然，没过多久，就有一群突厥人打扮的江湖人士走进了楼内。不久后，又有一些江湖打扮的人三三两两走了进去。

　　骆沉青没有着急直接进去，他决定再等等。

　　又过了一个时辰，他看到越来越多的人从楼内走出来，显然是已经玩得尽了兴，要各自回家，而且楼内的灯火也逐渐变暗，骆沉青准备进楼。

　　他转换身形，来到楼后，一层是大堂，没什么好逗留，骆沉青借助机关器械向上一跃，就到达了二层。透过窗户他看到这里是休息室，姑娘们陪着一些宾客在这里休息醒酒。他没在这层多停留，纵身一跃上到了三层。三层是宴会厅，很显然这里的几场宴会已经结束，客人们已经纷纷离席，只剩桌面的一些残羹冷炙。

　　骆沉青继续向上，来到四层，隔着窗户看到其中一间包间内人影晃动，显然是有人。他仔细观察了一番，确定是白日栾玉向他说的最隐秘的那间包厢，于是栖身靠了过去。

　　这里果然戒备森严，包厢门口站着两名彪形大汉，眼神犀利，一看就是身手不凡。骆沉青小心谨慎地透过窗户的缝隙观察屋内的情况。

这一看不要紧，骆沉青着实被吓了一跳！

屋内聚集了几十号人，看打扮，有突厥人、高丽人、江湖人士，更令人吃惊的是，朝廷的几位官员也赫然在列，其中一人正是骆沉青认识的光禄寺大夫陈彦达。

只听得里面有人说道："各位，武林盟主之争迫在眉睫，可天机术还是不知所终，这让我们如何卖命啊？"

另一人说道："就是啊，这天机术不到手，我们可是不踏实，我们可不想白白被当作牺牲品。"

几个突厥人也是面露不爽，叽里呱啦说了几句听不懂的突厥语。

陈彦达倒是坐在那里一语不发，也不知道他在想些什么。

过了一会儿，就听陈彦达说道："诸位不要太过担心，只要你们尽心办事，好处是少不了大家的。"

"陈大人，你这话说得好听，如果天机术没有在咱们手中，这大事恐怕也成不了吧！"一个黄衣服的男子说道。

"看来江湖传言不足信啊！"另一人也说道。

"谁想白白去送死啊，做这么大的事，谁不想稳妥一些。"黄衣男子接着说。

屋内的人又七嘴八舌地议论起来。

最后陈彦达说道："无论有没有天机术，这件事都是要做的，今天就到这里吧，大家按照之前的部署去执行，务必小心谨慎，如果遇到什么问题就来这里汇报，天机术我再去想办法。"

众人看陈彦达发了话，也就不再多说什么，三三两两地走了出去。

骆沉青在窗外默默记下了所发生的一切，并且将认识的人名都记了下来，趁没有被发现，赶紧离去。

第八章　陈府

回到家中，骆沉青还在惊诧于今天在万国楼里看到的事，他万万没想到朝廷命官会和突厥人还有江湖人士勾结在一起，而且他们似乎还在密谋做一件大事，这可是不得了。

他决定清早起来就向杜若汇报今晚的事情，勾结异族可是要满门抄斩的！

第二天，骆沉青早早起来赶往大理寺，一见到杜若，就发现他脸色很难看。骆沉青上前施礼道："大人，下官有要事回禀。"

"哦，是骆大人啊，今天怎么来得这么早？"杜若问道。

"禀大人，下官昨夜查案，查到了一些蹊跷的事。"骆沉青说。

杜若看着他："说来听听。"

于是，骆沉青就将昨夜在万国楼看到听到的向杜若讲述了一遍。

杜若听完后，不由得也瞪大了眼睛，他也不敢相信骆沉青说的是真的。他唤来手下吏员，让他们按照骆沉青提供的名单去各自的府上打探消息。

两人在后堂，各自想着心事，谁也没有多说话。

不久后，吏员们纷纷返回，带来的消息更是让两人大吃一惊，吏员回禀："这几位大人的亲属说，昨夜大人黄昏时出府后就再也没有回来，家人们也是急得不得了。而各位大人的衙门也都说没有见过他们，早会也无人主持。"

全部消失了？

骆沉青顿感问题的严重性，几位官员在朝中的地位不低，竟然一夜之间都不知所终。

"大人，这可是不得了的大事，属下决定这就去各位大人的府上看看。"骆沉青说。

"好，一定要仔细，及时回禀。"杜若也感觉事态重大，绝不能耽误。

"遵命。"骆沉青拱了拱手，快步走出内堂，首先直奔陈彦达的府邸。

陈彦达的府邸在皇城的东南崇仁坊内，这里是个高官与皇亲国戚云集的地方，紧邻被称为"三大内"之一的皇城，也是长安城戒备森严的地方。

来到陈府，骆沉青就发现陈府上下乱成一团，不断有家仆和护卫进进出出，他们面色都很难看。陈府的女眷亲属们也都面露焦急之色。

骆沉青上前亮出身份，就有家仆赶忙跑进内堂通禀，不一会儿，陈老夫人在众人的搀扶下，急急忙忙迎了出来。

一见面，陈老夫人就急忙说道："可算是把骆大人盼来了，吾儿昨日离家到现在也不曾回来，我们担心得不得了。不知大人可曾查出端倪？"

骆沉青摇了摇头，好言安慰道："老夫人请宽心，相信陈大人不会出什么事的，下官也会尽力查办此案。这次来府上就是想找到一些有关的线索，还望老夫人配合。"

陈老夫人点了点头说："那是自然，我们府上会尽力配合大人的调查。"

骆沉青接着问："下官想知道，最近陈大人或者府上有什么异常的情况？"

陈老夫人背后的一个中年妇女开口说道："骆大人一提，妾身确实觉得最近老爷有些不对劲。"

"有何异常？"骆沉青追问。

"妾身觉得最近老爷总是有些心神不宁的样子，上朝回来后总是把自己关在书房里，也不知道他在做些什么。到了吃饭的时间我去喊他，他也是经常不答，过了许久才出来。"中年妇女接着说，"吃饭的时候老爷也总是发呆，盯着饭碗像是在思考什么。"

骆沉青明白了这位夫人应该就是陈大人的夫人刘氏，他点头继续问："还有什么异常？"

"还有，就是老爷最近的脾气变得很不好，原来对待我们下人总是很和善，但最近我们有些事做得稍微不好，老爷就会对我们一顿呵斥。"一个穿红衣服的丫鬟插话说。

"是啊，而且老爷以前做事最讲究条理，所有的事都是井井有条的，最近感觉老爷遇到事经常会乱了方寸，一副心事重重的样子。"另一个家仆也说。

骆沉青暗自记下，示意他们继续说。

一个护院凑上前来说："骆大人，我这里有件事不知当讲不当讲？"

"但说无妨，信息越多本官越是容易找到陈大人。"骆沉青鼓励道。

"就是，就是……"护院有些为难的样子，"最近几日，老爷黄昏后经常会吩咐我们护送他悄悄出府去万国楼，但是到了那里后就打发我们回府，他自己独自进入，我们也不知道老爷去那地方到底是干什么。"

"哦？"骆沉青联想到昨晚的事情，心中更加疑惑。

见陈府上下再没有更多的信息，他说："这样吧，你们继续寻找陈大人，我这里有一块令牌，请老夫人派人去一趟大理寺，杜大人也会派人来帮助寻找的。"

老夫人感激地接过令牌，唤过一位家仆，让他赶紧拿着令牌向大理寺而去。

"老夫人，下官还想在府上调查一下，不知可否？"骆沉青望着家仆远去的身影说道。

"那是自然，老身也希望大人尽快破案。"随后一侧身，伸出手说道，"大人请进。"

骆沉青告了一声罪，迈步走进了陈府。

骆沉青边走边端详陈府，这座府邸很是讲究气派。陈彦达贵为光禄寺大夫，深得高宗的宠信，在朝堂之上也是个红得发紫的人物，他的府邸自是不凡。一进院，正中有一条青灰的石路直通向厅堂，厅门是四扇暗红色颇为考究的折门，居中的两扇门微微向外虚掩着。侧廊的菱花纹木窗看上去也很是干净爽朗，料想这陈大夫也是个喜欢整洁的人。廊前整齐摆放着藤椅和藤桌，将小院点缀得很有生机，墙外的高树上，不时会传来几声悦人的鸟鸣。小院四周的墙面虽有岁月斑驳的痕迹，但丝毫不会影响这是一座令人感到精致而舒适的所在。

骆沉青暗自叹道："这朝堂的红人确实有几分风雅。"

第九章 天机

骆沉青让下人引其到书房，之所以选择书房，是因为这是陈彦达相对私密的空间，也是最容易寻到线索的地方。

进到书房，骆沉青驻足环顾四周，这书房当中放着一张花梨大理石大案，案上整齐摆着各种名人法帖，并有十几方宝砚、各色笔筒，笔筒内的毛笔像树林一般鳞次栉比。桌案的另一边摆放着一个斗大的花囊插着满满一囊糖葫芦串似的腊梅。抬头看去，墙正中悬挂着一副对联，其词云：烟霞闲骨格，泉石野生涯。

案上设着大鼎。左边紫檀架上放着一个官窑的大盘，盘内盛着数十个娇黄玲珑的大佛手。右边洋漆架上悬着一个白玉比目磬，旁边挂着小锤。给人总体的感觉是宽大而细处密集，充满着一股潇洒的书卷气。

看来除了有几分风雅，陈大人也是个潇洒之人，骆沉青想。

但是，就是这么一个风雅而不失潇洒的人，居然会出现乱了方寸之事，这说明对于他来说，发生的事已经给了他巨大的压力。

骆沉青对下人说："你出去吧，这里是你家老爷的办公重地，不宜多留，本官要仔细寻找一下线索，没有我的命令谁也不得入内。"

下人听闻吩咐，弯腰施礼后就退了下去。

骆沉青就从书案开始查看，书案上堆放着的都是一些陈彦达的私人往来信函，此人做事谨慎，公文是绝不会带回家中的。此处的私人信件想必也是不重要的。

果然，翻看了一阵，没有发现有价值的内容，骆沉青有些头疼，这书房内看似也没有什么让人怀疑的地方。他又看了看四周，也没有发现什么异常。

突然，他的目光落在了墙上的对联上，对联的下联"泉石野生涯"的"石"字，似乎与平日看到的略有不同，于是骆沉青迈步走到了近前，仔细观看起来。

走近了他才发现，这副对联并不是往日常见的装裱，而是镶嵌在墙壁之内。骆沉青伸手抚摸了一下，果然在"石"字那里发现了问题，这里有一个不易察觉的凸起。他用手上下左右拨弄了一番，只听"咔"的一声，墙上就出现了一个一人高的裂缝。

骆沉青此刻心头一喜，原来陈彦达的书房中还另有玄机。他四处张望了一下，见没有人发觉，于是一闪身进了密室。

掏出身上的火折子，借助微弱的火光，骆沉青仔细观察，这间密室并不大，只能容纳两三人，屋内也没有多余的陈列摆设，显然是陈彦达储存最机密物品的地方。他又向内挪了挪，发现了一张小案几，上面放着一个漆黑色的盒子。骆沉青伸手拿过来，打开盒子，发现里面是一部古卷，展开来看，赫然写着"天机"二字。

骆沉青意识到这可能就是众人口中所说的《天机术》。他又仔细看了看，果然，书中记载的是各种天机器械的制作和使用方法，并且还配了图。

这可是个不得了的发现，随后骆沉青又想到昨夜陈彦达在万国楼内所说的一番话。他明明手中已经有了《天机术》，但为何说并没有找到此书的下落？

骆沉青又检查了一下密室中的物品，再没有发现与案情相关的线索。他思索了一下，觉得自己进入书房的时间也有些久了，于是将《天机术》装入怀中，轻手轻脚地走出了密室，并将墙壁恢复原状。

他推开书房的门走了出去，只见下人远远恭候在外面，见他出来连忙迎上前来，问道："骆大人，不知可有什么发现？"

骆沉青面不改色："本官并没有发现什么特殊之处，你再带我在府内检查一二吧。"

下人连忙承是，又指引着骆沉青在府内检查。

转遍了陈府，也没有发现更多的蹊跷之处，骆沉青便决定先回家，仔细看一下今天找到的《天机术》，于是就向陈老夫人告辞。此时骆沉青在大理寺的好友裴少卿也带着众公差赶到了陈府，一见面就笑着问骆沉青："我说老骆啊，我一接到令牌就带人赶过来了，这陈大人到底出了什么事啊？"

裴少卿是骆沉青的大理寺同僚，当年与他一起进入大理寺当差，故而两人的关系十分要好，一起破获了多起案件。裴少卿本应当在官场上平步青云，但是由于他这个人总是一副吊儿郎当的样子，杜若总觉得他办事不牢靠，都是沾了骆沉青的光，所以无意栽培他，混到如今也就是个大理寺捕头。但他这人天性乐观，也不气恼，每天还是做着自己本分的工作。但是别看他玩世不恭的样子，办起事来却是一把好手，所以骆沉青还是充分相信他的能力的，也一直没有把他当作自己的属下，经常与他开玩笑。

"陈大人昨夜一夜未归，好像是失踪了。"骆沉青说，"叫老裴你过来就是来看看还有什么特殊的线索。"

"你查出什么了吗？"裴少卿问。

骆沉青摇了摇头道："没发现特殊之处。"

随后他就把府内人的说法又向裴少卿叙述了一遍。

"哟，这倒是有点意思了！"裴少卿笑了笑。

"行了，你带着兄弟们再看看，我还有点事要办，先走一步。"骆沉青说。

"好啊，老骆，记得有空请我去听曲啊，我可是好久没沾你的光了！"裴少卿笑道。

骆沉青打个哈哈，摆了摆手，转身离去。

第十章　刺杀

骆沉青脚步匆匆往自己的家中赶去，突然背后闪出了几条黑影，以迅雷不及掩耳之势向他扑来。此番遇袭在他的意料之内，想来也是，在陈彦达府中逗留了这么一段时间，自然已经被盯上，成为被不明人追踪的目标。不过幸好骆沉青将机关器械都装备在身上，大大增加了武力值，所以他并没有慌张。

只见骆沉青凝神，借助身上的机关猛地向上跳跃。这个高度是常人所不能达到的，因此出乎黑衣人们的预料，他们全都扑了个空。在悬空的时间内，骆沉青迅速观察战场形势，下面一共有六名黑衣人，他们每三人分成一组，第一组负责主攻，第二组负责警戒，防止目标逃脱。他们十分有组织有纪律，而且可以看出个个身手不凡，绝不是一般的江湖中人，他们出招迅捷而狠辣，身法也极为特殊。

骆沉青趁自己还在半空，将身上的机关全部施展开，将自己的能力提升到了极致。只见他刚一落地，就借助机关向左侧一闪，随后一个黑影迅速扑击而来。骆沉青并不慌张，与对方在半空对峙施力，两人同时一震。黑衣人显然是没有料到骆沉青的力量如此之大，仰面向后跌飞出去，其两名同伴见状，怕骆沉青近身施展杀招，从左右分别杀向他。

试探出对方的深浅，骆沉青也不再慌张，他气沉丹田，准备硬接对方的杀招。突然他意识到，这些人与他在大慈恩寺前遇到的可能是同一批人，所以他收了几分力气，准备抓活口。

骆沉青向左边的黑衣人迎了上去，借助机关之力将他震飞开去，随后身形一转，右手如电探出，猛击黑衣人胸口。只听"嗵"的一声，黑衣人急忙后退，捂住胸口不住喘息。其余的黑衣人看到骆沉青功夫如此了得，相视一眼，为首的一人打了个呼哨，众人全部急退，看样子是想要赶紧撤离。

骆沉青这次有机关傍身，怎么可能让他们轻易逃脱，但是他想到了上次遭遇的暗器，所以并没有急于追击，而是搬弄了几下腿上的机关，向左侧猛跳，他的目标只有一个，就是那个胸口受伤的黑衣人。他知道受了自己重击的人伤势必然不轻，想抓住他会更加容易。未等黑衣人甩出暗器，骆沉青先发制人，他一抖袍袖，几支暗器瞬间飞出，朝黑衣人们飞去。

哼，你们会的老子也会！骆沉青心道。

果然，黑衣人们没有料到骆沉青首先发难，纷纷避退，然后转身逃走。

而那个胸口受伤的黑衣人因为伤势较重，没能及时逃脱，骆沉青迅速将其制服，掏出绳子捆了起来，说道："你们还真是大胆，竟敢在光天化日之下两次行刺本官！"

黑衣人低头不语，只是浑身疼得直哆嗦。

骆沉青也没有再多说，绑着他就往他一处僻静之所走去，那是他平时用来练功的地方。现在事情还没有查清，如果把人带回大理寺，会引起很多人的怀疑和警觉，他还是决定先自己搞清楚黑衣人的身份。

到了练功处，骆沉青将黑衣人放下，随后蹲在他的身前，一把扯下了他的面罩。

这是一张极其恐怖的脸，布满了刀疤，如果不是白天，骆沉青会以为自己遇见了鬼。此人倒也是条硬汉，身受重伤却不开口哭喊。

骆沉青问道："你们究竟是何人？为什么三番五次要置我于死地？"

黑衣人看了看骆沉青，继续沉默。

骆沉青看他没有回答，也心知这是个硬茬，继续问也问不出什么结果，于是就开始搜身，摸索了一阵，除了他携带的兵刃和一些散碎银两，并没有发现什么特别的东西。

随后他解开了黑衣人的上衣，仔细观察着，突然，此人左胸处的刺青引起了他的注意，他仔细辨认，终于看清了被鲜血染红的两个字：不良。

"不良人！"骆沉青大吃一惊，他万万没有想到这些黑衣人竟是不良人。

今天能够遇见不良人可谓是奇遇，骆沉青绝不会错过这么好的机会。他沉声说："老兄，你既然是不良人，为何还要行刺本官，难道你不知道本官是大理寺少卿吗？"

黑衣人又看了看他，咬牙说道："不良人执行任务，一旦失败就是死，你又何必多问？"

"我敬你是条汉子，并不打算杀了你，但是我想弄清楚你们的目的。"骆沉青说。

"我们也是奉命行事，至于为什么要杀你，我们也不知道。"黑衣人继续说。

"那我问你，像你这样的不良人还有多少？"骆沉青问。

"不知，我们都是分成一队一队，由队帅统领执行任务，至于其他的不良人还有多少，我不清楚。"黑衣人答。

"那你们现在的不良帅是谁？"

"……"黑衣人刚要回答，一支弩箭擦过骆沉青的耳鬓射来，立时贯穿了黑衣人的胸口，他张了张嘴，当时气绝。

骆沉青赶忙一个闪身，望向弩箭射来的方向，但是却什么都没有看见。

"糟糕，线索又断了！"骆沉青心中懊恼。

又观察了一阵，确实没有再发现什么，他只好走到街上，唤来了巡逻的靖安司士卒，亮出令牌，交代他们将黑衣人的尸体送回大理寺的验尸房，然后转身向家中走去。

第十一章　暗格

回到家中，骆沉青躺在床上开始回想今天发生的事，他顺手掏出怀中的《天机术》，仔细端详起来。

仔细翻看下，他才发现所获得的《天机术》只是一本残卷，书到第二十五页就没有了下文，而且书卷明显有因受到外力而割裂的痕迹。这残卷上记载的大多与他小时候学习的机关要术的内容相似，只不过这些设计更加精巧和匪夷所思。

又仔细看了看，也没发现什么特别之处，骆沉青就想：夜探万国楼的时候，那些人都极为看重《天机术》，这到底是为什么？虽然这些机关设计极为精巧，但也只是能够帮助个人提升上限，于家国大事似乎并没有瓜葛。难道说另外的残卷还另有玄机？

回想起遭遇不良人的事情，骆沉青心中更是疑惑，一个几乎消失了的组织，为什么会卷入到这件事中？这背后到底是有什么人在捣鬼？

随后，骆沉青起身，将《天机术》残卷放在了自己最机密稳妥的匣子内，并且放进了床下的暗格。他决定明天回大理寺去和杜若商量下一步该怎么办，顺便还要继续检查一下死去的不良人的尸体。

第二天一早，他就来到了大理寺衙门，杜若还是一如既往地在堂内审阅公文。见骆沉青到来，杜若放下手中的公文，朗声说道："骆贤弟，听说你昨日又遭遇险情，是否无恙？"

骆沉青施了一礼，说道："有劳大人挂怀了，昨天是又遭了一次刺杀，所幸无大碍，下官还生擒一名刺客，可惜未来得及详细审问那刺客就气绝身亡。昨日下官已经差靖安司的人将尸体送到大理寺了。"

杜若点点头说："此事本官已经知晓。"

骆沉青邀请道："今日下官想请大人一同去验尸房，着仵作仔细检查一下尸体，不知大人是否愿意随下官一同前往？"

杜若皱了皱眉，欲言又止，但随后点了点头，"既然骆贤弟相邀，必然是有些端倪了，那本官就随你一同前往吧。"

"大人请！"

两人随即一同迈步走向验尸房，在前往验尸房的过程中，骆沉青用眼角的余光瞥了瞥杜若，发现杜若的神情似乎有些不自然，似乎对捉拿到凶徒并不感到高兴，反而是心事重重，但是他也不敢妄加揣测，只是紧随着杜若向前走。

到了验尸房门前，守门的士卒看到是两位大人前来，不敢怠慢，连忙上前施礼："杜大人，骆大人。"

两人都是微微颔首，骆沉青吩咐道："打开大门，我和杜大人要验尸，你去把李仵作唤来。"

士卒应了一声，打开了大门，然后转头去找仵作。

验尸房内还是一片冷肃，为了保存尸体，这里堆积了大量的冰块，让人在盛夏都会觉得冰冷刺骨，再加上环境使然，让人总有一种很不舒服的感觉。

两人迈步走进房内，骆沉青仔细辨认着尸体，然而转了一圈也没有发现黑衣人的尸身。他以为自己看走了眼，于是又仔细检查了一遍，还是没有发现。

这时候李仵作从外面快步跑来，一边跑一边气喘吁吁地说："哎呀，两位大人驾到，未曾远迎，恕罪恕罪。"

骆沉青没有答话，只是大声问道："老李，昨日我着人送回来的黑衣人的尸体在何处？"

李仵作一愣，他没想到骆沉青上来就这么问，他赶忙答道："回大人，那具尸体就在天字第三号床，送过来的时候就停放在那里，没有人动过。"

随即，三人一同望向天字三号床。

空空如也。

"怎么回事？"杜若大声问道。

"这……这……"李仵作有些慌张，他做梦也没想到尸体会不翼而飞，"昨天确实是放在这里的。"

"来人！"杜若大喝。

门外守门的士卒慌慌张张地跑进来："大人有何吩咐？"

"昨夜是谁值守此处？"杜若问道。

"回大人，昨夜是马六和刘能值夜。"士卒答道。

"将二人唤过来，本官有话要问。"杜若吩咐。

"是，小的这就去。"士卒急忙跑开。

而此时的骆沉青蹲在了停尸床的旁边，仔细观察地面，看到了几个并不清晰的脚印。这验尸房偶有人来，除了大理寺的官员和仵作，连看守的士卒平日都不愿意进到里面来，那么，这尸体不翼而飞一定是有外人来偷偷运走的。但是是怎样的人有这么大的本事在看守的眼皮底下将尸体盗走呢？骆沉青又陷入了沉思。

杜若表面上一副着急的样子，但是办案经验极为丰富的他却没有如骆沉青这般仔细观察现场，双眼只是来回打量着门口。

骆沉青又仔细看了看停尸床，上面还依稀可见血迹，他比量了一下血迹的位置，可以确定，尸体确实曾经停放在这张床上。

这时，马六和刘能也匆匆赶过来，见到二人连忙施礼："小的见过两位大人。"

杜若先开口问话："你二人昨夜在此当值？"

"回大人，昨夜是我兄弟二人值守。"马六说。

"那你二人看看，天字第三号的尸体跑去哪里了？"杜若问。

两人齐齐向床上望去，这一看，两人顿时傻了眼。

"你们两个废物，竟然让尸体跑了，是不是你们玩忽职守？"杜若怒道。

"这……"马六出了一身冷汗，急忙说，"昨晚最后一次查看的时候尸体还在啊！"

"大人，验尸房值守的士卒每两个时辰会检查一次，最后一次应该是在寅时。"骆沉青说。

"对对，骆大人说得对，我们二人就是在寅时查看过一次。"两人慌忙点头，心知这次算是闯了大祸了。

"现在大约是辰时，"骆沉青看了看外面，"这样就可以确定，尸体应该是在卯时被盗的，这个时辰正是值守的士卒换班的时候。"

杜若点了点头，怒色稍平，表示赞同。

"但是有个问题，换班的时候士卒们也并没有离房间很远，只是在前面的板房里，搬运尸体这么大的动静不会没人听到。"骆沉青接着分析。

"对啊，而且尸体这么大，想从这里神不知鬼不觉地运出去，也很难啊。"刘能附和。

到底是用了什么手法？骆沉青又看了一眼四周，突然他好像意识到了什么。他快步走到房外，抬头看向验尸房后墙，那里有一株古树，枝繁叶茂。为了有更多的阴凉，验尸房特意建在了古树下。骆沉青分开众人，走到树下，一跃而起攀上了古树。

"骆大人，你这是做什么？"杜若问。

骆沉青没有回答，只是在树上仔细搜索着。

第十二章　勒痕

观察了许久，骆沉青冲着下面喊道："杜大人，你们也上来看看。"

士卒们连忙搬过梯子，杜若和马六、刘能二人也来到了树上。

骆沉青指着树干上的一条痕迹说："杜大人请看，这里有一条绳索摩擦出来的痕迹。"

杜若伸过头去瞧，果然发现树干上有一条勒痕，他又伸手摸了摸，确定了这是绳索勒出来的痕迹。

"这条勒痕还很新鲜。"骆沉青说，"如果属下所料不差，这应该就是运送尸体的方法。"

杜若点了点头表示同意。

"那尸体是怎么从验尸房出来的呢？"李仵作问道。

"这就很简单了。"骆沉青用手指向验尸房的屋顶。

大家都顺着他手指的方向看过去。

李仵作还是有些不明白，挠了挠头。

正在此时，只听得一个声音在下面喊道："杜大人，骆大人，你们两位好雅兴，站在树上看风景啊？也不叫上我老裴。"

两人同时低头去看，只见裴少卿笑眯眯地站在树下。

骆沉青笑道："你来得正好，帮我一个忙吧。"

"好说好说。"裴少卿还是一副笑眯眯的样子。

"你去验尸房的屋顶查看一下，看看那里的砖瓦是否已经松动。"骆沉青说。

"好嘞！"裴少卿说罢转身走向验尸房，一个纵身跃上屋脊，然后他来回在屋顶巡视，最后走到一处地方，蹲下仔细观察了一番。

"杜大人，骆大人，我查看过了，这里确实有十几片房瓦有被翻动过的迹象。"裴少卿大声说。

骆沉青点了点头，转身对众人说："这就是他们盗尸的方法，他们在屋顶打开了一个缺口，用麻绳吊起尸体，然后通过这棵古树运送出去，也难怪你二人值夜的时候没有察觉。"

众人这才恍然大悟，纷纷称赞起骆沉青。

"不过，为什么他们要盗走尸体呢？"骆沉青又问。

只见杜若的神色一凝，然后说道："好了，既然已经知道盗尸的手法了，那剩下的就是顺着这条线索寻找尸体了。马六，刘能，本部院命你二人戴罪立功，去查清尸体的下落，如果查不出来，我保证你俩屁股开花。"

二人连连点头，转身下树，飞奔而去。

骆沉青总觉得哪里不对，刚想说话。

只见杜若大手一挥，"骆贤弟，咱们也下去吧，你随我来后堂。"

骆沉青应了一声，就随着杜若而去。

进了内堂，骆沉青刚想说话，又见杜若走到他身边，低声说："你先听我把话说完。"

"你一定以为我是变傻了吧，竟然派两个毫无办差经验的士卒去查尸体。"杜若开门见山。

"属下确实不明白。"骆沉青承认。

"贤弟听老哥哥我一句，这个案子不要再往下追查了。"杜若说。

"什么！"骆沉青惊讶道，"那圣上要是追问起来，我们该如何回禀？"

"随便找几个江洋大盗抓起来杀了了事。"杜若面色平静。

"这是为何？这么重大的案子是不是太过儿戏了？"骆沉青不解。

"目前看这个形势，此案已经不在你我能掌控的范围内了，"杜若叹了一口气，"识时务者为俊杰。"

"为什么？"

"因为这背后错综复杂的关系和人物，你我都惹不起！"杜若严肃地说道。

"难道大人知道些什么？"骆沉青问。

杜若摇了摇头，说："具体的情况我也不知，但是已经有人带话给我，让我务必置身事外。我当老弟是兄弟，所以才跟你说，及早收手为妙。"

骆沉青更感到诧异，能让大理寺卿杜大人感到无比的压力，这样的势力得有多可怕！

"所以我奉劝老弟，这事咱们就别插手了，给圣上有个交代就行了。"

"可是，大人可知丢失的尸体是何人？"骆沉青问道。

杜若面露疑惑，看着他。

"不……良……人。"骆沉青一字一顿地说道。

"什么？！"杜若手中的茶碗跌落在地，摔得粉碎。

"你是说袭击你的是不良人？"

"是的，属下亲自在他胸口看到了不良印。"骆沉青说。

杜若平复了一下自己的情绪，紧皱双眉，说："那你我就更不要再插手这件事了，我们惹不起！"

"可是大人，如果就这么放任下去，那谁来还长安城一个朗朗乾坤？那么多条性命冤死，他们在天之灵能瞑目吗？"骆沉青心有不甘。

"唉……"杜若叹了口气，又说，"既然你执意要查，那就多注意自己的安全吧，本官恐怕是无能为力了。"说罢闭目养神起来。

骆沉青眼见杜若不想再涉及此事，但是并没有下令让他置身事外，也没有收走他的令牌公文，于是下定决心要追查到底，他向杜若告了个罪，转身离去。

就在他即将迈出大门的一瞬，杜若的声音又再次响起："贤弟，愚兄给你推荐一个人，你可以去拜访一下，或许会有什么收获，我能帮你的就这么多了。"

骆沉青转身望向他，杜若微微睁开眼睛："工部侍郎焦潜，他或许掌握着长安城的秘密。"

"多谢大人。"骆沉青拱手阔步走出内堂。

出了内堂，远远就看见裴少卿笑着迎了上来。裴少卿笑呵呵地说："老骆啊，怎么看你脸色不太好看啊？是不是在杜大人那里吃瘪了？没事，晚上兄弟请你喝花酒去。"

骆沉青苦笑一声，说："你啊，整天就知道搞这些乱七八糟的事，你但凡在公事上用点心，何至于这么多年还只是个捕头。"

裴少卿也不气恼，哈哈一笑，说："我老裴一向胸无大志，过惯了吊儿郎当的日子，没事办办小案子，喝喝小酒，听听小曲儿，也是自在逍遥。"

随即他话锋一转，低声对骆沉青说："你猜我在陈彦达的府上发现了什么？"

骆沉青心中一动，连忙问道："有何发现？"

裴少卿故作神秘，从怀中掏出一物，递给骆沉青说："这东西被陈彦达藏在床头隐秘的一个隔间内。"

骆沉青伸手接过一看，是一份地图样的画卷，他问："这是何物？"

裴少卿嘿嘿笑道："这玩意儿可不简单，是一份最早的长安城结构图。"

原来是地图，骆沉青明白了。

他展开来看，最初长安城的面貌跃然纸上，东市西市、皇城、玄武门、嘉会坊、兴庆坊等地都有清晰的标注。

他又联想到杜若方才要自己去找工部侍郎，心想这图和他是否有着千丝万缕的联系？

"老裴，这次你可立了大功了，改日请你喝酒，我先走了。"骆沉青说。

"唉唉，你这就走了啊，你说的改日到底是哪一天啊？"裴少卿嚷嚷着。

骆沉青并没有再搭理他，直奔焦潜的府邸而去。

第十三章　神秘

骆沉青走在大街上，心中还在思索着杜若的话，不良人的出现，让他隐约觉得案件已经涉及皇室，这桩案件已经不是普通的凶杀案了，而是涉及政治的案件。

不一会儿，他就来到了工部侍郎焦潜的府邸，向家仆亮明身份后，家仆迅速禀报，不久就请骆沉青进入。

来到焦府会客的厅堂，侍郎焦潜已经在主位上恭候，见到骆沉青进来，他微笑着拱手施礼，说道："骆大人大驾光临，不知有何贵干？"

骆沉青也回礼道："冒昧造访，还望焦大人恕罪。"

"骆大人哪里话，您可是平时请也请不到的贵客。"焦潜说。

"焦大人还是少见到我的好，因为只要我出现的地方，必定没什么好事发生。"骆沉青打趣。

"好说，骆大人请坐。"焦潜伸手相邀。

二人分宾主落座后，焦潜又问起骆沉青来府上所为何事。

骆沉青从怀中掏出那份长安城图，递给他，说："今日偶得一物，请焦大人帮忙掌掌眼。"

焦潜微笑接过，展开观看，不由脸色大变。

他立即屏退众人，坐在了骆沉青身旁，低声问："骆大人是从哪里得到此图的？"

骆沉青说："这个焦大人就不必在意了，这个是我查案时偶然所得。"

"哦……"焦潜似乎有些失望。

"焦大人，敢问此图有何玄机？"

"不瞒骆大人，此图可不一般啊。"

"愿闻其详！"

"此图乃唐初两位国师——袁天罡和李淳风所绘。"焦潜说。

"又是这二人！"骆沉青心中一动。

"此事说来话长。"焦潜思索了一下，"当年高祖起兵推翻了隋朝，登基大宝，因这长安城连年战乱，早已被战火摧残得破败不堪，于是高祖着令太宗也就是当时的秦王重修长安城。"

骆沉青没有接话，只是静静听他说下去。

"太宗请出了袁天罡和李淳风，为长安城的修建进行谋划布局，两人也看出了老长安城风水被破，气数涣散，更有在战火中的各路冤魂缠绕不散，如不经过精心改建很难恢复风水气象。"焦潜顿了顿，又说，"而后两人根据易卜星宿，将这长安城定为一百零八坊的格局，对应天上的一百零八星宿，以镇压妖邪之气，振李唐之龙脉。"

"形成初步的规划后，根据一百零八星宿的排列，又将一百零八坊各自命名，每坊设有宿主，后来也叫坊主，拱卫王朝的安全。"焦潜接着说，"而这一百零八宿主又都同属于一个组织，这个组织叫作不良人。"

"后来根据天罡地煞的分布，三十六天罡归属不良帅袁天罡直接统帅，这三十六天罡负责的区域多是皇室和朝廷官员所居住的要地。而七十二地煞则由李淳风统御，他的职责是在天罡的区域外，负责江湖和民间的情报刺探和维护江湖秩序，成为朝廷在民间的耳目。"焦潜继续说，"随着政权的日益稳固、袁李二人的先后离世，这个组织也日渐式微，而且这些'宿主'也是生老病死，逐渐离世，而他们的儿女或门人逐渐接替了他们的职责。朝廷也不再重视他们，任由他们自生自灭。"这些事情骆沉青之前在净空大师那里已经听说了，但他仍然认真地听着，希望从中能找到线索。

可以断定，天罡和地煞现在处于一个非常松散的状态，那么很有可能他们已经被某些势力所利用。骆沉青心中暗想，这就能解释为什么不良人会两次伏击他。

"骆大人能得到此图甚是幸运啊！"焦潜突然叹道。

"焦大人的意思是？"骆沉青问。

"传言这长安城图也藏着巨大的秘密。"焦潜一脸神秘，"我也是道听途说，听说当年隋炀帝的宝藏就在关中，得到这些宝藏的人就可以争夺天下，而这长安城图就是寻找宝藏的线索。"

"有这等事？"骆沉青也很是惊讶。

"只是传说罢了，谁也不曾见过这图，没想到会落在骆大人手上。"焦潜说。

"我是不信什么宝藏的，只不过这图与最近的连环凶案或许有关，相信焦大人也听说这起凶案了。"骆沉青回道。

焦潜点了点头，表示自己已经知晓。

"那焦大人以为此案应该从何入手？"骆沉青又问。

"查案骆大人是行家，老夫却是一窍不通，但是单凭你能找到长安城图来看，定是有一番奇遇的。"焦潜说道，"骆大人，还有一事老夫要提醒你。"

"请大人指教一二。"

"最近不仅是发生连环凶案，且朝堂之上暗流涌动，你查案时须得处处小心！"

"多谢焦大人指点迷津。"骆沉青拱手施礼，他内心还是很感激焦潜的。这位工部侍郎一向行得正走得直，为人正派，官声甚好，如此提醒他确是一番好意。

随后二人又闲聊了一阵，很有默契地没有再提案情，骆沉青眼见时候不早，随即拱手告辞。

焦潜将他送至府门，言之凿凿地再次告诫他：查案务必慎之又慎。

骆沉青再次感谢，走出府门。

第十四章　来访

骆沉青回到家中，刚坐下来休息一下，就听得家仆来报，说是有位公子特意来访，名字叫作李适之，似乎是皇室一脉。

李适之？他为什么在此刻登门？除了在万国楼里有过一面之缘，两人并无交集啊。虽然这是个废太子的后人，但也还是李唐的王室血脉，骆沉青不敢怠慢，急忙随下人出门迎接。

来到府门，就见一位翩翩公子笑盈盈地站在门口，华贵儒雅的气质一见就让人觉得不是凡人。

骆沉青迎上去，施礼道："李公子大驾光临，怠慢了。"

李适之微微一拱手："骆大人哪里话，未曾相邀就冒昧登门，是我唐突了。"

两人寒暄几句，骆沉青就将李适之请入府中。

分宾主落座后，两人相对而视，李适之先开口："那日在万国楼见到骆兄，我就看出来骆兄一定是个一流的办案专家。"

"哪里哪里，只不过是运气好罢了。"骆沉青谦虚道。

"据我所知，骆兄是在查最近发生的连环凶案。"

骆沉青点头。

"那可有什么眉目？"李适之问道。

"以目前得到的线索看，这件案子牵扯比较复杂，一时之间我也还没有什么头绪。"骆沉青如实回答。

"我想也是。"李适之话说一半，便笑而不语。

"难道李公子有什么线索？"骆沉青说。

"唉……"李适之叹了口气，似乎欲言又止。

随后他却话锋一转："听闻骆兄与栾玉姑娘的关系甚好？"

"啊？"骆沉青愣了一下，他不明白李适之为何会突然问出这样的问题。

"栾玉姑娘可是经常夸奖骆兄，说你是一个不世出的好汉。"

"栾玉姑娘谬赞了，我就是一个当差办案的小人物。"

"骆兄太过谦虚了，可不要小看小人物的力量啊！很多事会发生变化，可能是因为不起眼的小人物哦。"李适之说道。

"听李公子此言似乎意有所指？"骆沉青问。

李适之又微微点头："骆大人果然是很有造诣，不知我们兄弟是否可以彼此信任，开诚布公地谈谈？"

骆沉青点了点头："既然李公子看得起在下，有些话但说无妨。"

"好，骆兄爽快！"李适之端起茶，喝了一口。

放下茶碗，李适之悠悠说道："我祖父承乾的事，骆兄可知道？"

废太子李承乾！他的事情长安城几乎全都知道，曾经最被太宗喜爱的太子，最终因兄弟相残而被废。这件事震动全国，骆沉青也是略知一二。

"我祖父被废，并不是表面看上去那么简单的事，这里面牵涉的因素很多很多。"李适之说道。

骆沉青静静听着，并不急于开口。

"这件事涉及我大唐皇室的安危与尊严，所以从某种程度上来说，我祖父只是替皇室背负了骂名。"说到这里，骆沉青发觉李适之的脸色变得凝重，双手也不自觉地握紧了起来。

"当年，我祖父身居太子之位，又深得太宗喜爱，可以说太子的地位是十分稳固的，但是后来在无意间发觉濮王李泰暗中与东瀛的武士和僧侣来往甚密，似有取我祖父而代之的趋势。"李适之顿了顿继续说，"李泰觉得只要拉我祖父下来，自己就能当上太子，而我祖父觉得，李泰对自己时时刻刻都是一个巨大威胁。最关键的是，他勾结外族来执行不可告人的秘密，这对我李唐皇室是奇耻大辱。"

又和外族有关？骆沉青心里暗想。

"后来为了巩固自己的太子皇位，也为了不闹出皇室的丑闻，我祖父决定先出手除掉濮王李泰，其实这也是得到太宗默许的，没想到事机不密，刺杀没有成功。"李适之接着说，"你知道为什么刺杀没有成功吗？"

"为何？"骆沉青也很好奇。

"因为李泰的身边有神秘的东瀛高手。"李适之一脸严肃。

"什么？东瀛人！"骆沉青惊道。

李适之缓缓点头，说："这群东瀛人本领极高，不知道他们借助了什么样的力量，将我祖父派出去的高手几乎全部杀死，侥幸逃回来的两名属下向我祖父禀报了此事。我祖父感觉事态严重，于是找到了汉王李元昌、驸马都尉杜荷、侯君集等人，准备率兵去剿灭这群东瀛高手，但反被李泰诬陷擅自调动兵马图谋不轨。"

"随后，太宗皇帝下旨，废了我祖父的太子之位，但他心中清楚李泰才是那个真正图谋不轨的人，所以他也没有再追究我们家族，我们也因此避祸。"李适之说。

原来是这样，骆沉青不由暗叹。

"根据逃脱的下属的口述，东瀛高手之所以与李泰合作，所图的不仅仅是李唐王朝的江山，还为了一本不知名的古残卷。"李适之说。

"古残卷？"骆沉青不由联想到最近沸沸扬扬的《天机术》，难道说东瀛人也在觊觎这本秘术？于是问道，"可有这本古残卷的名字？"

李适之摇了摇头，说："这个祖父并没有说，但是他示意这本古残卷非同小可，可以左右我李唐王朝的兴衰。后来经我多方查证，确定了此书名为《天机术》。"

果然如此！这条线索似乎可以与前几天的各个线索串联起来。看来，一切事情都是源于这《天机术》。骆沉青心中豁然开朗。

　　"那李公子对这《天机术》是否了解？"骆沉青感觉一些疑惑就要被解开。

　　李适之又点了点头，压低声音："骆兄这里是否安全？"

　　骆沉青起身，走出门口，环视了周遭，并屏气凝神感受了一下周围的环境，确定一百步之内再无外人，这才转身回到屋内，说："李公子可以放心，我家中本就没有家眷，只有一位老仆，也已经出门去了。"

　　李适之的神情这才放松了一些，低声说："今天这番话只能出我口，入你耳，再不能让第三个人知道。"

　　骆沉青用力点了点头。

　　"这《天机术》本是太宗皇帝的傍身之物，他老人家当年随高祖起兵，就是用这《天机术》南征北战，荡平四野，所向披靡，无往而不利。"李适之说，"后来，太宗与太子和齐王夺位，发动了玄武门之变，也是依仗着《天机术》中的秘术，将两人击杀登上帝位。"

　　"太宗登基后，创造了一个太平盛世，地位和威信也越来越高，他想起了《天机术》的作用，他觉得既然自己可以利用它获得至高无上的权力，如果流落到外人的手里，一样也可以利用它推翻自己的统治，因此他决定销毁《天机术》。"李适之又喝了一口茶，"于是他就派自己的心腹太监高骅淳去销毁此物。"

　　"没想到这高骅淳也知道此物的重要作用，他在去执行任务的时候留了一个心眼，并没有将真正的《天机术》古卷销毁，只是找了一本相似的古卷投入火中。而真正的《天机术》则被他分解为三卷，在民间藏匿了起来。"李适之说完看向骆沉青。

　　"你的意思是所有发生的事，都与这《天机术》有关？"骆沉青追问道。

　　李适之又缓缓点头："如果我所料不差，最近的事都与此书有关，不光是江湖人士，还有东瀛、突厥、百济等异族，都想要得到这本秘术。凡是有可能染指此书的人，不是被灭口就是下落不明。"

骆沉青沉思了一下，在脑中仔细梳理了一下这几日发生的事，这就能解释为什么他在查案的过程中会遭遇袭击，凡是跟《天机术》相关的人和事，都处在监视和危险之中。

"多谢李公子今日赐教，我知道下一步该如何走了。"骆沉青谢道。

李适之摆摆手，说："骆兄不必言谢，我也是知道这件事会动摇我大唐的根本，所以才出言相告。"

两人又闲谈了一会儿，骆沉青起身将李适之送出家门。

李适之也告诉了骆沉青自己的住处，告诉他如果有需要随时可以来府中，骆沉青再次道谢，两人就此分别。

第十五章　畅饮

刚送走李适之，就听裴少卿的声音在门外响起："我说老骆啊，兄弟我找你来喝酒啦。"

骆沉青苦笑着摇了摇头，将他迎进家中，说："我说你心怎么还是这么宽，长安城近来发生了这么多大事，你作为捕头不去秉差办案，还这么悠哉闲哉地到处跑，也不怕上头怪罪你办案不力啊？"

"咳，我就是个小小捕头，就算怪罪也有你和杜大人顶着，何况我平时也就办一些鸡毛蒜皮的小案子，这么大的案子我也担不起啊！"裴少卿还是一副不急不慢的姿态。

“那你能不能别在这个时候给我添乱啊！”骆沉青笑骂道。

“添乱？我说老骆啊，你这话我不爱听了啊。咱们一起办案出生入死也不是一两回了，我什么时候给你添过乱啊？”裴少卿装作不满的样子。

“好好好，裴大人说的在理，那就别客气了，里边请吧？”骆沉青伸手拽着他进屋。

“这还像话，本捕头就不和你计较了。”裴少卿嘿嘿笑道。

坐下后，骆沉青拿出上好的美酒，递到裴少卿面前。裴少卿看到酒坛上的封印，眼睛一亮。

“我说老骆，今天是吹的哪门子风啊？你居然把御赐的好酒拿出来了，看来今天这趟我是来着了。”

“你老裴来了我不得好好款待啊，只不过我这单身汉也没有家眷，也拿不出什么好菜来，我去拿几样小菜，你就凑合着吧。”骆沉青笑道。

“只要有好酒，吃什么不是问题。”裴少卿迫不及待地打开酒坛，满满倒上一碗，一饮而尽，他抹了抹嘴大叫，“好酒好酒啊！”

骆沉青也为自己倒上一碗，近日来为了案子他忙东忙西，确实身心有些疲惫。他本也是爱酒之人，只是因为公务缠身，最近也未敢碰酒，怕耽误了案情。今天遇到裴少卿这么一位酒徒，想着案件也有了些眉目，是该给自己放松放松了，于是也就决定陪他小酌一下。

几碗酒下肚，裴少卿也打开了话匣子，本来就话多的他，借着酒意就更畅所欲言了。两人回忆了当年一起进入大理寺，一起办案出生入死的种种，都不禁唏嘘，时光流逝，两人都从风华正茂到几近而立之年，但是两人的情谊确是越来越浓，没有因为地位的差别而产生丝毫动摇。

又聊了一会儿，裴少卿突然说道：“老骆啊，这次的连环凶案我怎么觉得似乎和咱们刚进大理寺跟着雷捕头办的案子有些相似之处？”

听到这里，骆沉青猛然一惊！

他不由得回想起了刚进大理寺时的一桩案子，确实有许多地方跟现在的案子很像，而那桩案子到现在也没有告破，一直悬了起来。

那时候，两人都还是年轻人，经过层层选拔进入大理寺，都想着能够破获大案来显示自己的能力。他们都被分派在雷捕头的手下。这个雷捕头名叫雷云，是长安城里赫赫有名的捕头。他有一身好功夫并且非常善于从纷繁的线索中抽丝剥茧，找到事情的真相。他非常器重骆沉青，认为他是当差办案的好苗子，所以也将一身的本领尽数教给他，从某种意义上来说，雷云可以算得上是骆沉青的另一个师父。

当时长安城也发生了连环凶案，几天的时间里有八个人不明不白死于非命。雷捕头带着骆沉青和裴少卿勘察了现场，也是如同这次的案件，尸体上查找不到伤痕，但是五脏尽碎。几人查访了很多地方和人，都没有找到线索，更蹊跷的是，凶徒在连续作案后，突然收手，没有再犯新的案子，于是线索就断了，雷捕头也带着遗憾告老还乡，这起悬案成了他心中最大的心病。

"说来咱们有空也该去看看头儿了，也不知道他最近过得怎么样。"裴少卿又是一饮而尽说道。

骆沉青微微点头，是啊，这些年自己当上了大理寺少卿后，公务繁忙，很难抽时间去看雷捕头了，也不知道他近况如何。如果眼前这桩案子真与当年的案情有关，那么去问一问他老人家或许能找到什么线索。

"别想那么多了，来，喝酒！"裴少卿看出了他的心事，于是劝慰道。

"来，"骆沉青也端起酒杯，"不想了，咱们今天喝个痛快！"

对饮一杯后，骆沉青说："老裴，我想明天就去看看头儿，你要不要和我一起去？"

裴少卿当即痛快答应，笑着说："那自然是没问题，就是不知今日这酒喝完后，老裴我能不能起来。"

骆沉青也笑了，他知道这小子嗜酒如命，今天这顿酒肯定是要喝个痛快，明天能不能爬起来也确实不好说，于是他说："今晚喝完，你就留在我家里睡吧，明日咱们一起去头儿那里看看。"

"行！那我就不客气了。"裴少卿应道。

两人继续喝起酒来。不久后骆沉青存的好酒就被喝了个精光，裴少卿也不客气，倒在床上就酣睡起来。

看着熟睡过去的裴少卿，骆沉青又陷入了思考，虽然他今日也没少喝，但是最近遇到的事情实在过于离奇，让他心中始终无法释怀，案情的扑朔迷离让他无法完全放松。

他不禁又想起了当年的案子，那时候他也像这般，随着雷捕头跑遍了长安城的各个角落，走访了与案情可能相关的人，也遍查了在民间的暗桩，但是依旧毫无头绪，而且当时他只是一个小小的捕快，跟随着雷捕头办差，很难接触到案件的核心。

是啊，是该去找头儿好好聊一下了。

想着想着，骆沉青也倒在床上，沉沉睡去。

第十六章　捕头

第二天清晨，骆沉青从床上醒来，他抬眼看了看，裴少卿还在沉睡，还时不时发出一阵阵鼾声。

这家伙还是这么心大！骆沉青心里笑骂了一声。

他起身打开房门，唤来家仆，让他去准备洗脸水和早饭，并且告诉家仆今天上午他要出去一趟，午饭不用准备，家仆应了一声就赶紧去准备了。

骆沉青又转身回到床边，推了推裴少卿，只见他嘟囔着翻了个身，继续睡。

"老裴，起床了！"骆沉青又推了推他。

"让我再睡一会儿，就一会儿……"裴少卿嘴里嘟囔着。

"太阳都晒屁股了，你再不起来，我就自己去见头儿了啊！"骆沉青说。

"好吧，"裴少卿不情愿地睁开了眼睛，"我说老骆，你的酒量见涨啊，怎么跟没事儿人似的？"

"谁像你见了酒就不要命似的，快起来洗洗吃饭，等下咱们还有正事，我在厅堂等你。"骆沉青也不跟他再多废话，自己走向厅堂。

骆沉青边吃边等着裴少卿，不一会儿，只见裴少卿睡眼惺忪地走到桌边，衣服也是松松垮垮，一看就是没有好好整理过。

"你看看你，像什么样子，哪还有一点捕头的形象？"骆沉青笑着说。

"咳，什么捕头，我在你老骆面前哪还有什么形象，咱们这么多年的交情了，我是什么样你最清楚。"裴少卿也打趣。

"先别说了，快吃吧，喝了那么多，不吃点东西更难受。"骆沉青伸手给他拉过椅子。

裴少卿也不客气，伸手抓过桌上的馒头大嚼起来。

二人吃完早饭，一起动身赶往雷捕头的府邸。雷捕头多年为官，也颇有积蓄，他的府邸就在紧邻皇城的通化坊，这里因聚居了南朝旧族和江左士人而被称为"吴儿坊"，承袭了很多江南文化，因此也格外热闹。

二人远远地就看到府上一片白雪，定睛细看哪里是白雪，而是各种白幡招展。骆沉青心道不妙，可能是雷捕头的府上有人过世，这时候来拜访似乎不合时宜。他扭头看了看裴少卿，看到他脸上也露出诧异之色，但是既然已经来了，也没有回去的道理，两人只能硬着头皮走向府邸。

到了大门前，只见大门洞开，府里的人面色阴沉，进进出出在忙活着，一位家人看到二人前来，急忙迎上来说道："骆大人，裴大人。"

骆沉青认得此人，这人叫雷安，是雷捕头的贴身仆从，因为跟随雷捕头的时间很长，所以与骆、裴二人也是相熟。

骆沉青问道："雷安，不知府上出了什么事？"

雷安叹了口气，说："骆大人，实不相瞒，老爷昨日突然暴病，请了城里知名的郎中看了，但也没能治好，半夜就撒手西归了。"

"什么！"两人同时大吃一惊。

"既然两位大人来了，那就随小人进去看看吧。"雷安做出一个请的手势。

两人随着雷安走进正厅，远远就瞧见厅内停置着一口棺材，家人们都围在周围守孝，哭号声不绝于耳。

骆沉青和裴少卿两人迈步上前，问候了雷捕头的家眷，向她们详细问了问雷捕头发病的经过。夫人刘氏一边流泪一边诉说："昨天下午，老爷会见了一位客人，不久后就感觉身体乏累，草草吃完晚饭就说要上床休息，我也没有太当回事，以为他只是偶感风寒加上最近休息不好，于是就扶着他上床歇息。没想到到了子夜时分，他的呼吸越来越急促，还说自己头晕心慌，我急忙让家人去请郎中，但是郎中看过后也没说出老爷到底是什么病，随后只是开了服药，说是先试试看，没想到未过寅时，老爷突然大喊一声便气绝身亡。"

"什么病这等凶险？"骆沉青有些不解。

对于雷捕头的身体，骆沉青是很了解的，他一生习武，虽说已经解甲归田，但是每日还是坚持锻炼，在饮食上也是很注意，从不胡吃海喝，因此虽然年过五旬，但是依然强健。此番突然暴病，并不符合常理。

夫人只是流泪摇头，并不答话。

这时候裴少卿突然开口："夫人节哀，能否让我们看一下雷捕头？"

"啊！"夫人惊呼一声，神色似乎有些慌张，"老爷已经入殓，似乎不妥吧？"

"那有什么关系呢，夫人您也知道我们哥儿俩也是办差的人，看一眼师父他老人家也没有关系，万一师父是被人所害，岂不是冤沉海底？"裴少卿说着就走向棺材。

"万万不可！"夫人明显更加慌乱，伸手欲加阻拦。

"老裴！慢着！"骆沉青也出言说道。

裴少卿停下了脚步，收回了已经探出去的双手。

他看到骆沉青给他使了一个眼色，微微摇了摇头。

"好吧，那就不打搅师父的清净了。"裴少卿说道。

只见夫人似乎松了一口气，对两人施礼道："多谢两位大人前来看望，老爷尸骨未寒，家里还有很多事要操持，等出殡的时候妾身再通知两位吧。"

两人一听就明白夫人下逐客令了，也不能久留，于是说道："那我们哥儿俩给雷师父磕个头，望夫人保重身体，节哀顺变！"

夫人点了点头，等两人磕完头，便示意雷安送客。

两人走出府门，裴少卿说："老骆，看出什么问题了没有？"

骆沉青点了点头："此事必有蹊跷啊！"

"对，我观察这些家眷下人，总感觉有一种怪异。"

"哦？"

"感觉他们的悲痛不是发自内心，而是想故意掩饰什么。"裴少卿说，"而且你也看到了，夫人的表现有些反常，棺材的盖子也是盖上的，我们怎么知道里面躺的是谁，八成不是师父。"

骆沉青点头表示赞同，他也是对刚才发生的事感到疑惑，这里面肯定大有文章。

"那咱们怎么办？"裴少卿问道。

"子夜时分咱们再来一探究竟，我相信肯定会有收获，我不信师父会这么轻易身故。"骆沉青答道。

裴少卿表示赞同："那我们现在去做什么？"

"去一趟青龙寺吧。"骆沉青说。

"哎，我说老骆，去那里做什么？你莫不是想出家当和尚了？"裴少卿打趣道。

骆沉青白了他一眼，没有说话，只是向青龙寺走去，裴少卿一见他走了，赶紧随后跟上，一边还说："老骆，我发现你最近幽默感越来越少了，是不是当了大官都要摆架子啊？哎哎……你等等我……"

第十七章　青龙

走了约莫一个时辰，两人来到了青龙寺的门口，这座大寺位于长安城风景幽雅的乐游原上，初建于隋开皇二年，当时称灵感寺。青龙寺是唐代著名的佛寺之一，当时有不少外国僧人在此学习，尤其是东瀛僧侣，它是东瀛佛真言宗的祖庭，是东瀛人心中的圣寺。

骆沉青迈步走进寺内，此时正是四月中，满寺的樱花盛开，幽幽古刹，春色满园，微风吹过，落英缤纷。他立于樱花树下，闭上眼，耳中传来木鱼声，烦躁的心亦有了安宁。

骆沉青一边欣赏着樱花一边往大殿走去，耳畔传来的诵经声让他的思绪似乎没有那么烦乱了。

"施主……"耳畔突然传来一道浑厚的声音。

骆沉青侧过头望去，一位年纪五十岁左右的僧人正站在一棵盛放的樱花树下向他微微颔首。

他和裴少卿向僧人走了过去，抱拳作揖道："原来是空海大师，大理寺少卿骆沉青见过大师。"

僧人微微点头回礼道："不知骆大人驾到，是贫僧怠慢了。"

"大师不必客气，是我冒昧来访贵刹。"骆沉青说道。

"想必骆大人来本寺，定是有事情吧？"空海问道。

"是，本官最近碰上一个棘手的案子，特来贵刹寻找答案。"骆沉青开门见山。

只见空海的眉头微微一皱，随即恢复平静，伸手做出一个请的姿势："那两位大人就去老僧的禅房一叙吧。"

"打扰了。"两人同时抱拳，跟随空海走向禅房。

分宾主落座后，空海开口问道："如若老僧猜得不错，骆施主应该是为最近的长安连环凶案而来吧？"

"大师明鉴，骆某正是为此事而来。"骆沉青说。

空海点了点头，问道："那老僧不明白，骆施主为何会到我这青龙寺来？"

"实不相瞒，骆某在查案的过程中，得到了一些线索，与大师的家乡东瀛有关。"骆沉青说。

"阿弥陀佛，请施主明示。"空海说。

"那我就不隐瞒了，我在查案的过程中，得到的信息是东瀛的浪人们曾经参与到李承乾和李泰争夺太子之位的活动中，并且改变了局势。"骆沉青说，"我想不明白的是，对于王室的太子之位，这些浪人并不会得到什么实际的好处，并且还会有很大的风险，他们为什么不惜代价让自己卷入这件事中？"

空海低头沉思了良久，抬起头说道："施主可知道这些人为什么被称作浪人吗？"

骆沉青摇头，他只知道这些人一直有这样的称呼，但确实不知道称呼的来历。

"咳，浪人嘛，就是天天游手好闲，在街上放浪形骸呗！"一旁的裴少卿插话。

空海苦笑着摇了摇头，说："这位施主只说对了一部分，他们确实被人认为是浪荡无赖之徒，但是还有更深层的意义。"

骆沉青和裴少卿正了正身子，洗耳恭听。

"这些事说来话长，浪人起源于镰仓幕府时代，是指那些失去封禄，离开主人家到处流浪的落魄武士。他们以天皇的亲兵自居，到处以爱国者的面目出现，因有一技之长而能量惊人。"空海说，"随着时代和环境的变化，许多浪人也都远渡重洋，来到大唐这块新的土地，虽说他们有时候会做出一些令人不齿的事情，但是他们并非是一盘散沙，反而具有极强的组织性和纪律性。"

骆沉青心里不由得一动，这东瀛的浪人倒是与墨家似乎有些相像，都有一技之长，并且有着极其严格的纪律性和思想性，在春秋战国时期，这个群体也曾一度令别国闻风丧胆。

"老僧猜测，之所以他们会参与到大唐王室的争夺中……"空海突然停顿了一下。

"怎么话说一半就没了？"裴少卿叫道。

"请大师赐教。"骆沉青说。

空海犹豫了一下，叹了口气："想必是背后有不为人知的势力在支持他们，而且一定有什么巨大的诱惑驱使他们铤而走险。"

又是背后的势力！骆沉青心里一沉，他隐约预感到这背后的势力一定非同小可。

"多谢大师指点迷津，只是不知道贵刹是否卷入这些事件中？"骆沉青单刀直入。

"这……"空海脸上露出了一丝为难，他口诵佛号，只是淡淡地说道，"老僧只是向往大唐佛教的兴盛，一心向佛。"

听闻空海如此说，骆沉青也没有继续追问，但是他心中已经了然，所有的事必然与这青龙寺脱不了干系，而这空海大师怕是也未能置身事外。

随后，几人默契地没有再在这件事上纠缠，只是闲谈了一些佛法上的问题。大唐佛教兴盛，虽然王室尊道家为国教，但是更多的人还是信仰佛教，一时间佛教极为兴盛，高僧大德也是层出不穷。

又闲谈了一会儿，骆沉青和裴少卿起身告辞，空海也并未挽留，将二人送出禅房，正在出门间，迎面走过来几个东瀛武士打扮的人，只见他们身材中等，但面露凶光，手持刀剑，眼神中带有坚忍。

骆沉青定睛瞧去，发现这些人腰上别着两把刀，长的是打刀，短的是胁差。武士将胁差随身携带，最大原因是胁差是一种非常有价值的武器，比如在狭窄空间里打斗，长兵刃很难施展，而短刃则会占尽优势，所谓一寸短一寸险，说的正是如此。

为首的一位满脸虬髯的浪人，年龄在四十岁左右，眼神十分犀利，他打量着骆沉青二人，眼神并不友好。

骆沉青与他对视，眼中闪现出杀机，武人的直觉告诉他，对面的这个人深藏不露，绝对不是个简单的人物，他暗自运气提高了警惕。

这一群浪人挡住了二人的去路，都用阴狠的眼神看着他们，气氛刹那间变得紧张起来。

"我说，好狗不挡道，你们想要干什么？"裴少卿看到这个阵势率先开口。

为首的虬髯浪人并没有回答，只是向空海鞠了一躬，说："见过大师，可是有人找大师的麻烦？"

空海摇了摇头，还了一礼指着骆沉青说："长谷川阁下，我来介绍一下，这位是大理寺少卿骆大人。骆大人，这位是我们东瀛的长谷川布城阁下，他是在长安的武士们的首领。"

骆沉青抱拳道了一声"久仰"，但长谷川却像是没有看到骆沉青一般，只是鼻中"哼"了一声，微微点了一下头。

一旁的裴少卿看到如此情景，心中不由大怒，他出言道："我说你们这群人，真是不识好歹！我们是朝廷命官，奉旨办案。我们骆大人跟你们打招呼，给了你们多大的面子，你们居然视而不见，信不信我把你们这帮人全当成盗匪带回衙门审讯！"

听闻此言，长谷川身后的几个浪人纷纷抽出佩刀，向前走了几步。裴少卿看见他们拔刀，更是气愤，当即也抽出佩刀，大喝："兔崽子们，还反了你们了，今天不把你们全部捉拿算是裴爷爷我白混了！"

眼见着就要动手，骆沉青出言喝止裴少卿："老裴，切勿动手！"

一旁的空海也说道："各位，请住手，此乃佛门清修之地，不可再次大动干戈！"

骆沉青上前一步，说："长谷川阁下，适才下属出言冒犯了，还请见谅，但是也请阁下明白，这是在我大唐长安的地界，本官有权力对任何可疑的人和事进行调查，也请你好好约束自己的部下，否则本官会依照大唐的律法公办。"

长谷川听闻此言，也开口说道："你们把刀放回去，谁让你们随随便便就拔刀针对朝廷的大人！"他操着半生不熟的唐朝官话，语音有些奇怪。骆沉青和裴少卿虽然也认识很多外族的朋友，但对这奇怪的发音还是忍不住想笑。

长谷川又说："两位大人，刚才多有冒犯，告辞！"说罢，拱了拱手绕过两人而去。后面的浪人们也纷纷跟随而去，路过两人的时候又狠狠地瞪了他们一眼。

空海长叹一声："唉，我们东瀛的武士向来桀骜不驯，两位大人见谅。"

骆沉青说："无妨，今日多有叨扰，大师请回吧。"

就此别过。

第十八章　空棺

出了青龙寺，裴少卿的气似乎还没消，嘴上兀自骂骂咧咧："这帮东瀛的垃圾，太不把我们放在眼里了，还敢仗着人多想对我们动手，等老子回到衙门调集人手，好好教训一下这帮王八蛋！"

"行啦，老裴，他们也没有什么把柄落在咱们手上，现在就拿人也不是最佳时机，别急，他们嚣张到一定时候总会露出狐狸尾巴的，到时候咱们新账旧账一起算也不迟。"骆沉青说。

听骆沉青这么说，裴少卿感觉好了一些，他这个人就是心大，过去的事情就过去了，他问道："那现在咱们去做些什么？"

"睡觉。"骆沉青说，"养足精神，晚上子夜咱们再去拜会拜会雷捕头。"

两人回到家中，在床榻上美美补了一觉，黄昏时分醒来。

两人各自盘算着今晚的行动，也没有过多交流，只等着夜幕降临。

好不容易熬到了子夜时分，两人没有换上夜行衣，还是一身官差的打扮，因为长安城每晚都会宵禁，路上会有很多的官兵进行盘查，穿着官服也会避免很多的麻烦。

骆沉青看了看外面的天色，盘算了一下大概的时间，觉得可以出发了，就对着裴少卿点了点头，说了一声："走吧。"

裴少卿立马从座椅上一跃而起，瞪大了眼睛，露出兴奋的神情，跟随着骆沉青走出了大门。

两人沿着官道一路向雷府走去，没多远就遇到了一队巡夜的官兵，看到他们二人，纷纷施礼。骆、裴二人久在大理寺，与各方面的士卒也都熟识，所以一路上也没有遇到什么阻拦。

半个时辰，两人就来到了雷府，抬眼看去，此时的雷府已经是大门紧闭，只有几盏昏暗的灯光在风中忽隐忽现，配上府门前的吊唁花圈，显得有些诡异。

两人互望一眼，都读出了彼此心中的想法，骆沉青做了一个手势，两人就离开大门闪身进了旁边的小巷，直接奔向雷府的后院。

后院院墙外，此时一片寂静，小巷内早已是毫无声息，隔着院墙仔细听，院内也是死一般的寂静。两人环顾四周，确定无人，于是双脚点地上了院墙。

两人蹲在院墙上观察，府内只有零星的灯光，看来府内的人都已经入睡。两人顺着院墙轻声落下，常年在大理寺办差，两人都有一身好功夫，落地的时候几乎没有发出任何声响。落地后两人又观察了一下，发现没有巡夜的下人，于是躬着身体急速向停放棺材的大厅奔去。

靠近大厅，骆沉青抬眼远远望去，大厅内还燃烧着几盏长明灯，火焰随着风摆动，把厅堂照得忽明忽暗，棺材头的供桌上不仅燃着供香，还有满满的祭品，厅堂中央就停放着那口红木朱漆的棺材。

"我说老骆，虽然我不是个胆小的人，但怎么还是觉得有些害怕啊？"裴少卿低声说。

"怎么，当了这么多年差，你这怕死人的毛病还是没改过来？"骆沉青也低声说。

"我天生就怕鬼神，你又不是不知道，让我抓个毛贼大盗什么的，我是一点也不怕，就是怕这些没气的主啊！"裴少卿有些难为情。

"有什么可怕的，这是雷捕头，咱们最熟悉的人，就算真有鬼神，他也不会害咱们的，好了，跟紧我。"说罢，骆沉青慢慢走向棺材。

裴少卿无奈地摇了摇头，紧跟在骆沉青身后。虽然他心中还是有些恐惧，但是他也希望把这件事弄个水落石出。

"奇怪！"骆沉青低声说道。

"什么奇怪？你可别吓我啊！"裴少卿一个激灵。

骆沉青又四下看了看，转头说："按理说师父去世了，今夜应该有人守灵才是，为何这大厅里却没有半个人影？"

"对啊，师父的子女们还是挺孝顺的，父亲去世了怎么没见他们？"裴少卿表示赞同。

骆沉青沉思了一下，说："那咱们就在这里来个开棺验尸吧！"

这话一出口，裴少卿立即打了个哆嗦，脸上露出了比哭还难看的表情。"非要这样吗？老骆，我看要不我们还是等天亮了再来吧。"

"少废话，不这样做咱们怎么知道事情的真相！"骆沉青毫不犹豫。

"那……好吧……"裴少卿也彻底没辙了。

两人一起来到棺首，用双手抵住棺材的盖板。骆沉青借助身上所带的墨家机关术助力，手臂的力量成倍增长。两人同时发力，就听棺材发出一声"吱呀"的声音，随后就被打开了半边。

骆沉青慢慢走了过去，看向棺内……

"老裴，你过来看。"他对裴少卿说。

"我……不看，你告诉我什么情况就行了，师父他是不是死不瞑目啊？"裴少卿把脸扭向一侧。

"你过来！"骆沉青一把把他揪过来。

裴少卿此时双目紧闭，头不由自主地扭向另一侧，他根本不愿意面对现实。

"不用害怕，看看你就知道了。"骆沉青有些哭笑不得。

裴少卿只能慢慢扭头，睁开眼睛的速度比蜗牛还慢。当他看向棺内时，双眼不由得睁大。"怎么回事？"他也十分惊诧。

棺内空空如也，哪有什么雷捕头的尸体？

正当两人惊诧的时候，背后传来了一个浑厚的声音："还是被你们发现了！"

"妈呀，诈尸了！"裴少卿突然觉得自己身上的汗毛都竖了起来，恐惧感瞬间袭来。此刻的他感觉自己的身体僵硬，寸步难移，他伸手紧紧抓住骆沉青的胳膊，拼命想要藏到他身后。

"师父，您老人家果然还是这么硬朗！"一旁的骆沉青倒是很沉稳，似乎一切都在他的预料之中。他不慌不忙地躬身施礼："小子向您问安了。"

裴少卿也从骆沉青身后伸出脑袋，说道："师父，您果然还健在呀？"

只见通往后院的廊道内，站着一位精壮的中年人，虽然已经有些年纪，但还是能看出他年轻时是一位潇洒的人物。中年人双眼精光四射，精气神完美地统一在他身上，这不是雷捕头还能是谁？

"我说师父啊，您整这么一出差点把我吓了个半死，下回可不带这么吓人的了！"裴少卿也终于放松了下来。

"你们二人随我来吧！"雷捕头说完，转身向后院走去，两人急忙快步跟上。

第十九章　缘由

进到雷捕头的书房，骆沉青发现这书房和以前一样，没什么大的变化，雷捕头是武夫，所以书架上摆放的大多是兵书战策类的书籍。

雷捕头请二人坐下，低头沉默了一会儿，开口说道："你们两个小子深夜来骚扰老夫，想必是发现了什么吧？"

骆沉青没有急于回答，只是看着雷捕头，一旁的裴少卿倒是有些沉不住气，他说道："师父，我兄弟二人现在奉命办理最近发生在城里的连环凶案，想必您也是知道的。这个案子现在疑点越来越多，我们觉得越来越复杂，白天我们前来拜访，本来是想请您给出个主意，没想到得到了您老人家暴毙的消息，我们觉得这件事也是有些奇怪，所以只好在夜里偷偷来查访。您说说，这到底是怎么回事啊？"

雷捕头微微颔首，说："我就知道你们哥儿俩一定是为此事而来。"

骆沉青出声道："还请师父指点一二。"

雷捕头看了看了二人，又仰起头看了看屋顶，半晌没有说话。

又过了一会儿，他说："你们是不是也意识到这件事很不简单？是不是也想起了当年我带你们办过的那桩悬案？"

两人同时点头，思绪似乎又回到了当年。

"你是不是很不理解我当年为何要那么做？"雷捕头看着骆沉青说。

骆沉青缓缓点头，表示自己确实没有琢磨透里面的玄机。

"因为一只手！"雷捕头表情严肃地说。

"手？"两人同时发问。

"是的，但是我说的不是咱们身上的手，而是一直藏在幕后无形的手。"雷捕头继续说，"当年咱已经非常接近事情的真相了，再给我一段时间，我一定能把案件查清。"

原来当年的案子已经如此接近真相，这是骆沉青早都预料到的，但是裴少卿却不理解，他问道："那为什么说停就停了？搞得我这些年一直为此事耿耿于怀。"

"因为这幕后的手势力太大，我们这些小人物实在是得罪不起。"雷捕头解释道，"当年快接近真相的时候，不仅是我，还有我的家人，都不同程度遭到了威胁。我是不怕死的，作为一个捕头，缉拿罪犯是我的职责，但是我不允许我的家人出现意外，这个是我不能承担的。"

骆沉青听到这里，不禁回想起这几天发生的事情，查案时所遭遇的暗杀，杜若给自己的忠告，不良人的出现，李适之的到访，这些都一一浮现出来，本来有些零散的线索似乎清晰起来。自己最近的遭遇，是不是和当年雷捕头的遭遇一样？所幸的是，自己本是个孤儿，也没有娶妻生子，所以对方无法用这些来要挟自己，只能对他本人痛下杀手。

"那师父是否能够透露给我一些信息或者是线索？"骆沉青问道。

没想到，雷捕头摇了摇头说："不能，因为我答应过不能将当年我查访到的任何线索透露给别人，否则我雷家满门将会遭遇惨祸。你们不是很好奇我为什么会装死吗？说白了就是为了避祸，我知道前几天发生的案子，必然会让沉青你来负责，而你一定会联想到当年和我办的案子，那么你必然会找上门来。咱们师徒一场，我只能装作已经病亡，一来躲开你二人，二来躲开那幕后的黑手，这都也是没有办法才想出来的权宜之计，没想到还是被沉青你识破了。"雷捕头又是摇头苦笑。

"那这十几条人命如何沉冤得雪？他们岂不是白死了！"裴少卿有些听不下去了，出言问道。

"其实我也想规劝你们不要再插手这件案子了，找几个江洋大盗当替死鬼就行了，因为这背后的势力我们真的是得罪不起！"雷捕头又说。

骆沉青心中盘算，到底是什么样的势力能让一个当年叱咤风云、满身正气的名捕吓到这种地步。当年的雷捕头是出了名的铁面无情，凡是他经手的案件都是秉公执法，无论你是江湖人士还是黎民百姓，无论你是勋贵还是朝廷大员，他都会一查到底，还当事人一个公正。现如今就是这样一位铮铮铁骨的人物，却变得谨小慎微，如履薄冰。

"好吧，师父，我不强求你给我直接的线索，但是这件案子我是会一查到底的，只要我还有一口气，我就会把这件案子一直办下去，直至水落石出，苍天在上，朗朗乾坤，我必须给百姓和朝廷一个交代！"骆沉青正色道。

雷捕头呆呆望向他，双眸中似乎逐渐恢复了光彩，他连连点头："好小子，我果然没有看错你！我虽然不能给你直接的证据和线索，但是我能提点你几个问题……"

雷捕头运气，用内功仔细感觉了一下屋子四周的动静，确定附近没有人偷听，示意他们靠近前来，提起笔在纸上写了几个字：天机、东瀛、突厥、江湖、宝藏、阴谋、后宫。

然后示意他俩，能告诉你们的就这么多了，至于具体的问题，还得你们自己去探究。

骆沉青仔细端详了纸上的内容，深深记在心里，然后只见雷捕头拿起身侧的蜡烛，将纸张引燃，随着火焰化为灰烬。

第二十章　夜访

骆沉青二人从雷府出来，并肩走在长街上，两人都没有多说话，只是想着自己的心事。今天发生的事情实在是太出乎他们的预料了，他们需要时间来消化这一切。

骆沉青盘算着下一步的计划，这些零散的线索究竟哪里才是案件的突破口呢？他在心中分析：《天机术》自己已经得到了一份残卷；东瀛人的青龙寺也去查访过，还遇到了长谷川；突厥人的据点也略知一二；江湖人士嘛，最近推选武林盟主的大会也将要开始；太子夺嫡的情况也有所了解。那雷捕头后面所说的后宫和阴谋到底又是什么？不良人的出现又意味着什么？这宝藏指的是什么？会不会所有的事情也都是围绕着宝藏发生的？

骆沉青决定再深入了解一下，于是他对裴少卿说："老裴，这两天你跟着我东奔西走的，也累了，目前这边没什么事了，你先回去休息吧。记住，这两天的事你一定得守口如瓶，不能让第三个人知道。"

裴少卿打了一个哈欠，伸了伸懒腰，说："放心吧，咱们兄弟这么多年了，一起办过的案子也不少，虽然我这人有时候说话不走脑子，但是案件没有破案前，我从来没有透露过分毫。"

骆沉青拍了拍他的肩头，表示肯定，说："如果这几天还有什么重要的事，我会在大理寺衙门给成威留言，你也一样，有什么新的发现就捎话给他，我这些天恐怕会更加繁忙，咱们就靠他来互通有无吧。"

这个成威是大理寺的一个差人，在两人手下都办过差，为人老实忠厚，办事能力也强，深得二人信任，但凡有些重要的案子，都是靠他在两人之间传递消息。

"好嘞，那兄弟我就先回去了，老骆你查案的时候要多加小心啊，这回咱们是碰上硬茬了，不过一旦办成此案，咱们哥儿俩也必然名动九州了，哈哈……"裴少卿笑着离开了。

与裴少卿分别后，骆沉青看了看天色，这时候的他虽然有些疲惫，但是知道回到家中也是无法入睡，不如去万国楼看看栾玉。他脑海中闪过这个念头。

然后他就边思索边踱步走向万国楼，不久这座高大宏伟的建筑就映入眼帘。这时候的万国楼灯火也熄灭了，融入这片黑色的夜色之中。

骆沉青没有从正门进入，这个时间所有的人都已陷入沉睡，他也不想惊动旁人，于是悄悄运气，跃上高楼。他与栾玉极为相熟，也知道她所住的房间，很快就来到了栾玉的房间前。他在门口站了一会儿，然后伸手轻叩房门，里面传出一声轻呼："何人？"

"栾玉姑娘，是我，骆沉青。"骆沉青轻声答道。

"骆公子稍待片刻，待我更衣。"里面的声音说道。

过了不久，房门被轻轻打开，素颜的栾玉站在门口，借助微弱的灯光，骆沉青打量了一下她，像这般素颜淡雅的栾玉也是他第一次见到。

他脑中不禁想起了陶渊明的《闲情赋》：

襃朱帏而正坐，泛清瑟以自欣。

送纤指之余好，攘皓袖之缤纷。

瞬美目以流眄，含言笑而不分。

曲调将半，景落西轩。

悲商叩林，白云依山。

仰睇天路，俯促鸣弦。

神仪妩媚，举止详妍。

很快，他回过神来，深施一礼说道："栾玉姑娘，深夜冒昧来访，还请见谅。"

栾玉微微一笑，轻声说道："骆公子说的哪里话，咱们之间就不需要这样客套了，快请进。"

骆沉青又告了一声罪，随着栾玉进到了屋内，栾玉转过身将周围的灯火点亮，整个屋子顿时亮堂起来。骆沉青再仔细打量，栾玉穿着一身青色睡袍，脸上不施粉黛，淡扫蛾眉眼含春，皮肤在灯火的映衬下显得细润如温玉，一张樱桃小嘴娇艳欲滴，腮边两缕发丝随风轻柔拂面，无意间平添几分诱人的风情，而灵活转动的眼眸慧黠地转动，有几分调皮，有几分淘气，不仅让人感叹：世间竟有如此美丽无瑕，如此不食人间烟火的佳人。

栾玉为骆沉青斟上了一杯茶，然后在他身旁坐下，用一对会说话的眼睛凝视着他。

骆沉青被她看得似乎有些不好意思，避开她的视线，四处张望起来，这倒是引得栾玉笑了起来："骆公子怎么还有些害羞呢？"

骆沉青的脸色有点涨红，他与栾玉的交情可谓是若隐若现，两人既像无话不谈的朋友，但其中又有些男女之间的暧昧，只是两人都是聪明人，很默契地并不点破。

骆沉青并没有正面回答栾玉，只是开口问道："栾玉姑娘，最近可有什么新的情况？"

栾玉也知道骆沉青心中所想，只是咯咯一笑，接着他的话说："自从那天以后，江湖上来我们万国楼的人倒是少了不少，似乎并没有什么特殊的，不过……"栾玉接着说，"奴家听说武林大会的召开就在近些日子了。"

骆沉青脸色一正，用期盼的目光看过去。

"还没有打听到确切的时间和地点，如果奴家料想不错的话，应该是在城东的长乐坊。"栾玉说。

长乐坊，骆沉青在心中盘算着，这长乐坊位于太极宫以东、大明宫之南，也称朱雀大街东之第二街第一坊，是出了名的酒坊，拥有"长安酒肆"的美名，江湖人士将武林大会的地点放在这里似乎也是合情合理。

"奴家有句话想要跟公子说，不知当讲不当讲？"栾玉突然说道。

骆沉青以为栾玉要捅破两人关系的窗户纸，突然感觉有些窘迫，平日顶天立地无所畏惧的他，似乎有些紧张起来，不过他还是点了点头，示意她有话但说无妨。

栾玉见他点头，也压低了声音："奴家听闻公子这几天查案的遭遇，甚是担心，觉得这个案子绝不简单，想劝公子谨慎行事，最好将自己置身事外，以免引火烧身。"

原来这栾玉也是奉劝他尽早脱离此案，骆沉青更是奇怪，为什么这么多人都在劝自己不要再调查了，这案件中到底还隐藏着多少秘密？

"多谢姑娘提醒，但是骆某身为大理寺少卿，追查案件的真相还百姓们一个安宁是义不容辞的责任。"骆沉青不卑不亢。

栾玉听他这么说，脸色也有些变化，她欲言又止，片刻后她说："既然公子决意追查，奴家也不强求，只是希望公子处处小心，莫要大意，如果一旦发现对自己不利的局面，还请尽快脱身。"

听到栾玉这么说，骆沉青隐隐感觉她似乎是知道什么事，但有难言之隐一样，他又不好直言，只得再次感谢她的提醒。

两人又闲谈了一阵，约定好了有武林大会的消息后，栾玉会及时通知骆沉青。看了看天色，骆沉青就起身告辞，栾玉依依不舍对他说："既然已经这个时辰了，公子不妨就在奴家这里歇息吧？"

骆沉青笑着说："你看我这身官服，要是留宿在这里，明日御史们的弹劾就该满天飞了，我深夜来这里也是不想惊动更多的人，就此告辞了。"说罢就推开窗户。

栾玉也知道留不住他，于是一个万福施礼，并再次叮嘱他一定万事小心，骆沉青点头应允，飞身下楼。

第二十一章　召见

回到自己的府邸，骆沉青换下了衣服，洗了一个热水澡。这几日他实在是太过疲惫，为了这个案子东奔西走，并且还身负创伤，需要好好调养一下。他泡在浴桶内，一边回想着近日发生的事，一边思考着下一步的计划，不知不觉中，竟然酣睡过去。

也不知过了多久，他被老仆敲门的声音惊醒，门外的老仆说："老爷，刚才大理寺杜大人派人来通报，说是有要事，请您即刻去一趟大理寺衙门。"

骆沉青说了一声"知道了"，随即起身穿好衣服，连早饭也没有来得及吃，骑上自己的骏马，直奔大理寺衙门。

进了衙门，就见杜若一身官服坐在堂中，骆沉青过去施礼，杜若见骆沉青来了，便从公案之后转身迎出，示意骆沉青不必客气。两人落座后，杜若表情有些严肃地说："老弟，哥哥刚才得到消息，有人要见你，所以我赶忙派人去府上请你过来。"

骆沉青心中纳闷，什么人这么大的面子，竟能让杜若这么紧急地将自己召来，他有些疑惑地看着杜若。

杜若看到他的表情，只是说："是武后要见你。"

"啊！"这下轮到骆沉青震惊了，平白无故的，为何这个权势滔天的女人要见自己呢？

说到这天后，就是大名鼎鼎的武则天，这位权倾朝野的奇女子本为荆州都督武士彟的次女，十四岁时进入后宫，被唐太宗封为才人，获赐号"武媚"。唐高宗时又被封昭仪，永徽六年在"废王立武"事件后成为皇后。上元元年加号"天后"，与高宗并称"二圣"，参与朝政。武则天最初能"屈身忍辱，奉顺上意"，故而李治力排众议，坚持立她为后。待到武则天得志后，牢牢把持了朝政大权，专权作威，几乎架空了皇帝，让李治不胜其忿。麟德元年，宰相上官仪请求废后，李治也觉得很有必要，即命上官仪起草废后诏书。未承想身边的左右侍从都是被武后安插进的心腹，他们及时将消息告于武则天，武则天听闻大惊，立即到李治面前自诉，因为她深知皇帝的软弱性格，所以连哄带骗又添油加醋地哭诉自己的冤情。李治果然产生了动摇，同时又担心武则天怨怒后使出手段报复，因此只得哄骗她说："这事本来就不是我的意思，是上官仪在挑唆你我夫妻的关系，既然你是冤枉的，这事就不再提了，你继续当你的皇后母仪天下，你要是不放心，我上朝的时候你就跟随着我一起吧。"从此每当李治理政，武则天便开始了垂帘听政，不论朝中的大小事，都必须经过她的定夺方可执行，从此武后将李唐王朝的实际控制权牢牢掌握在了自己手中，并且党羽也是越来越多，与她作对的大臣们都不得善终，自此，越来越没有人敢与她抗衡，可见她的手段非一般常人可以比拟，从某种程度上来说，武后已经是这个王朝的实际统治者。

杜若也明白骆沉青的惊诧，于是对他说："如果我料想不错，武后召见你多半也与这案子有关，希望你在召见时谨言慎行，免得惹火上身啊！"

骆沉青点了点头，但他心中突然灵光一闪，最近发生的事情，如果大多指向武后，似乎就有些说得通了！不排除武后为了巩固自己的权力，利用一些手段来铲除异己。当然这些并没有明确的证据来支撑，只是骆沉青自己的猜测罢了，他需要抽丝剥茧，找到案件的源头。

他拱手向杜若示意："大人放心，属下心中有分寸，什么当讲什么不当讲，我会谨慎。"

杜若点了点头，很满意的样子，他又嘱咐了骆沉青几句，骆沉青也都一一记下，不久后，武后派来的天使就来到大理寺，宣骆沉青随旨觐见。

　　骆沉青向杜若告了个罪，就跟随天使乘坐轿子离开了大理寺，直奔皇城内宫。

　　一路上，骆沉青也无心看风景，只是在心中盘算着武后召见自己的目的，她会询问的关于案情的问题以及自己如何作答。这是冒着很大风险的，如果将案情如实禀告，一旦让武后听出了案件的进展，触动了她的底线，自己的这个大理寺少卿的官位就将不保，但是如果禀告自己毫无进展，那么无能的帽子自己也是戴定了，怎样才能既让武后满意又不至于打草惊蛇，这确实是个棘手的问题。

　　不久后，一行人就来到了皇城。大唐王朝正是繁荣兴盛的年代，国力强盛，百姓富足，所以天子的皇城也是格外气派。骆沉青抬头望去，只见眼前的宫殿群恢宏大气，脚下上好的白玉铺造的地面闪耀着温润的光芒，檀香木雕刻而成的飞檐上，一只只凤凰栩栩如生，展翅欲飞，青瓦雕刻而成的浮窗，玉石堆砌的墙板，一条笔直的路的尽头一个巨大的广场随着玉石台阶缓缓下沉，一根笔直的擎天柱雕刻着华贵繁复的龙纹，与宫殿飞檐上的凤凰遥相呼应。

　　在御林军查验过他的身份后，他跟随着天使向内走去，他们只是穿行在皇城的街道上，就已经感受到了奢华无比，不知道这太极宫还会有怎样一副壮美景象。骆沉青以前也是随杜若来过皇城的，但每次来都还是会感叹：君王君临天下，穷人间之富贵啊！

　　又走了一会儿，他们穿过承天门，进入了宫城太极宫，这里骆沉青不曾来过，因为是皇帝和后宫嫔妃的起居之所，他这样身份的人平时是没有资格进入的。

　　他一路走一路观望，后宫不仅宽阔，而且比起前殿更加华丽，金碧辉煌，云白光洁的大殿倒映着清澈的水晶珠光，空灵虚幻，端的是美景如画隔云端，让他产生了似乎身在仙境的感觉。

　　随着众人的脚步停下，天使对骆沉青说："骆大人，您请在这里稍候片刻，待下官进去通禀一声。"随后快步走入殿中。

骆沉青站在殿外，打量着这座雄伟的建筑，金顶红门，飞檐上的两条金龙，似欲腾空飞去，金黄琉璃瓦在阳光下发出耀眼的光芒。他又是在心内一阵感叹。

不久后，天使去而复返，对着骆沉青说道："骆大人，皇后娘娘有旨，宣你即刻入殿觐见。"

骆沉青赶忙谢过，又从怀中掏出几两银钱，递给天使，口中说道："辛苦天使大人，这点银钱还请天使笑纳。"

天使收了银钱，展现出一个懂事的笑容，伸手做出一个请的手势。

骆沉青又整理了一下衣冠，快步向殿内走去。

第二十二章　武后

进得殿内，骆沉青用眼角的余光看去，殿中宝顶上悬着一颗巨大的夜明珠，熠熠生光，似天上的明月一般。地上铺满白玉，内嵌金珠，匠人的奇巧心思更是令人赞叹，他们居然能够凿地为莲，朵朵都是五茎莲花的模样，雕刻出的花瓣鲜活玲珑，连花蕊也细腻可辨，仔细看竟是以蓝田暖玉凿成，人从上面经过，竟能生出步步生玉莲的感觉。

大殿下面，此时歌舞升平，伴随着鸣钟击磬，乐声悠扬，丽人们衣袖飘荡，身姿曼妙；台基上点起的檀香，烟雾缭绕。殿内的金漆雕凤宝座上，端坐着一位睥睨天下的王者，正是大唐皇后——武则天。

骆沉青不敢正眼去看，只是用眼角的余光看着这位高高在上的皇后。

他曾经听说皇后"龙睛凤颈"，当年袁天罡还只是相师之时，游历江湖，无意中拜访到武家，在看到武则天时曾大惊失色，说她天生相貌贵重，有帝王之气，还误以为武则天是男儿，后来得知她是女儿身后沉默不语，只是说此女将来必成大器。

在殿前这一看，武则天的确是相貌非凡，只见她身着以红黄两色为主的金银丝鸾鸟朝凤绣纹朝服，两袖旁绣着大朵牡丹，鲜艳无比。裙子带有袍，很长，裙摆上绣着银凤图案，华丽无比。一头乌黑的坠马髻上戴着彩珠链，雅致美观。一双犀利娇媚的丹凤眼，隐隐透露着皇家威严。骆沉青从来没有见过如此气质高贵而又威严的女子，第一次和武后如此近距离接触，此时也不由得感觉到了一丝压力。

他急忙上前几步跪拜在阙下，口中道："下官大理寺少卿骆沉青，叩见皇后娘娘。"然后拜服于地不敢抬头。

武皇后在殿上，也在仔细端详着眼前的骆沉青，觉得这个年轻人浑身散发着不同寻常的气质，黑亮的发，斜飞的英挺剑眉，蕴藏着锐利的细长黑眸，削薄轻抿的唇，棱角分明的轮廓，修长高大却不粗犷的身材，冷傲孤清却又盛气逼人，孑然独立间散发的是傲视天地的强势，也确是一个出众的青年才俊！

"爱卿，免礼平身。"武后朗声说道，语气虽然平淡，却不失威严。

骆沉青谢过后，从地上起来，垂手侍立，真正做到了眼观鼻，鼻观心，等候着皇后的进一步垂询。

"骆爱卿，可知今日我宣你来为了何事？"武皇后问道。

"请娘娘示下。"骆沉青回道。

这时候从武则天身后转出一位女官，对骆沉青说："骆大人，听闻今日这长安城内发生了离奇的连环命案，皇上下了旨要大理寺和靖安司严查此事，不知进展如何？"

骆沉青微微抬眼看去，只见说话的女官淡色官服裹身，头上梳着扇形高髻，远山眉下是一双狭长的灵眸，虽然年纪尚轻，气度仪态却是高雅不凡，也是一个绝美无比的动人美人儿。

立时骆沉青就知道了此人是谁，她应该就是武皇后身边最得宠的女官——上官婉儿，此女容貌倾国倾城，更难得的是德才兼备，是武则天最信任的左膀右臂。

他略一沉思，回答道："回娘娘的话，下官奉命查办此案，经过多方走访和调查，目前只是有一些线索，但距离破案可能还尚需时日。"

上官婉儿说："请骆大人说得明白些。"

骆沉青答应一声，将最近江湖人士和异族势力的异动讲述了一遍，但他并没有提及李适之和所了解的皇室的异常。他知道如果这件事让武后知道，就会察觉他已经在调查皇室，那事情后面的发展很可能就会超出自己的控制，因此他决定隐瞒。

"下官判断，这一系列的事情，很可能是江湖争夺武林盟主而引起的仇杀，而异族势力也会借着这件事将长安城的生活搅乱，好浑水摸鱼获得一定的利益。"骆沉青说。

"那骆大人最近是否查到了什么具体的情况？"上官婉儿又问。

"目前还没有，只是微臣听说，最近武林大会就会召开，届时江湖的各方势力将会汇聚京城，到那时，狐狸的尾巴一定会露出来。"骆沉青说。

上官婉儿侧头看了一眼武后，武后略一点头，心领神会的婉儿又问道："听说在查案的过程中，骆大人遭受了伏击，受了伤？"

骆沉青如实回答。

"可知道那些人的身份？"上官婉儿问。

骆沉青摇了摇头，说："微臣确实还没有查清这些人的身份，但是微臣也发现他们的武功路数似乎和我有着极深的渊源，相信这件事不久后也会水落石出。"

骆沉青心下暗想，自己受伤的事情极少有人知道，武后居然能在第一时间获知，可见她的势力有多么恐怖，似乎一切都在她掌控之中。

此时，武则天的眼睛突然亮了一下，她说道："骆爱卿，这个案子非同小可，陛下也是整日关心此案，茶饭不思，望爱卿能尽快破案，也好给百姓们一个交代。"

"臣遵旨。"骆沉青抱拳应道。

"听说骆爱卿自己有一套师传的绝学，本宫也想开开眼界，不知爱卿意下如何？"武后说。

"既然皇后娘娘想要看，那微臣自当从命，献丑了。"骆沉青说。

刹那间，殿内的众宫女和侍卫纷纷向两旁闪开，为他腾出一片开阔地。骆沉青缓步走到场地中央，紧了紧身上的衣物，伸手踢腿感到再无半点绷挂，于是站定身姿，环视四周。

武后也是屏气凝神双目注视着他。

只见骆沉青收敛笑容，刷地亮开架式，两只眼睛射出的精光像流星般一闪，眼波随着手势，精神抖擞地施展开来。只见他身形不断转动，双拳如风，施展出平生所学，真的是动作轻如飞燕，出手重如霹雳，形如捉兔之鹘，神如捕鼠之猫，力如千斤压顶，劲似利箭穿革。骆沉青站定身形，向四周拱了拱手，这一套拳术下来赢得满堂喝彩，就连在一旁侍立的卫士们也纷纷点头叫好，所谓"内行一出手，就知有没有"，同为武夫的他们是看得懂其中的门道的，都暗自夸赞：这大理寺的少卿果然是有几分真本事！

武后也是看得高兴，传旨赏赐骆沉青布匹绸缎和银子，骆沉青谢过。随后武后说道："骆爱卿，本宫见你本事不凡，深觉你定能破获此案，望你更加努力。"

骆沉青恭敬地答应，武后又说："本宫命上官婉儿作为你的协办，共同侦破此案，如果以后办案遇到什么难处，你可以找婉儿，她自会助你。"

两人都应了一声，随后武后赐给骆沉青一块令牌，凭借此令牌可在白天出入皇城，畅行无阻，骆沉青又是谢过。

"好了，本宫有些乏累了，你先退下吧。"武后传旨。

骆沉青拜伏在地，恭敬地行礼后随着侍从退出宫殿。

第二十三章　婉儿

骆沉青刚走出太极宫不久，后面就传来了一个声音："骆大人且慢。"

骆沉青回头望去，是上官婉儿随后跟来，他赶忙回过身，躬身施礼："上官大人。"

上官婉儿微微一笑，那笑颜如花一般绽放，真的是美得不可方物，她说："骆大人无须客套，你我都是为朝廷办事，以后就叫我婉儿吧。"

"不敢不敢，下官怎可直呼大人的名讳。"骆沉青说。

上官婉儿见他如此这般，也没有再勉强，她又说道："骆大人，我们是不是该一起研究一下这个案子？"

"悉听大人吩咐。"骆沉青说。

"那好，你就随我来吧。"上官婉儿径直向前走去，骆沉青赶紧快步跟上。

不久后，他们就来到了位于宫城西面的太液池，这里模仿建造了蓬莱、方丈、瀛洲三座仙山，将这宫城点缀得颇具江南水乡的风韵。

两人来到湖面上的一处凉亭，上官婉儿问道："不知骆大人下一步想要如何行事？"

骆沉青略微一思索，答道："不瞒大人，下官最近探查案情，发现了一个蹊跷之处，此案与我几年前遇到的案子似乎有些相似之处。"

"你是说当年的那个连环凶案？"上官婉儿问。

骆沉青点头："那个时候是我师父雷捕头带着我去办的，但是就在案情即将真相大白的时候，师父却突然停止了所有的工作，最终这个案子也就成了悬案。"

"那你下一步要做什么？"上官婉儿问。

"下官计划先去靖安司和大理寺调取当年案件的卷宗，我总有种感觉，这两件案子之间有着千丝万缕的联系，但从目前的线索来看，可能很难查出什么。"骆沉青说。

上官婉儿点了点头，似乎也若有所思。她说："那骆大人需要什么协助就直接跟我说，能帮助大人的我定当尽力。"

骆沉青对上官婉儿表示感谢。

突然，上官婉儿看着湖面，发出了感慨："骆大人看这盛世美景，心中可有愿望？"

被她没来由的这么一问，骆沉青有些奇怪，于是问道："上官大人所指何事？"

"这大唐的江山得来不易，更是倾注了陛下和皇后娘娘的心血，江山如画，谁能不爱呢？"上官婉儿说。

"上官大人所言极是，所以下官当尽心竭力让这盛世更加繁荣稳定，不辜负陛下和娘娘的期望。"骆沉青说。

"很久没有这么轻松地和别人说过话了。"上官婉儿微笑道，"自从我幼时进宫以来，真的是步步惊心，伴随在陛下和娘娘的身边每天都是如履薄冰，骆大人可能觉得我在二圣身边，看上去位高权重，风光无限，其实我也只是有苦自知，一个不留神可能就大祸临头。我就像这笼中的鸟儿，多想自由自在地在天空中飞翔啊！"

这点骆沉青深知，伴君如伴虎，这些受到皇帝和娘娘宠信的人，并没有表面看上去那么风光，伺候他们其实是件苦差事，时刻要揣摩圣意，一不小心就可能失宠，所谓落魄的凤凰不如鸡，真的是不如他们自在。

"既然是协助骆大人查案，以后骆大人就多带婉儿出去见见世面吧！"上官婉儿说。

"上官大人身子金贵，况且这查案辛苦不说，还异常凶险，我可不敢让大人以身犯险，出了差池我可是担待不起啊。"骆沉青说。

"无妨，别看我是个女子，但是也没那么娇气，虽然我不敢说武艺精通，但常伴在二圣身边，手底下自然也是有些功夫的，足以自保。"上官婉儿说，"而且娘娘吩咐下来的事，我怎么能不尽心去办，总不能让骆大人一人在外奔波，而我就在宫里坐享其成吧？"

骆沉青也是感到头大，这上官婉儿是皇后亲自派来的心腹，自己也是得罪不起，但是身边总带着个女人，查起案来也是不太方便，这可如何是好？

上官婉儿看出了骆沉青的为难，于是继续说道："骆大人不必担心，我早已经想好了，和你一同去办案的时候我定不会以这般姿态出现。女装出行确实多有不便，我女扮男装就好了，而且我在宫中年头也多，各个衙门也都是关系，想必协助大人做些事还是更方便些。"

事已至此，骆沉青也不好再推托，只得硬着头皮说："那就有劳上官大人了。"

上官婉儿露出一个开心的微笑，她让骆沉青留下府邸的地址，然后两人又并肩在太液池散了一会儿步，她也给骆沉青讲述了自己的身世和宫中的趣事。原来这上官婉儿也是个苦命的女子，她本出身于显赫的世家，因祖父上官仪得罪了武则天而遭到灭门之祸。幼小的上官婉儿随着母亲入掖廷为奴，但是坚强的母亲没有消沉，而是着力培养小婉儿读书。在十四岁那年，上官婉儿已经是文采过人，人也出落得格外美丽，她从武则天的身上看到了女人改变自己命运的可能，从此把天后当作自己的榜样。武则天得知宫中有个小姑娘不仅貌美而且文采过人，于是召见了小婉儿并当场出题，小婉儿对答如流，深得武后喜爱。于是武后免去了上官婉儿奴婢的身份，命她掌管宫中诏命，从此她开始了常伴武后左右的政治生涯。骆沉青从心底里佩服这个不向命运屈服的女子，也觉得这个女子将来必定能成就一番功绩，只不过她的目标太过明确，不是骆沉青能够驾驭的女人。

两人又闲谈一阵，上官婉儿将骆沉青送出承天门，并约定了会同办案的一些细节，骆沉青就离开了宫城。

他没有立即返回家中，而是回到了大理寺，一进门就看见裴少卿等在衙门，见他进来，急忙迎上来问道："老骆，听说你被皇后娘娘召见了，怎么样啊？"

骆沉青不置可否，示意他跟自己过来，两人并肩走进骆沉青的公署。示意裴少卿坐下后，骆沉青命吏员端上茶水，在宫城这么久，而且打了一套拳，他着实是有些渴了，大口喝下茶后，他长长舒了一口气："唉，今天真是一言难尽！"

裴少卿见状，投来了期盼的目光，他坏笑着说："皇后娘娘是封赏了你官职还是奖赏了财物啊？你这一趟应该是没白去吧？"

"你想得美啊！"骆沉青说，"这案子现在惊动了武后，后面要是再不抓紧办，估计够你我兄弟喝一壶的了！"

"啥？"裴少卿听到后惊了一下，险些把手中的茶碗打翻，"乖乖，这事现在皇后娘娘也在过问了？完了完了，这差事越来越难办了！"

"是啊，咱们日子不好过喽！"骆沉青说，"老裴啊，明日咱们去一趟靖安司吧，我想去调取当年案子的卷宗，分析一下这两桩案子之间的联系。"

"对，我也是这么想的，既然当年的案子已经接近事情的真相了，我们从那里入手或许会有收获。"裴少卿说。

第二十四章　卷宗

第二天，骆沉青起了个大早，洗漱完毕穿戴整齐后，就准备会合裴少卿一起去靖安司查找卷宗。这时候老仆来报，说是门口来了一位公子求见。骆沉青有些纳闷，怎么这一大早就有人上门。于是他迈步走向门口想要看个究竟，离着老远，就看到门口站着一位穿着华贵的白衣公子。他上前仔细一看，顿时眼前一亮，来者非是旁人，原来正是女扮男装的上官婉儿，她这一身装扮配上她姣好的面容，还真是有一股英气。

骆沉青急忙上前施礼："上官大人，下官有礼了。"

上官婉儿微微一笑，说："骆兄，这里并非朝堂，你我也不必客气了。咱们此番结伴出行，就不要相互呼唤官职了，你我就兄弟相称吧。骆兄，小弟上官有礼了。"

骆沉青也不好反驳，只是点了点头，称道："上官兄弟。"

上官婉儿笑意更浓，她满意地点点头，问道："今日骆兄欲往何处？可是要去靖安司？"

骆沉青点了点头，说："你我就一同前往吧。"然后伸手做了一个请的手势。

两人并肩出了骆府，刚走到街口，远远就看到裴少卿迈着六亲不认的步伐向这边走来，远远就喊道："老骆，我来了……"随即他就看到了骆沉青身边的上官婉儿，一瞬间，他的眸子似乎都亮了许多，疑惑道："老骆，这位是……"

骆沉青有些尴尬地说："老裴，介绍你认识一下，这位是上官公子。"

裴少卿当差多年，眼光也锻炼得相当犀利。他一眼就看出来她是女扮男装，而且有着倾国倾城的姿色，但是既然是跟着骆沉青一起来的，必然是大有来头。他也没有当面拆穿，只是热情地打着招呼："原来是上官公子，我叫裴少卿，你可以叫我老裴。"

骆沉青接过话说："上官兄弟，这位是我在大理寺的同僚，裴少卿，是我多年的朋友，他现在官居大理寺的捕头。"

上官婉儿只是淡淡点了个头，算是打过了招呼。

裴少卿看到她不咸不淡的态度，也觉得有些自讨无趣，于是他干咳两声，将注意力又转移到骆沉青身上，说道："既然都准备好了，咱们就一同去靖安司吧，好好看看卷宗，争取早点找到线索。"说完自己转身就向街上走去。

靖安司坐落在长安城的光德坊，位于西市的旁边，也是一个繁华的所在。但是由于靖安司是属于朝廷的特殊情报机构，也负责维护朝廷的统治，所以百姓们都不愿过于靠近，因此，繁华的光德坊虽热闹，但靖安司门口却是有些冷清。

一行三人慢慢踱步来到靖安司，向守卫的侍卫亮明身份，因此并未受到阻拦，直接来到了靖安司大堂。今日当值的靖安司司丞叫作林高远，见到三人到来，赶忙迎上前来，都在一个系统内当差，他自然是认得骆沉青和裴少卿的。他上前施礼道："骆大人，今日怎么有空来我们这里啊？"

骆沉青赶忙还礼，称道："今日来叨扰林大人了。"

林高远摆摆手："你我同为朝廷效力，谈不上麻烦不麻烦的。"

上官婉儿在一旁端详着林高远，只见此人长着一张标准的国字脸，修长的身材，刀削的眉，高挺的鼻梁，薄薄的嘴唇，一双漆黑的眼珠，透露出一种精干的气质。

骆沉青又说道："林大人，今日我们前来有一事相求，希望能够调阅当年连环凶案的卷宗。"

林高远微微一怔，随后说道："骆大人说的可是前几年雷捕头经办的那桩悬案？"

骆沉青点头："不知那卷宗是否还在？"

"在的在的，这桩案子也是我靖安司非常重视的案件，只可惜没有查明真相，也是我们心头的一块大石，不知大人是否有查案的凭证？"林高远在此事上也是异常谨慎，他并未因为和骆沉青相识就马虎大意。

骆沉青掏出大理寺办案的令牌，林高远查验后确定无误，于是一伸手："列位请跟我来。"

几人随着他向档案库走去，一路上林高远说："骆大人突然要查阅这份卷宗，是不是怀疑最近的案件和当年这个案子有关联？"

骆沉青说："林大人高见，骆某确实觉得这两件案子过于相似，所以怀疑二者之间的联系，想要重新梳理一下当年案件的线索。"

林高远又赞叹了几句，夸奖骆沉青办案缜密，能将两个案子并案，确实是高人一等。

穿过一条回廊，就来到了档案库，把守档案库的吏员看到林高远带着众人前来，赶忙施礼。

林高远吩咐道："去，打开天字第一号库房，在甲字架第三排找到'长安167号案件'的卷宗给骆大人。"

林高远作为靖安司的司丞，对所有案件的卷宗都是如数家珍，所有的卷宗的位置都印在自己的脑海中，尤其是这件案子他印象深刻，所以也不需要大费周章地寻找。

吏员应了一声，掏出钥匙就直奔天字一号库房。

林高远又对众人说："各位，库房里潮湿阴暗，不如我们就在查阅馆内等候吧？"

大家都点头应允，随着林高远来到了查阅室。这查阅室是专门供办案差人查阅卷宗的地方，采光极好，环境也布置得简洁大方，还专门配备了笔墨纸砚等应用之物。骆沉青对此感到很是满意，这样就省去了将卷宗拿回大理寺查阅的烦琐。

众人就在这里边喝水边等待，不一会儿工夫，吏员匆匆忙忙跑了过来。林高远看他这副模样，有些不满，嘴里说道："你看你，慌慌张张成何体统！"

"禀告大人……"吏员喘着粗气。

"别慌，慢慢说。"林高远有些不悦。

"大人……卷宗……卷宗不见了！"吏员说道。

"你说什么？"林高远变了脸色。

"小人……小人刚刚去查找卷宗，发现架上的卷宗不见了！"吏员止不住地慌张。

骆沉青和上官婉儿同时起身，往档案库疾步走去，裴少卿和林高远也快步跟上。

第二十五章　失窃

来到档案库的天字一号库房，只见大门敞开，几人同时迈步走进室内，吏员赶忙上前引导众人来到甲字书架前，指着一块空空如也的地方说："各位大人请看，原来卷宗就是摆放在这里，前几日小人还亲自查点过，所有卷宗都是安然无恙，谁知道刚才我进来一看，这卷宗却不翼而飞。"

骆沉青马上让裴少卿对周围的环境进行检查。裴少卿领命后，仔细检查了这里的门窗和屋顶，回禀道："骆大人，我查看了所有的地方，没有发现暴力破坏的痕迹。"

上官婉儿接话道："既然不是从外部暴力破坏的，那么只有两种可能，一种是窃贼的手段相当高明，另一种就是监守自盗。"

骆沉青看了看上官婉儿，心中赞了一声，这女子一下就看出了其中的端倪，果然是不简单，要不然她如何能跟随在武后身边受到宠信。他转过头对林高远说："林大人，你以为如何？"

林高远也点点头，他立即吩咐吏员去查一下这几日在档案库当值的都有哪些人，吏员领命后匆匆而去。

骆沉青几人也没有闲着，纷纷对档案库的周边进行查勘。他走到书架前仔细观察，发现这空空如也的地方，本该放置卷宗的地方周边已经有了细微的灰尘，想必是这份卷宗躺在这无人问津已经有些时日了，但就在他们决定查看的时候却不翼而飞，这未免也太过巧合了吧？

不久后，吏员又匆匆返回，手中拿着一张值班表，递到了林高远手中，林高远接过名单看了看，马上问道："昨夜当值的是刘启山？"

吏员也看了看名单，点头确认，表示确实是刘启山当值。

林高远问这个刘启山现在人在何处。吏员回答说，他清晨和自己换班后就回家休息了。

骆沉青说："好，我们就从这个刘启山查起吧，你知道他家住何处吗？"

吏员点头说："回大人，刘启山家住距此不远的怀远坊，他家前面有两棵大槐树，很好辨认。"

事不宜迟，骆沉青众人立刻动身前往刘启山的家。

一炷香的时间，他们就赶到了刘启山的家门口。裴少卿上前敲响了他家的房门。没过多久，只听得房门"吱呀"一声打开，里面探出了一张女人的脸庞，她轻声问："请问你们找谁？"

"这里是靖安司衙吏刘启山的家吗？"裴少卿问道。

"是的，你们是？"女人问道。

这时候林高远上前几步，说："本官是靖安司司丞林高远，找启山兄弟问些事情。"

"原来是林大人，民妇多有冒犯。"女人一听说是丈夫的顶头上司，连忙说道。

"启山现在何处？"林高远又问。

"我夫君清晨当值回来后就一直在卧室睡觉休息。"女人答道。

"那就带我们去见见他吧，我们有很重要的事。"林高远说。

女人赶忙打开大门，让几人进去。

刘启山的家并不大，只是长安城中最为普通的民居样貌，瓦房是青的，土灰色的墙，一片又一片整齐有序的瓦片在木头架子上井然有序地排列着，既不单调又不乏味。

几人跟随着妇人来到卧室门前，妇人轻叩了几下房门，低声说道："夫君醒来，几位大人有要事来到咱家，你赶紧迎接。"

但是房内毫无动静，裴少卿是个急性子，他挽起袖子，使劲在房门上敲打了几下，大声说道："启山兄弟，我们是大理寺的，有话要问你，你赶紧起来，不然我就要进去了。"

房内还是毫无动静。

裴少卿感觉有些不对，用手推了推房门，房门并没有从内上锁，只是虚掩着。他轻轻一推，房门就被打开，他率先迈步走进房内。众人也随后跟上，走进房内。

　　只见房内的摆设较为简朴，都是一些百姓家常见的日用品，一眼望去就看见一个男子仰卧在床上，似乎正在酣睡。

　　裴少卿迈步上前，拍了拍他，但是男子毫无反应，裴少卿见状，又伸出双手摇晃了一下他的身体，还是毫无反应。

　　此时，裴少卿已经感觉事情不妙，伸手在男子的鼻子下面探查了一下，又摸了摸他的脉搏。

　　"大人不好了，刘启山死了！"裴少卿惊叫。

　　什么！众人赶快都围拢在了床前，骆沉青和林高远也是赶紧检查，然而这个刘启山确实已经气绝。

　　"怎么会这样？"林高远十分激动。

　　"林大人，你先莫慌，我们先检查一下。"骆沉青还是比较沉得住气，这样的情况最近他也是遇见得多了，也不感到奇怪。

　　旁边的夫人见到自己夫君突然暴毙，先是惊诧，然后就爆发出惊天的哀号。

　　骆沉青皱了皱眉，对上官婉儿说："上官兄弟，你先扶刘夫人出去吧，安慰她一下，我们要对尸体进行一个初步检查。"

　　上官婉儿点了点头，本来她一个女子就对尸检有些抵触，现在骆沉青正好发话了，她也就顺水推舟来到妇人旁边，边安慰边带着妇人出去了。

　　等到她们二人出去，剩下的三个人互相对视了一眼，都从彼此的眼中看到了凝重。骆沉青点了点头，裴少卿就开始脱解刘启山的衣服，直到将他赤条条地脱个精光，骆沉青上前，开始从头到脚检查尸身。林高远也在一旁观看，他作为靖安司的司丞，虽然也参与过一些案件，但更多的是做一些情报搜集和整理的工作，对于尸检他也不擅长，只能在旁协助骆沉青。

　　骆沉青就这样一点一点地检查刘启山的尸身，连头发也不放过，但是检查了一圈，却没有发现任何外伤，这与前几天的那十七具尸体情况十分相似！

裴少卿显然也看出了问题，他低声说："老骆，是不是要将尸体运回大理寺仔细检查一下？"

骆沉青点了点头，说："你现在立刻赶回大理寺，多调几个人，将尸体运回大理寺，这回我们一定要在尸体上找出线索才行。"

裴少卿领命后，立刻飞奔出刘启山的家门，直奔大理寺而去。

骆沉青和林高远将刘启山的衣物穿好，然后转身去看他的夫人。

另一间房内，妇人还在兀自哭泣，上官婉儿在一旁好言安慰，毕竟早上还是一个大活人，没到中午就不明不白死去，这确实叫人难以接受。

骆沉青也安慰了她几句，然后问道："夫人，我需要问一问你启山兄弟的情况，这对于查明案情很重要，希望你如实作答。"

妇人听说后，强忍住悲伤，一边抽泣一边点了点头。

"启山兄弟这几天有无异样？"骆沉青问。

妇人想了想后，回答："启山这几天确实有些不对劲，每天回到家中就是把自己关在房间里，吃饭的时候叫他也是经常不回应，在吃饭的时候也是经常发呆。"

"那今早回来后，他有什么异常？"骆沉青接着问。

妇人没有丝毫犹豫说："今早启山回到家中，我就见他的脸色不是很好，我就问他是不是哪里不舒服，他也不回答，只是说自己有些乏累，想要回房去歇息。我也就没多问，见他回房后就拎着菜篮子去集市上买菜去了。我心想他最近可能真的是累坏了，中午做几样好菜让他好好补一下身体。"

"然后呢？你买菜大概用了多少时间？"骆沉青接着问。

"集市离我这里并不算远，算上来回大概也就一炷香的时间。我回来后推开房门看了看，见他就这样躺在床上，我以为他睡着了，也就没有去唤醒他，没想到竟然出了这样的事。"妇人继续说。

"你家可有下人？"

"没有的，就是我夫妇二人。"

"平日里可与周围邻居结仇？"

"没有，我和启山都是好脾气，平时与大家都相处和睦。"

"今早回来时，可见他带回什么东西没有？"

"没有，启山回来的时候是空着手的，没见他带回什么东西。"

一连串的问题问完后，骆沉青似乎也没有找到什么破绽。

这时候，裴少卿带着四名大理寺官吏匆匆赶到。骆沉青吩咐他们将刘启山的尸身装殓起来运回大理寺，并且将妇人做的饭菜统统带走，又叫来了地方的保长，通知他为刘启山家做好善后工作。在案件没有查清前，暂时封锁宅邸，没有大理寺的手令，任何人不得进入。

一一进行安排后，裴少卿等人便准备将尸体运回大理寺，骆沉青叮嘱他，尸体一定要派专人好生看管，不能再发生尸体不翼而飞的事情了。裴少卿拍着胸脯保证，自己会亲自看管，请他放心。

第二十六章　空手

安排妥当后，上官婉儿问骆沉青，是否要去集市上看看。他知道案件的关键与集市基本无关，但是既然上官婉儿提出了，他也不好反驳，于是和林高远一同前往集市。

集市距离刘启山的家并不远，也就是一个长安城中普通的集市，里面各种蔬菜水果、日常用品应有尽有，周围几坊的人一般都会在这里采购必备的生活用品。三人随便转了转，并没有发现什么可疑之处，倒是上官婉儿饶有兴致，可能是因为久居深宫，平日里很难接触到百姓生活，所以格外觉得有趣。

又探察了一番，没有发现与案件相关的情况，骆沉青打算返回大理寺，于是就和林高远作别。临走之时他嘱咐林高远："林大人，我这就赶回大理寺验尸，档案库失窃的事情还请你多费心，我想刘启山的事件绝不是孤立的，靖安司内肯定还能查到一些相关的线索。"

林高远也是略带歉意地说："这个请骆大人放心，我们靖安司出了这样的事情让我也是脸上无光啊！我一定会将这件事一查到底，给骆大人一个交代。"

骆沉青点了点头，与他又寒暄了几句，就和上官婉儿向大理寺衙门赶去。

一进大理寺，所有的衙吏都纷纷向他问好，骆沉青也是微笑致意，脚下并不停留，与上官婉儿一起直奔验尸房。只见裴少卿带着一队差役，守候在停尸房门口，打过招呼后，一起进入验尸房。裴少卿知道这次事关重大，自然是不敢大意，亲自押送尸体回来，并且把衙门内最优秀的三位仵作都叫了过来。

众人都围拢在刘启山的尸体旁边，骆沉青下令开始验尸。三位仵作一起动手，开始对尸体进行解剖和验毒。随着刘启山的尸身被刀子划开，血水如同决堤般涌了出来，刹那间房间内就充满了一股血腥的味道。这些公差对此是见怪不怪，一旁的上官婉儿却不能忍受，她只觉胃中一阵翻江倒海，似乎有一种不受控制的恶心即将喷涌而出，她急忙捂住嘴，但是还是无法克制住呕吐的欲望，只得分开众人冲了出去，在庭院里狂呕起来。

裴少卿呵呵笑道："骆大人啊，你这位上官小友看来是个新手啊，这才哪儿到哪儿啊，这都忍受不了，恐怕日后办案有你头疼的了。"

骆沉青苦笑着摇摇头，他知道大家一开始也都无法忍受这血腥画面，都是熬出来的。

过了一会儿，上官婉儿呕吐完回到验尸房，眼神还有些迷离，显然是还没从这冲击中缓过来，她强忍着走到近前，心中又是一阵止不住的恶心，再次夺路而逃，远远地对骆沉青说："骆大人，我还是在外面等着你吧，有什么情况你做主就好了……"

骆沉青也不答话，这样的情况也在他的意料之中，毕竟还是女流之辈啊，他继续埋头专注在尸体上。

不久后，尸体的检验基本完毕，三位仵作仔细查看了尸体的各种情况，结论也都汇总了上来。"禀告大人，小人们进行了仔细的检验，尸体没有中毒的迹象，也没有受到严重的外伤，但是尸体的经脉尽断，内脏也尽数碎裂，我们不知道是如何导致的。"仵作们这样禀告。

果然如此！骆沉青心中暗道。

一旁的裴少卿嚷嚷起来："又这么邪门啊，跟那十七具尸体的死因居然相同。骆大人啊，这到底是什么邪门手段？"

既然和自己的判断一致，也得到了验证，骆沉青心里就有了数，这次的手法果然还是和墨家天机术有关，看来这案件后面的波折还是很多啊！

骆沉青吩咐仵作们将尸体重新整理好，用冰块镇好防止快速腐败，又交代了要严格看守验尸房，不得再出差错，便叫上了上官婉儿和裴少卿一起走向自己的办公堂。

进屋后，招呼两人坐下，骆沉青先开口："二位觉得这尸体的情况如何？"

两人互相看了一眼，都摇了摇头表示自己看不出什么眉目。

事已至此，骆沉青觉得似乎有必要给他们讲述一下墨家机关术的情况，因为单凭自己的能力，似乎很难揭开其中的玄机。于是他说："二位，实不相瞒，这样的杀人手法与我曾经所学的一门武艺极为相似。"

两人不由得吃了一惊，他们没想到骆沉青居然知道这么狠辣的手法，并且也会运用。

　　"你们听我慢慢和你们道来。我在加入大理寺之前，一直跟随师父学艺，虽然一直不知道我们所属的门派，但是我也知道除了基础的武功，我们擅长使用一种叫作'机关术'的手法，我们可以借助器械和外力，提升我们的身体潜能，达到常人所不能达到的境界。"骆沉青说。

　　裴少卿听他这么说，立刻反应过来，说："怪不得以前和你办案的时候，遇到危险时你都能化险为夷，而且身手远超我们，原来是这么回事啊。"

　　骆沉青点头，然后继续说："前不久因为机缘巧合，我得知了我们这一派是从春秋战国的墨家传承下来的，墨家你们都知道吧，是那时候的墨子所创，为的是兼济天下。不过随着时光的流转，墨家逐渐式微，而我们就是所剩无几的墨家传人，现在还有多少墨者，我也不知道。"

　　两人默不作声，只是听着。骆沉青继续说："凶徒很可能就是我们墨家的传人，他用的手法也是墨家机关术中的暗杀手法。我判断刘启山就是在夫人去买菜的这个时间段内被暗杀的，借助机关之术，杀人于无形，表面上看不出任何外伤。"

　　两人还不知道怎么消化骆沉青说的话，这个消息对两人的震撼实在太大。这时候，一个衙吏匆匆跑过来禀报，说是靖安司司丞林大人派人来传话，骆沉青赶忙叫他进来。

　　来人进屋后先是施礼，然后说道："骆大人，我们林大人在查访刘启山身死的案件中，发现了一件蹊跷的事。"然后他看了看裴少卿和上官婉儿。

　　"这两位都是我办案的心腹，不必隐晦，详细说说看。"骆沉青说。

　　来人低声说："是这样的，昨日是刘启山在档案库当值，小的因为有事所以没有着急回家，在做完手头的工作后，正准备回家的时候，发现一个身影鬼鬼祟祟，于是就悄无声息地跟在那个身影的后面，借着隐隐约约的光亮，我看清了此人正是刘启山，手中还拿着一个不知是什么东西的包袱。我心想这半夜三更的，他不好好当值，这是要去哪里，于是就继续在后面跟随。"

骆沉青眼前一亮，示意他接着说。

"于是小人跟着他到了鬼市，看他走进了鬼市的一家小铺面，约莫过了半炷香的时间，就看他空手走了出来，然后回到了靖安司。"来人说。

鬼市？他去那里做什么？几人很是疑惑。

"后来我想，他可能是偷了靖安司的什么东西，高价转卖给鬼市的商人，因为我俩平日里关系还不错，所以也没有第一时间告发他。今天林大人把我们都叫去讯问，我才想起了这件事，于是就赶快来禀告大人，请大人治罪。"

骆沉青点了点头，问道："你是有罪，作为公差遇到了这样的事没有及时向上峰禀告，玩忽职守。不过事发突然也情有可原，我来问你，你可还记得是鬼市的哪间店铺？"

来人点了点头，说："小人当然记得，我也是靖安司的，对于自己的记忆力还是很有信心的。"

"好，你叫什么名字？"骆沉青问。

"回大人，小人名叫黄锦。"

"黄锦，你先回靖安司去，今晚亥时你在靖安司衙门前等我，我们一起去鬼市看看。"

"遵命，小人先告退了。"说罢黄锦转身而去。

骆沉青看看二人，说："今晚咱们有活要干了，都先回去休息吧，晚上我们靖安司门前见。"

第二十七章　鬼市

骆沉青回到家中，简单洗漱了一下，吩咐家仆早早准备好晚饭。等到夜幕降临，长安城开始宵禁，骆沉青装上自己的机关，迈步走出了家门。当他到达靖安司衙门时，发现其他三人已经等候在门外，四人会合后，一起出发前往长安城的鬼市。

说到这长安城的鬼市，也是大有来头，大唐对社会自由度掌握得非常严格，朝廷为了更好地巩固统治，还专门搞了一套制度——"坊市制"，百姓们平时只能在固定的地方进行贸易活动。此外，大唐还实行了一种"宵禁制度"。也就是说，不准百姓在夜晚无缘无故外出，一旦出去就是"犯夜"，一旦被发现，就得受到严重的处罚。"犯夜"的标准又是什么呢？只要是在"闭门鼓后、开门鼓前行者"，皆为犯夜。于是，百姓们便开始自由组织起来，既然在白天不允许贸易往来，晚上也不能出去，那就索性在凌晨等官差都睡觉的时候进行买卖活动。所以渐渐地，唐朝的鬼市便由此应运而生了。而此时的鬼市"半夜而合，鸡鸣而散"。

鬼市位于长安城东，这里紧邻着皇城的城墙，名曰务本坊，百姓们迫于生计，只好在夜间进行交易，对此朝廷和官府也都是知道的。因为民生问题也不得不重视，随着时间的推移，多数时候也都是睁一只眼闭一只眼，只要不闹出大乱子，也没有人刻意去阻止了。所以这里在夜间也成了城内一个特殊的地方，三教九流，鱼龙混杂。

黄锦带着三人来到了鬼市，一眼望去，这里和其他地方的寂静形成了强烈的反差。虽已是深夜，这里却格外热闹，虽然这里的人都行色匆匆，或许还干着一些见不得光的勾当，但有着无法阻止的交易的热情。

这里确实能看到平日很少见到的东西，尤其是让上官婉儿大开眼界，她饶有兴致地左顾右盼，显得有些兴奋。旁边的裴少卿满脸一副"真没见过世面"的表情。上官婉儿也懒得搭理他，只是陶醉在热闹的市集之中。在走路的过程中，前方突然出现了一个乞丐，他似乎是身体虚弱，跟跟跄跄地撞向骆沉青，眼见着他要跌倒，骆沉青伸手搀扶住了他，只见这乞丐满脸污泥，形销骨立一副弱不禁风的样子，见骆沉青伸手搀扶急忙说："叫花子冲撞了大爷，该死该死！"

骆沉青也并没有在意，只是说："无妨，你去吧。"

乞丐连连称谢，匆忙绕过他们急急而去。

上官婉儿露出一个厌恶的表情，在宫城内长大的她最受不了这种污秽之人。骆沉青因为经常办差，与市井之人接触比较多，并不是很在意，笑了笑就向前走去。

往鬼市里走了没多久，黄锦就指着一家简易的店铺，说："大人请看，就是那间店铺。"

众人立刻抬眼望去，只见一间毫不起眼的小店淹没在市集中，店前还挂着一面小幡，上面写着：樊记。

"你确定就是这家？"骆沉青问。

"确定，上次来的时候我就仔细观察过了，这间店铺门前有一个石桩。"黄锦说。

大家又仔细看了看，确实看到店铺门前有一根石桩，骆沉青就点了点头，说："黄锦，你陪着上官大人在此等候，我和裴大人进去看看，你们也务必要小心。"

上官婉儿说："不行，我要随你们一起进去。"

骆沉青说："不行，这里鱼龙混杂，里面的情况也不明，我不能让你以身犯险。"

"那你们不是还是要进去，凭什么我就不行？"上官婉儿有些不悦。

"我们是办案的公差，这是我们的职责，而且里面情况万一复杂，我们也没有能力保护你。"骆沉青说。

"哼，谁要你们保护！"虽然她口中这么说，但是也是很自觉地留在了原地。

骆沉青和裴少卿两人检查了一下应用之物，运气将警觉提升到了最高，然后两人并肩向樊记店铺走去。

到了门口，骆沉青四下张望了一番，确定没有人注意这里，于是掀开帘子走了进去。这里就是一个十分简陋的店铺，根本谈不上什么装饰，一进门就是几个货架，上面摆放着一些奇奇怪怪的东西，墙壁四周也堆放着一些较大件的货物。突然，一个苍老的声音传来："客官，要买点什么还是要出手什么吗？"

随后，一位老者从后面的柜台慢慢转了出来。两人抬眼看去，这个老者身穿一袭黑袍，袍子的帽兜戴在头上，将他的半张脸遮住，手里拄着一根拐杖，若不是在鬼市，夜间看到他还真的会被吓一跳。

骆沉青说："您就是掌柜吧？我们兄弟二人路过，就想进来看看有什么稀罕之物，您不必太客气了。"

"那你们就随便看看吧，我这小店虽小，但是奇怪的东西倒是多得很，客官有相中的东西，老头子给你个优惠价便是。"老者又说道。

骆沉青和裴少卿迈步穿行在货物之中，看到货架上摆放的各类奇怪的东西，有水晶头骨、各类奇怪的小动物、虫子、瓷器古玩等。

"老人家，您这里都经营哪些东西啊？"骆沉青问。

"多得很，只有你想不到的，没有我卖不了的。"

"哦？那敢问老人家，您这里可收一些官府的信件或者公函吗？"骆沉青问。

老者的身子明显一顿，接着说："老夫我可没听懂客官你讲的，这官府的东西我们可是不收的，一是不敢收，会惹上大麻烦；二是这些东西也不值钱，收了也没用。"

"那可就有些奇怪了，昨日夜间，老人家是否收了一件卷宗？"骆沉青追问。

"这位客官，我已经说过了，我们这小店不收与官府相关的物什，你要是想买卖什么东西我双手欢迎，你要是想要探听消息，我想你可能找错地方了。"老者说。

"我说老头，你这人好生奇怪，我们昨天明明看到有官府的人进到你这店里，出来的时候手上的东西就不见了，你还想抵赖吗？"裴少卿的脾气还是一贯的急躁。

"哼，好啊，原来你们是来砸老夫场子的啊，我说了没有就是没有，你要是能证明东西在我这里，老夫就双手奉还，如果证明不了，那就别怪老夫我不客气了！"老者的态度瞬间变化，语气也强硬了起来。

"嘿，我就不信邪了，好端端的东西就在你店里，你还敢嘴硬，你敢不敢让我在你这店里搜上一搜？"裴少卿继续争辩。

"好不识抬举，来人啊！"老者大喝一声。

刹那间，从店铺后面走出了四个彪形大汉，冲着老者一施礼，为首的大汉说道："东家，有何吩咐？"

老者喝道："这两个人跑到咱们店里来撒野，你们把他们请出去！"

得到命令，四个大汉就围了上来，将两人困在中间。

第二十八章　钓鱼

眼见着事态急转直下，双方就要动起手来，骆沉青此时赶忙赔笑道：

"各位且慢动手，听我说几句再打不迟。"

老者示意几人先不要动手，冷冷说道："你有何高见？"

"是这样的，我们兄弟绝无要折了您面子的想法，只是昨夜确实有人看到您这里收了一份官府的卷宗，因此我们也是希望能将这卷宗讨要回来，多少钱您可以开个价。"骆沉青说。

"年轻人，算你懂些事理，但是老夫也说过了，没有见过什么卷宗，二位请自便吧。"随后伸手一指大门。

裴少卿正想发飙，骆沉青伸手拽了一下他的衣角，示意他不要闯祸，于是裴少卿便没有再开口。

骆沉青一抱拳："那就不打扰诸位的生意了，告辞！"转身拉着裴少卿出了店铺。

"老骆，他们这明摆着是睁眼说瞎话啊，你为什么不跟他们动手？"裴少卿还是气不过。

"你啊，这么多年了怎么还是这脾气，凡事不能多用用脑子吗？"骆沉青也有些无奈，"咱们现在只有人证，没有物证，他给咱们来个拼死抵赖咱们也拿他们没办法。况且咱们是来查案的，不是来和人打架的，在这个地方动手，你知道水的深浅吗？"

一席话说完，裴少卿也哑口无言，他说："那现在我们该怎么办？"

骆沉青说："我们先和上官大人商议一下。"

两人回到刚才约定的地点，看到他们这么快就回来，上官婉儿和黄锦有些诧异，上前问道："怎么这么快？找到卷宗了吗？"

骆沉青摇摇头，说："碰到个油盐不进的掌柜，他死不承认收过卷宗的事，还差点动手打起来。"

上官婉儿却笑了起来，说："到底是武夫啊，只会直来直去，要不然我去看看吧。"

"那可不行，我们哪能让你只身前往，太危险了。"裴少卿说。

"无妨，本官自有妙计。"

骆沉青也是有些为难，他既想要查找到卷宗，可又担心上官婉儿的安危，所以也没有表态，只是很为难地摇了摇头。

"骆大人，你还想不想查到卷宗的下落了？"上官婉儿问。

"那是自然。"

"那就包在我身上吧。"说罢，上官婉儿向黄锦示意一下，两人不慌不忙迈步走向樊记店铺。

路上上官婉儿叮嘱黄锦："等下你就装作我的仆从，少说话。"

黄锦点头答应。

"有人吗？"上官婉儿迈步走进店铺。

"客官需要点什么？"依旧是那个苍老的声音。

"您就是掌柜的吧？本公子今日闲来无事，就来这鬼市转转，看看能够淘到什么宝贝，不知店家这里可有什么稀罕物件？"上官婉儿摆出一副豪门大少爷的派头。

老者听闻后，仔细打量了一下上官婉儿，看见他穿着华贵，仪态大方，确是富家公子的做派，于是说："嘿嘿，公子好眼力，能找到我这小小店铺。不瞒您说，这天上飞的，地上跑的，水里游的，各类奇珍古玩，奇技淫巧的东西，我这里都有，除了天上的星星月亮老朽弄不到，别的还真不难。"

哦？上官婉儿摆出一副很感兴趣的样子，漫不经心地说道："那就请掌柜的拿出几样让本公子掌掌眼吧？"

"不知公子想要何物？"老者问道。

"本公子平生爱好书画，不知掌柜的店内可有名家墨宝？"

"有的有的，公子请稍候。"说罢，老者转身进了里屋，不多久就捧着几个卷轴走了出来，"公子请上眼。"

黄锦上前两步，从老者怀里接过卷轴，在上官婉儿面前依次展开，上官婉儿仔细端详起来。这几幅字画确实是名家之作，无论是笔法还是意境都能达到上乘之作，她心中也暗自惊诧，这样的作品一般都是在达官显贵或者勋贵之间流传，没想到这个不起眼的鬼市小店也能弄到这些字画，看来这店家确实不简单啊！

假装看了一阵，上官婉儿装出很满意的样子，对老者说："掌柜的，这几幅字画的确是精品，市面上难得一见，你给开个价吧？"

老者见来了大主顾，喜笑颜开地说："公子果然是识货之人，这几幅字画如果你喜欢，就一并买了去吧，价钱么，一共三百两，你看如何？"

一旁的黄锦听到这个价格，眉头一皱，他心想，这几幅破字画就能卖到三百两，这可是自己十几年的俸禄啊！太贵了太贵了，有钱人的生活真是不敢想象。

上官婉儿也不犹豫，直接说："好，掌柜的也是个痛快人，三百两还算是公道。"于是从兜里掏出五十两银子，放在老者面前："今日出来随身没有带太多的银子，这五十两就算作是定金吧，回头我让下人再送其余的银子过来。"

老者见她出手阔绰，也是满脸堆笑："好，那老朽就为公子暂时保存，什么时候银子到了，字画将如数奉上。"

上官婉儿又说："不知道掌柜的这里还有什么奇珍异宝，本公子想再看看，我看这外堂摆设的，没有什么特别的。"

老者笑道："好东西哪能轻易示人，如果公子想看奇珍，请随老朽来。"他一伸手，带着两人走向里屋。

进到里屋，上官婉儿打量了一下，这里明显要比外屋干净许多，物件的摆放也更加整齐，明显要比外面提升了一个档次，仔细端详，各类物件也多是精品。

上官婉儿假装欣赏屋内的东西，眼角的余光却是不断在观察着，想要寻找卷宗的线索，一边看一边随口问："掌柜的，不知道你这东家是什么身份啊，这里的东西来头都不小啊。"

　　老者嘿嘿一笑："公子平日很少来这鬼市吧，我们鬼市有个规矩，就是不问物件的来历出处，也不问买卖双方的身份，你看中了我就卖，你想卖我们就收。"

　　上官婉儿点点头，也没有再追问，突然，一旁的黄锦拽了拽她的衣袖，向她使了一个眼色。

　　顺着黄锦的目光看去，在一个不起眼的角落里躺着一个公文袋模样的纸包，上官婉儿也是久在朝廷，对于卷宗的包装也是极为熟悉的，她不动声色，假装欣赏物品，慢慢向那边踱步而去。

　　这老者也是个精明的人，他似乎察觉到了两人的异样，也不禁往那个方向看了一看，刹那间，他的神色就紧张起来，似乎明白了什么。

第二十九章　动手

　　当两人正要靠近之时，老者突然一个闪身就挡在了二人前面，从身法上看，老者是有几分功夫的。他微微轻咳，似乎在掩饰什么："公子可看到喜爱之物？"

　　上官婉儿说："目前还没有，我想再仔细看看。"

　　老人用手一指说："那就请公子移步到这边吧，老朽觉得你中意的东西都在这边。"

　　一旁的黄锦却说："掌柜的，做生意哪有不让顾客随意挑选的道理，我们这边还没有看完呢。"

老者脸色一沉，身上似乎散发出了不易察觉的杀气，他只是冷冷地说："开门做生意，当然是要遂了主顾的心愿，但要是客官另有所图，那老朽就不欢迎了。"

上官婉儿不动声色："掌柜的说的哪里话来，我也就是随便看看，哪有什么另有所图。"她已经意识到这家店铺绝对有问题，只是目前还不好挑明，不然很可能弄巧成拙，想着再和这人周旋周旋。

不料黄锦却已经是按捺不住，大声说："掌柜的，告诉你，我们是大理寺和靖安司的，今天来你这黑店就是要查出你们的苟且之事，识相的就赶紧让开，不要妨碍公差办案，不然有你的好看！"

上官婉儿心道糟糕，怎么自己带上了个爱捅娄子的家伙，但事已至此，也只好挑明，她说："掌柜的，你身后那个蓝色的口袋是什么？我很好奇，能不能让我仔细看看？"

"你们果然是为此而来！"老者摆出架势，气息顿时暴涨，一副准备动手的架势。

"哟呵，老家伙你还准备抗法不成？"黄锦也是抽出了随身携带的兵刃。

只听得后面一阵杂乱的脚步声，瞬时间出现了四名壮汉，个个手持利刃，虎视眈眈地看着两人。

老者冷哼一声，喝道："天堂有路你不走，地狱无门你自来，来啊，将他二人拿下！"

四条壮汉得到命令，齐齐围了上来。

到了这个时候，不动手也不成了。上官婉儿也抽出了腰间的软剑，亮开架势，几人顿时就混战在了一处。

上官婉儿虽是女流之辈，但是常伴在君王身边，承担着保护皇室安危的责任，平日里也是会习练一些拳脚功夫，但是比起这些人来说就差了不少。而黄锦虽然是靖安司的，但是武艺也是稀松平常，平时对付一些流氓地痞还可以，但遇上这些练家子就相形见绌了。

　　几个回合下来，两人就落于下风，被他们逼至角落，黄锦身上也是已经带伤。眼见着两人就要被擒，就听得门口有人大喝一声："大胆！居然敢动手毒打朝廷命官，我看你们是活得不耐烦了！"话音未落，裴少卿的身影就从门口窜了进来。

　　原来骆沉青和裴少卿二人在外等候了多时，也不知道屋内的情况，于是裴少卿自告奋勇想要靠近打探一下情况，骆沉青也是担心屋内二人的安危，就叮嘱他不要打草惊蛇，远远地观察就好。没想到裴少卿刚刚靠近店铺，就听到了里面传来了打斗之声，他只是向骆沉青打了个招呼，自己就迫不及待地闯了进来。

　　"好啊，你们果然是一伙儿的！"老者冷哼，"全都给我拿下！"

　　裴少卿跨步挡在二人身前，大喝："谁敢动！老子要了他的命！"

　　这几个壮汉压根不将裴少卿放在眼里，照着三人就猛扑过来。

　　因为这次暗访，裴少卿等人没有带称手的兵器，只好拿出防身的短刀，与几人斗在一处。

　　只见裴少卿右手将刀握在手中，左手握拳，施展起近身短打的手段，一时间几个壮汉也是近身不得，虽然兵器不占优势，但是在这个狭小的空间里也没有吃亏，但是毕竟他心中顾忌上官婉儿和黄锦的安危，施展功夫的同时总要照顾到他二人，一时之间也占不到便宜。

　　"哼，一群废物！"老者冷哼一声，挥动拐杖也加入了打斗，一时间，情况大变，这老者的手段明显要高出壮汉们好几筹，裴少卿开始有些支撑不住。

　　老者舞动拐杖，再次将三人逼入角落，裴少卿也是身中几棍，觉得身上火辣辣的疼，心道大事不好，这样下去岂不是要全军覆没。

　　老者的拐杖在空中划出了一道诡异的弧线，似乎绕过了裴少卿的格挡，直向他的面部砸来。裴少卿暗道糟糕，但此时的他已经避无可避，身后就是上官婉儿，他紧闭双眼准备硬生生接下这一棍的时候，只听得"当啷"一声，即将落下的拐杖似乎在空中停顿了下来。

裴少卿睁开眼，见骆沉青已经赶到，并用自己的手腕架住了这雷霆一击，救下他一条性命，他心里直呼：好险，好险！

此时的骆沉青心中也是充满怒火，他朗声道："老人家，买卖不成仁义在，就算有些争执，何必下死手要人性命呢？"

老者收回拐杖，冷哼一声："原来你们是合伙来找事的，不必多言，手下见真章吧！"说完，又舞动拐杖攻了上来。

骆沉青也知道这老头功夫不弱，当下也是不敢怠慢，将气息提升到最高，借助着机关术的助力，迎上拐杖。

只见老者先是向左虚晃一招，在骆沉青闪身躲避之时，反手将拐杖一带，拐杖就像蛇一样，拐了个弯直奔他的右侧面门。骆沉青急忙拧身上步，将头向左侧尽力一甩，堪堪避过了这一招，没想到老者的手法也是变化奇快，招式并未使尽，持杖的右手迅速下压，直击他的会阴部。骆沉青见拐杖来势凶猛，猛地向后一跃，又是躲开了这凌厉的杀招，紧接着挥动双拳直捣老者的胸口。骆沉青知道，在这个狭小的空间，近身搏战才能占到优势，对方的拐杖虽强，但是也很难完全施展开来。

就在这两人缠斗之时，另一边的三人也是继续和几个壮汉恶战。上官婉儿将软剑施展得煞是好看，虽然她在力量上要逊色男子一些，但是剑法确实有几分凌厉，一看就是曾经受过高人指点。裴少卿也是长安城成名已久的人物，手底下自然有货，但是那位靖安司的黄锦，明显就差了很多，他只有基础的武功底子，应付一个人已经是勉力支撑，所以就形成了一人对付他，其余三人围攻上官婉儿和裴少卿的局面。

第三十章　血战

又打斗了一阵，黄锦已经身中几刀，眼看着就快不行了，裴少卿偷眼看去，心中也是焦急，他再看骆沉青那边，与老者还是斗得难解难分，这样打下去极可能会吃亏，要怎么办呢？

这边骆沉青也是心中暗自吃惊，这老者看上去颇为神秘，手头的功夫在江湖上也绝对属于一流好手，什么时候长安城隐藏了这样一个神秘高手？因为被老者缠住，他也无法分心去帮助其余三人，他也看出来时间长了必然要陷入苦战。

就在这时，店铺门口突然一阵喧嚣，外面又有杂乱的脚步，骆沉青心中不免一惊！片刻，门外又闯进了几个壮汉，他们见此情景，二话不说，拔出随身携带的武器，向四人冲了过来。

裴少卿如同五雷轰顶，现在的他们已经是勉力支撑，没想到对方还来了帮手，这下子算是大祸临头了，该如何是好？

随着对方援兵的加入，战局马上发生了变化，原来的均衡之势瞬间就被打破，几人马上就被压制，都是气喘吁吁，险象环生。

骆沉青一看情况不妙，冲着几人喊道："老裴，赶快突围，此地不宜久留！"话音未落，老者的拐杖又是如同灵蛇一般欺了上来，骆沉青只能继续招架。

裴少卿听闻此话，心下也是打定主意，他奋起精神，将手中的短刀舞得密不透风，想要找到对方的薄弱点进行突破。

突然身旁的黄锦又是凄惨地大喊一声，裴少卿回头看去，只见黄锦又是身中一刀，浑身是血，眼见着就要不行了。而旁边的上官婉儿也是头发散乱，步态凝滞，显然是也到了极限，怎么办？这种情况下带着两个已经到达极限的人杀出去是很困难的，但是让他放弃两人自己脱险，也是不可能的。他突然灵光一现，对上官婉儿说："我去对付那个老头，你跟进骆大人突围！"然后虚晃一刀，看准了个空隙向缠斗的两人扑去。

裴少卿一人一刀，奋力向着老者猛扑，打断了老者的凌厉攻势，他不得不收回拐杖来应付他的夹击，在扑向老者的同时裴少卿大喊："我来对付他，你们快撤，别管我！"

骆沉青与裴少卿相交多年，自然明白他的意思，于是转身杀向围困上官婉儿的人群，这些人的功夫较弱，骆沉青应付起来自然是没问题。他施展起机关术的招式，几招之间就打退三人，将包围圈打出一个缺口。他伸手扶住上官婉儿，冲着黄锦大喊："跟着我，咱们冲出去！"但是，却没得到回应，他定睛瞧去，黄锦已经斜靠在墙边，人事不省，也不知道死活。没有办法，现在能多保住一人算一人了，他继续施展机关术的手段，拼命向外冲去。

对方知道他的厉害，颇为忌惮，虽然将他包围，但是也无人敢带头上前阻拦。骆沉青冒死带着上官婉儿冲出了店铺，他不敢做停留，而是运气提升自己的下盘，飞也似的向街道上跑去，后面的壮汉们冲出店铺，发现二人已经跑远，也不再追击，转身回到店铺内，又将裴少卿团团围住。

此时的裴少卿也是强弩之末，长久的打斗也将他的体力消耗殆尽，而且老者的功夫远胜于他。几招过后，他手中的刀子就被拐杖打飞，而老者的拐杖也抵住了他的咽喉。

裴少卿身体僵硬地站在原地，不敢再做抵抗，缓慢举起双手说道："好吧，老子认栽了！"

几个壮汉扑上前来，用绳子将他捆绑起来。

老者收回拐杖，找了一个位置坐下，吩咐手下去看看那边黄锦的情况。一个大汉查看后回来说："掌柜的，那人已经死了。"

老者冷冷说道："那就找个地方把他处理了，记着，做得干净些！"

　　壮汉领命而去，很快就将黄锦的尸体拖了出去。这时候老者整理了自己的衣服，有人给他端来了一碗水，老者一口气喝完，平静了一下自己的身体。看得出来，和骆沉青的一场恶战，让他也颇为费力。他喝完水后，找了一把椅子坐下，冷声问道："说说吧，你们是什么来头？"

　　那一边，骆沉青扶着上官婉儿在夜幕中疾驰，直到前面遇到了一队巡夜的官兵。官兵远远看到两人的身影，不由得都提高了警惕，为首的一名军官大喝："前面是什么人？宵禁期间还敢在街上行走，不怕犯了王法吗？"随后就挥手让手下士卒慢慢围拢了过来。

　　借着昏暗的月光，士卒们看到两人身上衣衫不整，并且带有血迹，立即警惕起来，纷纷将手中的武器对准了二人。为首的军官问道："你二人是干什么的？为何在这里？身上怎么会有血迹？"

　　骆沉青刚想要伸手探入怀中，只听他大喝一声："别动！你要干什么？"

　　骆沉青的手赶紧停住，喘着气说："弟兄们，不要紧张，我是大理寺的人，我怀中有令牌为证。"

　　军官似乎松了一口气，示意他慢慢将令牌拿出来，骆沉青缓缓将手探入怀中，伸手摸了摸，却发现怀中空无一物！他赶忙在身上的其他地方摸索，但是令牌竟然不翼而飞。

　　眼见他拿不出令牌，军官一声喝令："给我拿下，押回金吾卫衙门！"

　　上官婉儿眼见自己要被押回衙门，大叫道："我乃天后娘娘驾前诏令官，你们不得放肆！"

　　军官说："哦？今儿个遇到的稀奇事儿可不少啊，他说自己是大理寺的，你又说自己是皇后娘娘身边的人，可你们倒是拿出证据来啊？"

　　"本官就是证据。"上官婉儿说道。因为半夜出宫协助办差，她将宫内的身份证明也是留在了客栈中，本想着跟着骆沉青出来，应该是畅通无阻的，怎么会想到遇上这样的事。

骆沉青看了看军官的军服，晓得他是金吾卫的一员，于是说："这位兄弟，你们可是金吾卫的？"

军官打量了他一下，说："正是。"

"你们的长史曹芃大人是我的好友，今日出来我可能走得急，令牌不慎遗落在家中，还请兄弟给行个方便。"骆沉青说。

"哟，又开始编瞎话了啊，我们长史曹大人的名讳岂是你能叫的，少废话，通通给我带回去，有什么话你留在刑堂上再说吧！"军官指挥着士卒将两人捆绑起来，就要带回金吾卫衙门。

第三十一章　衙门

上官婉儿这时候也是气极，她也不顾女子的体统，大声说："你们这帮狗奴才，竟敢这么对待本官，等我禀告天后，重重责罚你们！"

军官听了不怒反笑，说："别吹牛了，你深更半夜跑到街市上，还满身鲜血，恐怕你自己都难保了，还敢威胁我们，带走！"

骆沉青低声说："上官大人，这些都是些大头兵，有理也是跟他们说不清楚的，况且他们宵禁巡视也是职责所在，不管怎么样，先到金吾卫衙门再说吧，那边我的熟人不少，也吃不了亏。"

听他这么说，上官婉儿的气消了不少，但是她又想起一事，问道："我说骆大人啊骆大人，你这么大的本事怎么今天就偏偏没带令牌呢？现在好了，我又得跟你遭一回罪，而且裴少卿那小子也是生死不明，你怎么也不担心呢？"

骆沉青说："刚才事态危急，咱们要是不走，势必得被包圆，老裴这小子办差多年，临机应变的本事还是不小的。况且他也是大理寺的捕头，亮明身份，相信那帮凶徒一时半会儿也是不敢对他下毒手的。我们先去金吾卫吧，说明情况还可以让他们派兵相助。"他又顿了顿说，"令牌嘛，我出家门的时候明明检查过，就放在怀中，难道说是和那老头打斗时丢失的？"

上官婉儿刚想再问，那军官又说道："你们都给我放老实点，不准窃窃私语串通，不然我可要给你们上手段了。"

两人就没再说话，被这队士兵押解到金吾卫衙门。

金吾卫的官衙坐落在永兴坊中，平日里骆沉青也没少来，所以还算熟悉。而上官婉儿倒是第一次，她有些好奇地打量着这座拱卫着长安城安全的地方，这里崇阁巍峨、层楼高起，面面琳宫合抱，迢迢复道萦行，青松拂檐，玉栏绕砌，金辉兽面，尽显威严与气派。

他们被带进金吾卫的牢房，分别被关押在不同的囚室之内，军官告诫他们不要乱说话，会有上官亲自来审问他们。骆沉青无奈地苦笑一下，又说："能不能让你们的曹大人过来见见我？"

军官说："笑话，曹大人日理万机，公务繁忙，岂是你说见就能见的！"说罢，叮嘱狱卒好好看管他们，转身离开牢房。

这金吾卫的牢房内潮湿阴冷，气味更是难闻，上官婉儿哪里受过这样的罪，她忍不住大喊："你们这帮奴才，敢这样对待本官，以后有你们的好看！"

一个狱卒闻声走了过来，用手中的棍棒重重敲打在了牢门的木头上，开口训斥："你给我老实点！进来了你就是犯人，老实听话还能免你皮肉之苦，要是不识相，小心小爷我动粗，睁眼看看这是什么地方，岂容你放肆！"

骆沉青此时倒是沉得住气，他朗声说："这位兄弟，我本就是大理寺少卿骆沉青，今日出来公干，不慎忘带了令牌，所以才有了误会，你行个方便通禀一下今日管事的人，我没别的要求，就是见他一见，你看可好？"

狱卒仔细端详了一下他，看到他英气勃勃，一副老成历练的样子，身上散发出来的气质与寻常百姓确实不同，于是心里也是有些打鼓，莫非此人真是衙门口的人？说话的口气顿时软了几分，他问道："你说你是大理寺少卿，可有凭证？"

骆沉青说："就是因为令牌没有在身，所以被刚才的弟兄们误会了，小哥能否烦劳你拿来笔墨，我给你们曹大人写一封信，烦劳你呈交。"

这狱卒倒也像是个见过世面的，答应了他的要求。不一会儿，就拿来了笔墨，看骆沉青提起笔来，刷刷点点，不一会儿就写好了书信，他将信函叠好，顺手从怀中掏出二两碎银，一并交给狱卒："有劳小哥了。"

狱卒接过信件，又看到了银子，脸上露出了笑容说："好吧，我就替你转交上官，你们稍等片刻。"转身走出了牢房。

牢房内再次陷入了沉寂，上官婉儿气鼓鼓地坐在地上，不悦地说："跟这帮奴才还客气什么，等本官出去了，要好好收拾他们！"

骆沉青一边闭目养神一边说："上官大人，你就消消气吧，相信书信送到不久后咱们就自由了。"

"那我也饶不了他们！"上官婉儿还是一副得理不饶人的架势。

不久后，只听得牢房门口响起了纷乱的脚步声，一个声音大声说道："人在哪里，人在哪里？"

随着牢房铁门"哐当"一声被人重重推开，一位武官打扮的官员在狱卒的指引下，匆匆向这边走来，远远地就喊道："哎呀，骆大人，怎么会是你啊，这真是大水冲了龙王庙了，误会误会。"

骆沉青见到来人，也赶忙站起来，口中说道："曹大人，许久不见了，别来无恙？"

　　来人正是左金吾卫长史曹芃，他看到两人还是被关在牢中，连忙呵斥狱卒："混蛋，大理寺的骆大人你们都敢抓，还不赶紧开门请骆大人出来！"

　　狱卒闻听也是傻了眼，心中暗自庆幸没对两人有什么过分的举动，不然两人计较起来，今天自己的差事就算没了，更严重的没准自己这条命都得搭上。他慌忙掏出钥匙，将牢门打开，满脸赔笑地说："二位大人，小人有眼不识泰山，刚才多有得罪，还望你们大人不记小人过，小人给你们赔罪了。"

　　骆沉青倒是没太在意，一旁的上官婉儿却是满脸愠怒，她昂起头，鼻中"哼"了一声，用眼睛狠狠瞪了一眼狱卒，这一看不要紧，吓得狱卒浑身一颤双腿发软，险些跌坐在地。

　　其实上官婉儿能侍候在武后身边，也是有着非同一般的气度，她这么做并不是真要把狱卒怎样，只不过是想出一口恶气，因为这次遭遇让她太没有面子了。她瞪完狱卒，仿佛没有看见曹芃一样，从他的身边掠过，径直朝外走去。

　　"这位是……"曹芃对她的行为大感吃惊，说来自己也是手握重权的金吾卫长史，正三品，没想到这个人居然视自己如无物，这到底是有多大来头啊，他赶忙示意骆沉青。

　　骆沉青明白了他的意思，轻声说："曹大人不必惊慌，容我等下慢慢和你叙说。"

　　随后在狱卒的簇拥下，骆沉青几人离开了金吾卫的牢房。曹芃将两人请进了自己的内堂，吩咐人赶紧打水沏茶，让两人好好整理一下自己。不久后，两人梳理完毕。

　　曹芃见两人已经整理好自己，于是开口问道："骆大人，还请您介绍一下这位大人。"

骆沉青微微看向上官婉儿，然后又转头对曹芃说："这位是天后身边的诏命官上官大人，此次奉天后之命协助我查案。"

什么！曹芃心中大骇，糟糕糟糕，怎么这次得罪了最不该得罪的人，上官婉儿的名头早已闻名天下，这可是天后身边的红人啊，她的一句话就能让自己的乌纱不保，这可如何是好？

他赶忙赔着笑脸，口中称罪："下官不知道上官大人大驾光临，多有冒犯，上官大人您大人有大量，还请您不要往心里去，那些对大人不恭的属下，下官也自会严惩不贷。"

上官婉儿连眼皮都没有抬一下，面无表情，这就让曹芃心中更加煎熬，他用求助的眼神看向骆沉青。

"曹大人不必如此，上官大人是个宽宏大量之人，想必她不会计较的。今天这事本身也是我疏忽在先，忘记带令牌出来，所以引起了兄弟们的误会，他们也是职责所在，曹大人也不必为难他们。"骆沉青说，"眼下更重要的是另外一件事！"

第三十二章　搜索

看到上官婉儿没有表态，曹芃心下安定了许多，他忙问是何事。骆沉青把今晚探查樊记店铺的遭遇向他讲述了一遍，并且说裴少卿和黄锦目前生死不明，急需救援。

曹芃一听，立马来了精神，他知道将功补过的机会就在眼前，连忙吩咐手下："来人啊，立刻点齐金吾卫所属的五十名精干士卒，随本官前去鬼市。"

下属领命后，不敢怠慢，立刻下去整顿军马，片刻间已经是人员齐整。这金吾卫也是维护长安城秩序的一支重要力量，平时的训练也从来不敢懈怠，所以可以在这么短的时间就能集合完毕，骆沉青看了看列队的士卒，个个是龙精虎猛，极为精壮，心里也不由赞叹。

"事不宜迟，尔等立即随我前去鬼市，务必将贼人尽数拿下，出发！"曹芃大手一挥，指挥队伍冲出金吾卫府衙。

骆沉青和上官婉儿也是分别骑乘一匹骏马，跟随着队伍直向鬼市而去。

不一会儿就到达了樊记店铺的门口，曹芃指挥着士卒将这里团团包围，严令一只苍蝇都不准放走。此时的鬼市已然大乱，看到突然有这么多官兵前来，鬼市的买卖人都不知发生了什么，他们本就是做着一些见不得光的生意，心中都有鬼，所以很多人连东西都不要了，一哄而散。

安排妥当后，曹芃向两人请示下一步怎么办。骆沉青说："安排十名精干的士卒，随我进店去。"

随后就有十名士卒出列，跟在他的身后，骆沉青说："弟兄们随我前去探查，但是要务必小心，里面的贼人手上功夫了得。"众人答应一声，纷纷抽出随身携带的兵刃，紧跟骆沉青的脚步。

他们先在店铺门口观察了一番，骆沉青侧耳倾听，并没有发觉屋内有动静，于是示意其中六名士卒把守好门窗，自己带着其他四名士卒闯了进去。

等他们进入到屋内搜索，却发现这里早已是人去楼空，除了能看出打斗的痕迹和地上残留的鲜血，早已是空无一人。

士卒们奉命又对前后屋进行了仔细的搜索，他们纷纷回报没有发现任何踪迹。骆沉青心想，他们倒是精明，知道我逃走后必然带人前来，所以他们早就转移走了，也怪我大意，将令牌遗失，才造成了这么大的麻烦！

不能放过这些贼人，况且裴少卿和黄锦还下落不明，一定要追查到底。

这时候，上官婉儿在曹芃的陪同下也进到店铺中，贼人没有抓住倒不出乎她的预料，这么久的时间，足够他们转移了。曹芃为了讨好她，下令士卒们仔细搜查，不放过任何一个角落。

骆沉青和上官婉儿也在仔细检查每一个货架每一件物品，这里确实充满了奇异的东西，真是叫人大开眼界，之前只顾着应付老者，并没有好好观察这些物品。

突然间，内室传来一个声音："各位大人，请过来看看！"

三人赶忙进到内室，只见一个士卒用手中的刀挑起了挂在墙上的一幅画，指着这里说："大人们，这里有些奇怪。"

三人走过去一看，这里墙壁的颜色和其他地方的颜色似乎略有区别，墙壁也过于平整。骆沉青伸手摸了摸墙壁，感觉十分光滑，他仔细对照了旁边的土质，沉声说道："如果我的判断没错的话，这里似乎是一道暗门。"

上官婉儿和曹芃也赶忙凑过来，上官婉儿看了半天也没看出个所以然，她问骆沉青："我看这里和别的地方没什么区别啊，你是怎么看出来的？"

曹芃也是办案多年的行家，自然是看出了些端倪，只不过他是从心底里怕这位天后身边的大红人，所以也只是看着骆沉青并没有说话。

骆沉青指着一处细微到肉眼几乎不可见的缝隙说："你来看，这里有一道缝隙，虽然不是很明显，但是仔细看还是能看得出来，再者，这里的土质似乎与其他地方的不同，说明是有人刻意在墙壁上做了手脚。"

曹芃等人齐齐围上去仔细观看，但是并没有看出端倪，一众人等只是对着墙壁发呆，骆沉青看到众人的表情突然明白过来，因为他所使用的机关术能够大幅提升人体的机能和感知，所以一些常人观察不到的细微差异，想到这里骆沉青赶忙对他们说："你们看不到也没关系，但这里的确与其他地方不同，我们就顺着这里查下去吧。"

众人点头，分头去寻找开启暗门的机关，他们仔仔细细将屋内搜索了一遍，但是并没有发现什么异常之处。上官婉儿说道："骆大人，我们已经把屋内都搜遍了，并没有发现你所说的暗门啊，你是不是在故弄玄虚唬我们啊，都像你这样用感觉来查案子，那和撞大运有什么区别，我看这案子一时半会儿也是查不清楚了。"

骆沉青没有答话，只是环顾屋内四周，确实，从表面上来看屋内的陈列摆设确实没有什么异样之处，当他的视线落在屋内角落的一盏香炉时，他似乎感应到了什么，于是赶紧迈步走了过去。

这是一盏铜制的香炉，看上去并不是很起眼。骆沉青站在香炉前仔细端详，香炉的底座透雕三条腾出海面的蛟龙，龙身蜿蜒盘绕，怒目圆睁、巨口大张，同时勾勒波涛汹涌的辽阔海面。海面之上，是构成炉盘与炉盖的高低起伏、挺拔峻峭的山峦。仔细观察可以看到，山峦间有神兽出没、虎豹奔走，活泼机灵的小猴或蹲坐在山峦高处，或骑在兽背上嬉戏玩耍；猎人们身背弓弩或巡猎山间，或追逐逃窜的野猪。几棵小树点缀其间，展现出秀丽的自然山景和生动的狩猎场面。山峦之上，用金丝勾勒出升腾萦绕的云气，赋予整座山峰缥缈的神秘感。

虽然并不起眼，但确实是件珍品，骆沉青再仔细看，香炉的周遭篆刻着"乾坎艮震，巽离坤兑"八卦铭文，这里面一定深有玄机。他伸手触摸了一下香炉的炉身，感受了一下器物的质感，他发现炉口似乎可以转动，于是他吩咐大家远离，自己则开始尝试转动香炉。他心中默默回忆八卦对应的天地自然，乾卦代表天，天生万物；而坤卦代表地，是完成阶段。

他首先将炉口转向"乾"字，只听屋内传来一声闷响，似是什么机关被触碰打开，紧接着他又转动炉口到"坤"字，又听得一声闷响，墙壁缓缓打开了一道缝隙。

第三十三章　探秘

众人都是一愣，随即发出一阵惊呼，没想到骆沉青居然真的找到了密道，一旁的上官婉儿撇了撇嘴低声说道："切，瞎猫碰上死耗子了……"

骆沉青也没有跟她计较，上前几步来到了密道门口，几个靖安司差人走过来，一起用力将密道门打开，一个差人探头向内张望，骆沉青一把将他拉了回来，说："这是贼人的秘密通道，里面很可能有他们设置的机关埋伏，不要轻易用自己的小命尝试。"差人被吓了一跳，赶忙躲到一旁，忙不迭地说："多谢大人提醒，是小的孟浪了。"

曹芃这时候吩咐手下点起火把，给每人发了一个，众人站在密道门口，用火把照了照密道内部，借着火把的亮光看去，这条密道并不宽，仅可以容纳两人并肩通过，火把的光只能照出眼前四五米远的距离，远望去，密道内还是黑洞洞一片，可以看出这条密道很深很长，几个人在一起商量了一下，决定顺着密道继续追踪。上官婉儿脸上露出为难的神色，她说："我不要进去，这里面又黑又脏的，指不定有什么稀奇古怪的东西。"

骆沉青和曹芃看了她一眼，都是心中暗自发笑：难道说密道还要建筑得高大气派，金碧辉煌不成？

骆沉青想了想说："也好，那上官大人不妨就在这里等候吧，带几个差人守住这里，不要让闲杂人等靠近，我和曹大人前去查探一番。"

上官婉儿听他这么说，似乎又有些后悔，其实她也想跟随查探一番，但是看着黑洞洞的密道，她还是忍住了好奇心，说："好，那我就在这里等你们，你们进去后一定要小心，情况不妙就赶紧撤退。"

骆沉青答应了一声，向曹芃示意了一下，曹芃向身后的几名手下吩咐了一声："你们几个，随我和骆大人进去查探，其余人继续包围这里，没我的命令任何人不得靠近。"众人齐声领命，骆沉青领先举着火把走进了密道，曹芃等人随后跟上，不多久就消失在了密道深处，只能远远地看到几点火把的微弱火光。

骆沉青走在密道之中，不停地用火把照亮身前的地面和头顶上方。他知道这伙凶徒处处留有后手，绝不是一般的等闲之辈，所以更加提高了警惕。他丹田运气，将气机灌输到了身上的机关各处要穴，进一步将自身的机能和感知提升了一个层级，来应对密道内可能出现的各种危机。

众人就这么一边摸索一边向前走着，骆沉青的视力本就比众人要强，又经过机关术的加持，更是提高了不少，他发现这条密道真的是很长，走了快半个时辰后仍然是看不到尽头。这时候身后的曹芃问道："骆大人，这密道什么时候是个尽头啊？咱们已经走了这么久了，这条路似乎没有尽头一样。"骆沉青安慰道："不要太着急，这帮凶徒定是在此经营多年，才会有这么完善的密道，我想这条道路有可能通向城外，所以才会这么久，兄弟们再坚持一下吧。"

众人听后也是纷纷打起精神，继续向前，又是往前走了一阵，骆沉青的鼻子中隐隐闻到了一种奇怪的气味，他马上警觉起来，这种味道似乎是潮湿阴暗的空气中夹杂着淡淡的血腥味道，他说道："你们闻闻，这空气中似乎有血腥味儿。"大家都抬起鼻子拼命感受起来，但是只是普通人的他们却什么都没有闻到，骆沉青只好无奈地摇了摇头，对他们说："这里开始有些古怪了，大家一定要小心！"众人听闻后都不由自主提高了警惕，有两个胆小的差人不由自主地握紧了手中的火把和佩刀。

骆沉青一马当先，在前面探路，众人随着继续向前，空气中散发的血腥味愈加浓烈，这时候众人也已经感受到了异样。作为金吾卫的公差，这些人经常与鲜血打交道，对这种气味他们再熟悉不过了，他们知道，前面确实有问题，于是纷纷紧跟骆沉青的脚步。

又走了几十步，狭长的密道一下子豁然开朗起来，似乎密道走到了尽头，这里赫然出现了一个斗室，身后的金吾卫们纷纷从后面走了上来，众人一同站在斗室的门口，用各自的火把把这里照亮。骆沉青定睛一看，这里确实很宽敞，右侧的廊道上还有两盏放置火把的柱子，只不过火把早已熄灭，两个金吾卫差人走过去将火把放置上去，一时间密道更加亮堂起来，众人齐齐看去，这里还有一道木门，也不知道门后会有什么蹊跷。

骆沉青又提升自己的嗅觉，仔细闻了闻空气中的味道，他确定，浓重的血腥味就来自这道门之后。他对曹苊说："血腥味就来自这道门后，兄弟们要小心了！"众人听他这么说不由得都紧张起来，好在他们也都是久经锻炼的金吾卫，虽然紧张但是也不慌乱。

曹苊点了点头，一挥手说："来人，将这道门打开。"身后几个金吾卫一声答应，走到木门前，凭他们的力气和身手，硬生生将门闩扯断，将木门打开。骆沉青对曹苊说："大人手下的兄弟果然勇武，确实好身手！"曹苊也是面露得意之色，显然是这几个手下能得到大理寺少卿的称赞，也是给自己长了脸。

随着木门打开，一股浓重的血腥味儿和腐臭味儿破门而出，令人不堪忍受，即便是见惯了血腥场面的金吾卫们也是纷纷扭头，几欲呕吐出来。骆沉青随手在腰间拽出来一块布帕，护住了自己的口鼻，率先迈步走了进去，曹苊等金吾卫倒是没有着急跟随，他们知道骆大人武艺高强，心思缜密，自己贸然跟进，一旦遇到什么危机就会给大人帮倒忙，于是没有骆沉青的召唤，他们就乖乖等在原地。

第三十四章　斗室

没过多久，就听内中骆沉青说了声："都进来看看吧。"

曹芃率领着众金吾卫纷纷走进室内，眼前的骆沉青正背对着他们默不作声，只是呆呆地望着前面，曹芃急忙吩咐人将室内的灯点燃，然后他就看到了一幅让他终生难忘的画面！

室内横七竖八地散布着十来具尸体，尸体的旁边散落着各种刑具，死者们的死状十分恐怖，看来是生前遭受了非人的折磨，一个个面相扭曲，似是在临死前要发泄自己的愤怒，有些尸体已经开始腐烂，皮肉上有无数的蛆虫在扭动。心理承受能力弱一些的人是完全接受不了如此画面的。

"这……这……这是怎么回事？这些死者是什么人？"曹芃也有些语无伦次，饶是他经验丰富，也被眼前的惨状惊到了。

骆沉青没有马上回答他，只是再次看向那些尸体，他仔细观察了尸体的穿着和相貌，才淡淡说道："如果我没有猜错，这些人就是最近失踪的各位官员和权贵们。"

"什么！"曹芃惊呼道。

"曹大人你看，从这些尸体的衣着来看，这些人非富即贵，穷人可是穿不起这样考究的衣服的。"骆沉青说。

似乎是为了证实自己的猜测，他又上前几步，来到一具尸体前，他俯下身，在尸身上仔细摸索了一番，从尸体上拿下了一个玉佩，拿在手中借助火光端详了一下，然后回身递给曹芃："你看，这玉佩是否眼熟？"

曹芃伸手接过玉佩，也是端详了一番，他声音颤抖地说："这玉佩……如果我没有记错，是当年皇上赏赐给陈彦达陈大人的，难道说？"

"没错！"骆沉青说，"这位应该就是陈大人了，前一阵他莫名失踪，想必就是遭了他们的毒手。"

曹芃一时间还接受不了这个现实，他马上吩咐手下的金吾卫们对尸体展开检查。不一会儿，下属们纷纷禀报，在几具尸体上均找到了证明身份的线索，可以得知他们都是近日在城中失踪的官员和权贵。

这下麻烦大了！曹芃在心中暗想。

骆沉青倒是没有惊慌，他对众人说："这次探查有了这么大的收获，一旦案件告破，众位的升赏必然不菲，眼下咱们只有根据线索继续查下去，弄个水落石出。"

众人听他这么说，纷纷点头。虽然这是一件棘手的案子，但是一旦告破，自己就可以在功劳簿上养老了，何乐而不为？

骆沉青继续说道："现在暂时先不要管这些尸体了，咱们继续顺着密道追踪，看看这密道到底通往何处，这帮凶徒又是逃向哪里。"

于是大家又打起精神，随着骆沉青继续向前。

又走了约莫一炷香的时间，一道石门挡在了面前，骆沉青吩咐众人躲开，自己走上前推了推石门，他发现石门很是厚重，虽然机关术提升了自己的机能，但是自己使尽全力石门还是纹丝不动。曹芃问："怎么办？"随后他让几名力气较大的金吾卫上前帮助骆沉青推石门，几人又是尝试了几次，还是无法撼动石门。

看来这里又是有机关布置了，这些凶徒想要进出，肯定是有窍门的。他吩咐众人将火把把此处照亮，他沿着石门的两侧仔细观察了起来，没过多久，在石门的右侧就找到了一个不显眼的凸起。他伸手过去一握，就发现这是一个八宝转心锁。他用力向上一提，只听得"咔吧"一声，石门开始向左侧滑动，千斤重的石门就此打开。

一股清新的空气从外向密道内涌来，众人都感觉精神一振，在密道里走了这么久，又被浓重的血腥味刺激了这么久，新鲜的空气实在太美妙了，大家都不由自主地大口呼吸起来。

"这一定是密道的尽头了。"骆沉青说。

一旁的曹芃点了点头。

"你们在这里不要动，我和曹大人先出去看一下，你们严密戒备。"骆沉青吩咐。

金吾卫们纷纷点头，将兵器握紧在手中，警惕地四下观察。

骆沉青和曹芃一前一后走出了密道，借助微弱的月光，他们发现自己身处在一座假山之中。能将密道修在假山之中也是费尽了心思啊！骆沉青心中暗想。

两人尽可能将身形隐蔽，借助阴影不断变换自己的位置，同时提高自己的感官，观察着四下的动静。他们观察到这是一所很大的宅院，也不知道京城中什么人有这么大的气派，能修建这么奢华的宅院，骆沉青努力在脑海中搜索着有关的信息，但是他实在想不起来哪位达官显贵能有如此的实力。

这时候，远处传来了一阵脚步声，两人赶忙将自己没入黑暗之中，屏气凝神，向外观望。

不久后几束微弱的灯光由远及近，骆沉青定睛瞧去，为首的一人一身宦官打扮，手提着灯笼，带着几个小宦官四处巡查。

"宦官！"两人同时心中一紧！"难道说……"

两人对视了一眼，都看到了对方眼中的诧异之色。

宦官们并没有发现什么异常，便匆匆向远处走去。等到他们走远，曹芃先忍不住低声说道："骆大人，难道我们现在身处皇宫大内？"

骆沉青点了点头，低声说："很有可能，刚才那一队宦官的装束，的确是皇宫内侍的穿着，看这些高大的建筑，也只有皇宫才能有，看来这件事情有些复杂了。"

"接下来我们怎么办？"曹芃问道。

骆沉青略微思索了一下，说："眼下我们只能先退回去了，一旦我们被发现，就属于私闯皇宫禁地，那可是掉脑袋的事，等我们出去了再商议下面的计划吧。"

曹芃点了点头，他也觉得这是眼下最好的解决方式，他只是个金吾卫的芝麻官，一旦被怪罪下来他可承担不起。

于是两人转身悄悄回到了密室的出口。

在那里等候的金吾卫们纷纷上前打听探查的情况，曹芃给了他们一个严厉的眼色，示意他们现在不要聒噪，又用手势指示：都给我退回到密道内去。

众人只好返身退回到密道内，骆沉青又操纵机关将石门关好，确认所有的一切都恢复了原样，才开口说道："我和曹大人已经查探过了，凶徒们早已逃之夭夭，各位兄弟，今天密道的事情还请你们守口如瓶，这对案件的侦破至关重要，不得对外人泄露出去，更不能让这些歹人发觉到我们已经发现了密道。"

曹芃也接话说："兄弟们，这可是人命关天的大事，做得好了咱们破案有功，要是出了差池，咱们都得人头落地，知道吗？"

众人齐齐点头，异口同声说："请大人放心，小的们一定守口如瓶。"

骆沉青和曹芃都满意地点了点头，众人开始顺着原路返回。

路上又路过斗室，骆沉青吩咐他们将从尸体上搜出来的物件重新放回尸身，不显露出任何破绽。

第三十五章　丢失

众人不久后返回了密道的入口，刚一走出密道，守在此处多时的上官婉儿就迎上前来，她急匆匆地问道："怎么样？有什么发现？你们怎么这么慢，我在这里等得都急死了，你们再不出来我就要带人进去了！"

骆沉青笑了笑说："让上官大人久等了，密道里太黑了，我和曹大人走得慢了一些。"

上官婉儿白了他一眼，又问道："里面有什么发现？密道通向哪里？"

骆沉青不急不慢地说道："这其实也不是什么密道，就是这些贼人储存一些物品的地方，也没有什么出口，我们在里面转了一圈，仔细检查了一下，没发现有什么奇特之处就出来了。"

上官婉儿一脸不相信的样子，她转头看向曹芃，曹芃发现上官婉儿在看他，于是也是说："骆大人说的是真的，里面什么也没有，我们只是仔细检查了一番。"其余的金吾卫也是纷纷点头，表示曹大人说的没错。

上官婉儿半信半疑地说："好吧，那我们下一步该做什么？裴少卿那个家伙现在还生死未卜，咱们也不能坐视不管啊！"

"眼下我们不知道这帮凶徒的下落，没有更好的线索，也只好先收兵回营再做打算了。"骆沉青说道。但他心里很清楚，如果他们的藏匿地点是在皇宫，那裴少卿的性命暂时是安全的，没有人会在皇宫内杀人，否则会给自己带来天大的麻烦，自己只要暗中盯紧这个秘密的地点，就会有营救裴少卿的机会。

上官婉儿听了后，撇了撇嘴，嘟囔了一句："还说你们是最好的朋友呢，连朋友的生死都不顾了？"

骆沉青皱了皱眉，说："老裴这个人平时看起来一副不正经的样子，其实他经历了很多大风大浪，自保能力还是很强的，况且他是大理寺的官差，一时半会儿应该没有生命危险。咱们今晚这么一折腾，也让对方知道了咱们已经盯上他们了，想必也不会马上动手。你今天也累了，身上还有伤，回去调养一下吧，大家也都回去吧，等明日天明后我们在大理寺衙门会合。"

听骆沉青这么说，上官婉儿也没有更多的理由了，于是嘟着嘴说："好吧，听从骆大人的吩咐，本官就先回了，这里你们好好善后吧。"说完一个潇洒的转身，飘然而去。

曹芃在一旁看得也是目瞪口呆，他说："你怎么摊上这么一个难伺候的家伙啊，今后办差可不容易喽！"

骆沉青无奈地摇摇头："天后派来的官，能有好伺候的吗？"

说完这句话，骆沉青心中猛然一沉：天后……

他没有再继续往下想，接着对曹芃说："后面你造出声势，对外宣称检查后没有发现任何异样，解除这里的戒严，只留几个暗哨观察，一旦有什么情况，立刻派人通知我。还有，让那些跟随咱们的金吾卫务必守口如瓶。"

"好，请大人放心。"曹芃答道。

骆沉青回到自己的家中，卸去了身上的机关，坐在床上静息调养，今天的恶战和机关术的加持让他的身心都很疲惫，他此刻需要赶紧让自己的身体恢复，后面还不知道有多少恶战等着他。

一个时辰后，他感觉恢复了很多，于是躺在床上，脑海中回想着今天晚上发生的事。整件事都太过于蹊跷，尤其是密道会通向皇宫，这到底是怎么回事？难道说皇宫内有人在推动着这些案件的发生？

随即他又想起了《天机术》残卷，这本残卷到底和本案有什么关联？于是他起身想要找出残卷再次察看，等他在床下将装有《天机术》的匣子打开时，顿时傻了眼，匣子内的残卷竟然不翼而飞！

骆沉青瞬间如坠冰窖，浑身发冷，是什么人在自己不知觉的情况下将残卷盗走，而且选择自己外出的时间，看来自己早已被人暗中盯上了，对方对自己的行动了如指掌。

他马上对房间进行了检查，却发现门窗都没有异样，来人应该是使用了特殊的手法，悄悄潜入房间，并且没有留下任何痕迹。

《天机术》残卷的丢失，让骆沉青感觉到了这桩案件的棘手，到底是什么人能够做到如此天衣无缝呢？

他在脑海里又将今天发生的事情仔细过了一遍，当他意识到在鬼市与乞丐相撞的时候，猛然明白了过来，令牌的丢失和《天机术》的失窃，似乎存在着某种联系，令牌是骆沉青每天都会随身携带的，应该就是在相撞后不见踪影的，于是他马上翻找了家中可能的地方，确实没有发现令牌的踪迹，由此更可以确定和那个乞丐相撞不是意外，是被刻意安排的。

当骆沉青在身上查找令牌的时候，他突然发现腰间多了一块绢帕，他赶忙将它拿了出来，这是一块玄色的绢帕，上面用朱砂写了几个字：想要令牌，来大慈恩寺。

大慈恩寺？难道说这件事和净空大师有关？

骆沉青赶忙整理了自己的衣物，起身赶奔大慈恩寺。

此时已是黎明破晓，长安城的宵禁已经结束，太阳也从东方缓缓露出金光，街上卖早点的小贩已经三三两两地将摊位摆出，长安城内没有人知道昨晚发生了什么，只是重复着每天的活计和生活。看着他们忙碌的身影，骆沉青想：如果自己也只是像他们一样平凡，是不是也是一桩美事？但是他转念又想，就是因为要保护他们的生活，所以自己才会这样，他进入大理寺本身为的就是惩恶扬善，维护百姓的安宁，他，不能让百姓失望。想到这里他又精神抖擞，迈开大步向大慈恩寺走去。

第三十六章　黑衣

　　来到大慈恩寺门前，向寺庙当值的小和尚通报了来意，小和尚飞也似的跑向寺内向方丈净空通传。不久后，净空大师就从寺内迎了出来，两人一阵寒暄后，净空开口邀请骆沉青去方丈的禅房内一叙，骆沉青就跟随方丈往禅房走去。

　　以往来到这里不是陪伴王公大臣来祭拜就是办案，骆沉青也没有好好欣赏过这里的风貌，现下跟随着净空大师向内走，骆沉青才真正留意这座驰名长安的古刹。这大慈恩寺建于唐太宗贞观二十二年，唐高宗李治为太子时，为报答生母文德皇后的慈恩，奏请太宗敕建佛寺，赐名"慈恩寺"。寺建成之初，迎请高僧玄奘担任上座法师，玄奘于此创立了大乘佛教慈恩宗，此寺就成了中国大乘佛教的圣地。寺门内，钟、鼓楼东西对峙。雁塔东南侧有和尚墓塔群。大雄宝殿是寺院的中心建筑，殿内供奉有三身佛、菩萨和罗汉泥塑像，是礼佛诵经之所。玄奘曾在这里主持寺务，领管佛经译场，创立了汉传佛教八大宗派之一的唯识宗，成为唯识宗祖庭。

　　来到禅房后，两人分宾主落座，净空方丈命人奉上香茗，然后就屏退了众人。净空说："骆施主再度拜访，想来还是为了那件事而来吧？"

　　骆沉青也毫不隐晦，直接说道："不瞒大师，我在家中丢失了《天机术》残卷，而且有人给我留下字迹，让我来大慈恩寺找寻答案。"

　　净空微笑着点了点头，轻声唤了一声："出来吧，骆施主已经到了。"

　　只见一名身着墨色长袍的人从内室转出，来到二人面前，他冲着净空大师施了一礼，然后就在骆沉青的对面坐下，两眼毫无波澜地与骆沉青对视着。

骆沉青仔细端详起对面的黑袍人，此人四十来岁的年纪，相貌平平，他脑中瞬间想起了夜晚在鬼市与自己相撞的乞丐，常年办案的经验让他养成了过目不忘的本领，他瞬间就反应过来眼前的这个人就是那个乞丐。

黑袍男人似乎也是看出了他心中所想，微笑着点头，开口说道："没错，我就是那个乞丐，你身上的令牌也是我拿走的。"他的声音十分醇厚，带有很强的磁性，让人觉得十分舒服。随后他就从衣衫中掏出了令牌，递到了骆沉青的面前："现在物归原主了。"

骆沉青伸手接过令牌，仔细看了一下，确实是自己遗失的那一块。他道了声谢，将令牌装好，但是他没有急于询问对方的身份，经验告诉他这个神秘的人物身份一定不简单，况且他和净空大师似乎很熟络，那就等着他自己道出身份吧。

果然，没过多久，黑袍男人又是一笑，说道："你果然是个有城府和能力的人，难怪你年纪轻轻就能爬上大理寺少卿的高位，不愧是我墨家年青一代的翘楚。"

"墨家！"骆沉青心中一动，初见此人之时他已经料定此事必定与墨家有关，但由他亲口说出来还是让自己有些吃惊。

此时一旁的净空大师开口道："骆施主，这位就是墨门如今的四大护法之一——凡尘，你作为墨家的传人也是该拜见一下的。"

骆沉青愣了愣，没想到在这里居然见到了墨家的顶尖人物，他也是非常想要弄清楚师父和自己门派的来历，于是屈身向凡尘拱手施礼："墨家小辈骆沉青，见过护法。"

凡尘见骆沉青懂规矩，也十分高兴，用双手相扶："我墨门这些年人才凋敝，能出现你这样杰出的弟子，甚是欣慰啊。"

骆沉青谦虚了几句，随即问起了近日发生的事情，凡尘静静听着，面上丝毫不显露自己的态度，等到骆沉青说完，他才微微叹了一口气，面色凝重地说：“近日来发生的事情，其中的关系错综复杂，因缘纠葛很深，一两句话恐怕也很难说清，甚至有些事情也不是我能了解到的，但可以肯定的是大唐王朝即将迎来一场大劫，这会牵扯到多方势力和无辜的百姓，甚至是血流成河。”

骆沉青赶忙表示，只要是凡尘所知道的他一定会洗耳恭听，并且尽自己所能来阻止这场劫难。

凡尘点了点头，说：“好吧，我就把我所知道的告诉你，希望你能化解这场浩劫，也不辱没了我墨家为国为民的志向。”

随后，他从身上取出了一件物什，骆沉青定睛一看，正是那本遗失的《天机术》残卷！

“想必你也是看过这本残卷所记载的内容了，”凡尘说道，“毕竟这也是我从你那里获取的。”说完他一笑。

不等骆沉青发问，他又继续说道：“现在我可以给你讲讲我墨家的渊源和你的师承来历了。”

听到凡尘这样说，骆沉青也就不再追问，静静听他说下去。

“我墨门起源于春秋战国，是祖师爷墨子创立的门派，提倡兼爱非攻的思想，力图以墨门学说来阻止世上产生兵戈，曾经一度成为世人敬仰的大门派，但是随着时间的推移和集权的王朝建立，墨门因为不符合统治者的强权政治体系，逐渐被抛弃，日渐式微，这时候墨门也分裂成了两个派系，一个被称为‘入世派’，一个被称为‘遁世派’，入世派号召门人积极入世，发挥力量避免战乱。而遁世派则是以归隐为宗旨，遁于山野，逃避战祸。”凡尘说到这里轻品了一口茶，“而我们这一派就是遁世派，你的师父在墨门中也是曾经的四大护法之一，名叫左襄。”

这是这么多年来骆沉青第一次听说师父的姓名，想到与师父朝夕相处的日子，他不禁眼圈一红。

“论辈分来算的话，我还得叫他一声师叔，左师叔当年在墨门中威望甚高，也是那一辈的杰出人才，因此得到了机关术的真传，但后来看尽了人间乱世的苦楚，认为入世也无法拯救万民于水火，于是选择了归隐山林，从此不问世事。但是入世派的许多人觊觎墨家所传承下来的机关术，拼了命想要夺取宗门秘宝，于是有些狂热的入世派弟子开始对他进行追杀。经过几番较量，左师叔也厌倦了这样的争斗，于是与入世派约法三章，不得以机关术行不轨之事后，将机关术交了出去，没想到这些不肖弟子竟然将《机关术》献给了当年还是秦王的李世民，太宗也是凭借着《机关术》中的记载，制造了很多杀人利器，并且培养出了很多心狠手辣的战士，并且夺取了天下。得知此事后，左师叔深感罪孽深重，更加心灰意冷，从此隐居再也不问红尘之事。"凡尘顿了一顿，"如果左师叔尚在人世，想必他也不会同意你加入大理寺为帝王家效力吧。"

骆沉青没想到此中还有这许多往事，师父他老人家拼命想要躲避人间疾苦，没想到自己还是走入凡尘，为帝王效力，但是他又转念一想，自己加入大理寺只是为了护百姓安乐，而不是成为朝廷的鹰犬，师父泉下有知也应该是欣慰的。

"这《天机术》在李世民登基称帝后就被他认为太过暴戾，乃不祥之物，因此决意毁掉它，但阴差阳错之下，《天机术》还是被保存了下来，从此这本秘术就成为了江湖人士争夺的焦点，而且不仅是我中华，就连海外的东瀛和高丽以及北边的满族突厥，也都希望能够得到它，用来颠覆李唐王朝或从中获利。"凡尘继续说，"尤其是东瀛和突厥，他们对天朝觊觎已久，暗中都在布置方略，而高丽自身实力有限，不敢公开兴风作浪，只是在环伺寻找机会，一旦有了合适的时机他们也会出手。"

第三十七章　渊源

　　骆沉青没想到《天机术》还会引出这么多不同的势力，他心下的疑惑似乎解开了一些，一条主线逐渐清晰起来：最近发生的事情都是围绕着这本秘术所发展，各方势力争夺秘术，想要颠覆大唐，因此引发了各种凶杀和失踪案件。但是不良人和鬼市的遭遇如何解释？这不是江湖人士和异族势力所能布局的！

　　凡尘继续说："你要注意提防东瀛人，因为他们和我们墨门也是有着极深的渊源。两百多年前，一个名叫三谷合夫的东瀛人曾经来到中原大地，时值乱世，他投在墨家门下学习文化和武术，当他得知墨门有《天机术》这样的秘宝后，起了贪念，想要夺取卷宗并带回东瀛，成就自己非凡的伟业。他费尽心思不断窥探书中记载的秘术，并且秘密抄录下来，有一天被时任掌门发现了他的不轨，将他逐出墨家，但是他已经记载了部分天机术的秘法，并且带回了东瀛。在那里他依靠着天机术的能力，很快就成为一方诸侯，但是他抄录的部分卷宗只记载了提升个人修为的部分，如何设计大型机关和国家机器他并没有窥探到，他不断派出亲信来到我天朝，想要将未得到的部分带回东瀛。可直到他去世也没有得到其余记载，因此他告诉自己的门人，未来想要夺取华夏，必然要将其余的《天机术》收入囊中，因此东瀛人一直没有断了找到《天机术》残卷的念头。"

　　骆沉青很快就想到了前几日在青龙寺的遭遇，那些东瀛人莫非也是冲着《天机术》而来？

　　"而突厥人那边，更是早就知道有这样一本秘术，因为当年高祖李渊起兵，也是借助了突厥的一部分力量，他们知道战无不胜的秦王李世民身边有这样的秘宝，他们也想要得到它，于是他们不断渗透朝中的文武百官，想要借助他们的力量寻找到《天机术》。"

这样说的话，骆沉青夜探万国楼的遭遇就说得通了，但是为什么陈彦达会死在密道的斗室之内？这似乎还是无法解释。

"这些就是我所知道的围绕着墨家和天机术的相关信息。"凡尘说，"对了，我还要说一点，就是关于李淳风的事。"

这事情还牵扯到李淳风？骆沉青心里又是惊诧。

"说到这李淳风我不知道你对他有多少了解？"凡尘问。

"他是我大唐的奇人，精通天文、历算、阴阳、道家之说。更是与袁天罡并称初唐双璧。"骆沉青说。

"其实他与我墨家有着极深的渊源，从某种程度上来说他也是我墨家的不记名弟子。当时的掌门常与他论道，非常钦佩他的才学和见识。有一天李淳风曾和掌门说，他预测出一甲子后李唐王朝将面临一场浩劫，如果不想让百姓重归战火，必须要提前布局来阻止。掌门问他是怎样的浩劫，他只是笑而不语，然后飘然离去，掌门琢磨了许久也没有明白他的意思。"凡尘说。

"他把这件事透露出来，一定是希望墨门能做些什么。"骆沉青说。

"聪明！"凡尘夸奖了一句，"随后掌门根据袁李二人合著的《推背图》研究了未来的趋势，他似乎也发现了什么，于是将精明能干的墨门弟子派出去潜伏在各个重要的城市，并不断搜集情报，以此来掌握各方势力的动态。最终他也是将地点锁定在了长安城。眼下时辰已到，果然如同他们的预料，该来的还是来了！"

"也就是说我墨门在长安还有着不凡的势力？是否可以在紧要时机调动他们？"骆沉青问道。

凡尘苦笑摇了摇头："恰恰相反，我墨家在长安城的势力不断被削弱，近几年尤甚，总是有人不断失踪，导致我们的情报网越来越弱，眼下在长安城的墨门弟子已经不超过十人了。"

“这是为何？”骆沉青十分惊诧。

“据我所知，有一方比我们更神秘更强大的势力，不断蚕食我们的情报网，但他们的行踪和目的，我们一直没有搞清楚。”

骆沉青突然想到，随即问道：“会不会是不良人？”

凡尘一愣，低头沉默了半晌，说道：“不良人，是有这个可能，但是不良人已经绝迹朝堂和江湖很久了啊。”

“不，他们没有绝迹，我前几日还曾遭到他们的伏击。”骆沉青说。

“什么！”凡尘大惊，“你是说你曾经和他们交过手？”

骆沉青点了点头：“说来话长，当时还被我活捉一名，但后来又被他的同伴以暗器杀死了，没有等到我仔细检验尸身，就在大理寺的衙门被人神不知鬼不觉盗走了。”

“不良人，不良人为什么会突然出现？他们的目的是什么？又是谁在指使他们？”凡尘喃喃自语，“这就说明袁天罡和李淳风当年控制的不良人和各坊主已经被另外的势力所控制了，如果说天罡和地煞都已经不再是我们的盟友，这下可十分糟糕了！”

“对了，我得到消息，最近将会在长安城召开武林盟主大会，推举新一任的武林盟主，凡尘师兄有何看法？”骆沉青得知凡尘是自己师父的师侄后，称呼也随之改变。

“这件事我也听说了，但我想这武林盟主应该只是个幌子，背后肯定藏着阴谋，如果站在敌对立场上想，这是一个将江湖势力一举荡平的绝好机会！”凡尘说。

骆沉青暗暗钦佩，这凡尘师兄果然心思高人一筹，一眼就看穿了事情的本质，办案缉拿是自己的拿手好戏，但是分析形势利弊他还是逊色凡尘不少。

“下一步我们该怎么做？”骆沉青问道。

“你想怎么办？”凡尘反问。

"我这边还是要根据我目前掌握的线索，先想办法找到裴少卿，把他解救出来，然后再去青龙寺走一遭，看看那边东瀛人的动向，想办法将《天机术》残卷凑齐，寻找案件的突破口。"骆沉青说。

凡尘点了点头，对净空方丈说："大师，我看眼下很多事情还没有浮出水面，我们也不能太早暴露自己。既然骆沉青已经置身事中，不妨就让他按照自己的想法去做？"

净空大师也是微微颔首："阿弥陀佛，那就一切按照两位的安排吧，我这里可以作为两位的联络点，遇到需要互通消息的时候两位就到我这里递送情报，老衲一定及时转告。"

一切计议已定，两人分别告辞，匆匆离去。

第三十八章　斗气

从大慈恩寺出来后，骆沉青决定先回大理寺，上官婉儿估计已经在那里久等了，再晚去一会儿这位惹不起的大小姐不定要发多大的脾气。想到这个刁钻古怪的女官，骆沉青也是无奈地摇了摇头。

离着大理寺老远，就见一身白衣的上官婉儿双手叉腰站在门前，离着老远就看到她的面部表情极为难看，骆沉青硬着头皮快走了几步来到她面前。

"我说骆大人啊，你看看现在的太阳都多高了？像你这样怠慢办差合适吗？让本官在这里等了这么久，你说你是不是该罚？"上官婉儿一顿雷烟火炮就向骆沉青倾泻。

"对不住上官大人了，昨天经历了那么多确实有些乏累了，所以一回家就睡着了，错过了时辰，该罚该罚。"骆沉青赔着笑脸。

"你说，怎么罚你？"上官婉儿眼中闪过一丝狡黠。

"任凭上官大人处置。"骆沉青说。

"那好吧，罚你请我上长安城最好的酒楼吃饭。"上官婉儿说。

"遵命，那咱们就去万国楼吧。"骆沉青只能答应。

两人于是并肩向万国楼走去，一路上上官婉儿东顾西盼，久居深宫对民间市井的一切都感觉到新奇有趣，两人就这么边逛边走来到了万国楼。

离着老远，店小二就看到了两人，忙过来热情地打着招呼："哟，骆大人今日大驾光临，不知道是不是来找栾玉姑娘的啊？"

"栾玉姑娘？是谁啊？"上官婉儿马上脸色阴沉了下来，问道。

没等骆沉青回答，店小二抢着回道："这位客官连栾玉姑娘都不知道啊？那可是咱长安城的花魁啊，也就是您跟着骆大人，不然想一睹她的芳容可是不容易啊！"

听完之后，上官婉儿脸色大变，她狠狠瞪了骆沉青一眼，转身就说道："好啊，骆大人不简单啊，连花魁都是你的红颜知己啊！"

骆沉青急忙说道："你别听店小二瞎说，只是相识，咱们进去吃饭吧。"

"不吃了，气饱了。"上官婉儿转身就要走。

骆沉青无奈，只得慢慢跟她解释："我曾经在万国楼里办案，因为楼中失窃，栾玉姑娘被人栽赃陷害，是我帮助她破案还了她一个清白，所以她很感激我，对我也很是客气。"

上官婉儿听后，脸色稍霁，鼻中哼了一声："好吧，那我今天就要点这里最贵的菜，喝最好的酒，好好给你的老相好捧捧场子。"

骆沉青苦笑，旁边的店小二看得是一头雾水：这两个大男人怎么会为了一个女人争风吃醋？平日里提起栾玉姑娘男人们可都是两眼放光啊。他哪知上官婉儿是女扮男装，也只能热情地招呼二人进去，并安排了一个临街的雅座。

刚一坐下，上官婉儿就吩咐店家："给我上你们这里最好的菜，再打两壶最好的酒来！"

店家熟识骆沉青，看向他，骆沉青冲他眨了眨眼睛，示意他按照吩咐去办。店家马上心领神会："二位大人稍后，我这就去准备。"

上官婉儿似乎仍旧对骆沉青与栾玉的关系很感兴趣，她开口问道："好好说说你与栾玉的关系吧？"

骆沉青哭笑不得："已经跟你解释过了，我当年只是因为一件失窃案还了她一个清白，因此结下一段善缘而已。"

"真的就这么简单？似乎你们现在熟得很啊？"上官婉儿一副不依不饶的样子。

"后来因为办案的原因，万国楼也是个三教九流齐聚的地方，我经常会来这里打探一些消息，所以这里的店家对我比较熟悉，我来这里也仅仅是喝喝茶吃吃酒而已。"骆沉青心中很是坦然。

"哦。"上官婉儿似乎感觉到了无趣，也就没有将这个话题继续下去，眼睛看着窗外熙熙攘攘的人群，不知想着什么心事。

不多久，店小二就将拿手的酒菜端了上来，上官婉儿看到这些酒菜后，不仅问了一句："就这？"

店小二急忙解释："这位客官，这些都是本店的拿手菜，请您二位慢慢品尝。"

其实这些菜式也是极为精美的，万国楼作为长安城最著名的娱乐之地，这里的厨师也都是高薪聘请而来，汇集了几大菜系最顶尖的民间高手，将饭菜做得极为精致可口。但是上官婉儿久居宫中，陪伴在天后身旁，什么山珍海味都吃过，宫廷的御膳房不知道比这民间厨师要高明多少，所以这些菜在她眼里确是不值一提。

上官婉儿略带嫌弃地提起筷子，夹了一口鱼，放进嘴里品尝，很快她的眉头就皱了起来，"这是什么鱼啊，口味这么重，一点也不好吃，鱼本身的鲜香都被这些乱七八糟的调料给遮掩了，看来这万国楼的手艺也不怎么样嘛！"

骆沉青也跟着皱了皱眉，说道："我说上官大人，您就别这么挑剔了，这是民间，不是你所在的皇宫大内，吃惯了御膳那种高级的饭菜，尝尝这接地气的口味也是另外一种体验，我倒是觉得这里的菜做得不错。"说完他也动手夹了一筷子，慢慢放进嘴里，一副满足的样子。

"你……"上官婉儿似乎被气到了，小脸憋得通红，说不出话来。

这时候，雅间的房门"吱呀"一声被推开了，骆沉青和上官婉儿抬眼看去，一个婀娜多姿的身影出现在房门前。此女脸若银盆，眼似水杏，翩若轻云出岫，携佳人兮步迟迟腰肢袅娜似弱柳，会向瑶台月下逢，来的正是栾玉。

只见栾玉用含波的眼睛轻轻打量了一下上官婉儿，虽然她是女扮男装，但是同为女人的栾玉瞬间就明白了几分，只见她面带微笑，莲步款款走向两人，十分大方自然地走到骆沉青的身边坐下，说道："骆公子今日大驾光临，也没有跟奴家说一声，好让我好好伺候公子。"

骆沉青的脸有些微红，心道一声不妙，这两个女人今天非得闹出些乱子不可，于是朗声说道："栾玉姑娘说笑了，我们也是刚到，也就是简单吃些酒菜，不敢劳烦姑娘。"

栾玉将一只手搭在骆沉青肩膀，柔声说："公子客气了，你曾经帮了栾玉这么大的忙，我也是欠下了公子的恩情，服侍公子也是理所应当的。"随即她将目光移到对面的上官婉儿身上，轻声问："这位公子是？"

"咳咳……"骆沉青轻咳两下来化解自己的尴尬，"这位是与我一同查案的上官大人，你赶紧见过。"

"哦？原来是上官大人，奴家有礼了。"栾玉起身向上官婉儿一个飘飘万福，显得从容不迫。

此时再看上官婉儿的脸色，已经变得有些难看了。

第三十九章　风尘

上官婉儿只是轻哼了一声，说："都说这万国楼的花魁，国色天香，在我看来不过也就是蒲柳之姿，没什么特别的。"

栾玉倒也不以为意，只是淡淡笑笑："大人说的是呢，奴家只是个流落风尘的女子，为了活命栖身在这破屋茅舍之下，自是比不得那些官宦千金，但能得骆公子这样的俊杰垂青，也是奴家三生有幸，况且奴家更懂得骆公子的心，所以才被引为知己，上官大人说是也不是？"

上官婉儿的脸色变得更加难看，但她毕竟是跟随武后身边许久的，见过的人也颇多，石榴裙下高官显贵、世家公子也是趋之若鹜，但她都视为无物，锻炼出了很深的城府，但是她也不明白为什么看到栾玉与骆沉青亲昵的举动就会心中升起一种莫名的怒火。

她极力稳定了自己的心神，让自己的心情平复了一下，面无表情地回道："骆大人年轻有为，名满京城，怕是眼光高得很吧，他能看上风尘女子吗？"随即两人的眼光一同看向骆沉青。

骆沉青坐在一旁，心中好似几千头蛮牛奔过，他是真后悔带着上官婉儿来这万国楼，平白无故给自己找了一身的麻烦。但是该面对的还是得面对，他只好尴尬地笑了笑说："二位说的哪里话来，我一心只想赶紧破案，还京城的百姓一个太平，莫再拿我取笑了，来，咱们喝酒吃菜。"说罢就端起酒杯一饮而尽。

上官婉儿和栾玉同时嗔怪地瞪了他一眼，心中虽有些不爽，却也只好随他端起酒杯，轻啜起来。

骆沉青知道两个女人在暗中较劲，但是他也无法说破，只得将话题往别的事情上转移。他开口问道："栾玉姑娘，最近这几天万国楼这边可有什么特殊的事情发生？"

栾玉听他这么问，略一思索答道："这几天倒是没有特别的事发生，只不过原来经常在这里聚集的突厥人似乎再也没有来过。哦，我想起来了，昨天倒是来了几个奇怪的人。"

"奇怪的人？"骆沉青追问，"他们怎么奇怪？"

栾玉说："他们是昨天深夜才来这里的，而且每个人都行色匆匆，其中为首的是一个黑袍老者，后面跟随了三四个男子。他们还抬着一个很大的黑色布袋，也不知道里面装了些什么，然后他们就在这里开了一个雅间，进去后就再也没有出来过。他们还吩咐没有他们的允许，任何人不得靠近他们的房间，我看他们这么古怪，一定有什么重要的事。"

听到这里，骆沉青和上官婉儿同时心中一动，他们对视了一眼，心道："原来他们是逃到了这里！"此时他们也是吃兴全无，骆沉青问栾玉："栾玉姑娘，你提供的这个情况对于我们很重要，他们现在在哪个房间？"

栾玉说道："就在东侧的天字一号房。"

骆沉青点了点头，那间房间他是知道的，那里既隐蔽而又临街，地形非常好，遇到紧急情况有利于跳窗逃走。于是他又冲栾玉说："你赶紧回自己房间，紧闭房门，无论发生什么事情都不要出来。这伙人很可能是朝廷要缉拿的要犯，十分危险，我和上官大人要将他们一举拿获。"

栾玉听他这么说，脸色微变，但她毕竟也是见过世面的女子，于是起身告了一声罪，推开房门转身而去。

等栾玉离开后，上官婉儿又是一声轻哼："原来骆大人喜欢这样的女子啊？"

"眼下不是说笑的时候，这帮人很可能就是咱们昨天遭遇的，没想到他们居然躲到了这里，老裴也很可能被他们关在这里，看来我们必须要在这里将他们一网打尽了。"骆沉青说。

"你打算怎么办？"上官婉儿问道。

"仅凭咱们两人肯定是不行的，对方的手头很硬，咱们肯定不是对手，弄不好还要把自己的性命搭上。"骆沉青说，"这样，我在这里监视他们，你马上去大理寺调兵，这是我的令牌。"他伸手将令牌递给上官婉儿。

"令牌？"上官婉儿也是心思缜密，她奇怪地问道，"昨晚你不是将令牌弄丢了吗？怎么今天又有令牌了？"

骆沉青心中暗道：这上官婉儿的确也是不简单！但他不可能说出是墨家的凡尘故意盗走的令牌又还给了他。于是他说："昨晚回到家后，我仔细检查了家里，发现令牌被我换衣服的时候遗忘在了书桌上，这不又找到了，所以今天带了出来。"

上官婉儿将信将疑地接过令牌，她心中觉得骆沉青这样做事认真细致的人，在出门办差的时候是绝对不会忘记带令牌的，这其中必有缘故，但他不说自己也不好多问，只得说："那你独自在此一定要小心谨慎，不要轻易打草惊蛇，我现在马上去大理寺调兵。"

骆沉青点点头说："好，放心吧，我自有分寸。"

上官婉儿也不再多言，向骆沉青拱了拱手，转身疾步向万国楼外走去。看着她匆匆而去的身影，骆沉青在心中叹了口气：这上官婉儿的确不是简单的人，只可惜她是天后身边的近侍，两人之间天差地别，此案结束后两人恐怕也就不会再有交集了。

很快他就收摄心神，将所有的注意力都转移到案件上，他心中盘算着营救裴少卿的计划，如何能够既将裴少卿解救出来，又能够抓到活口，从他们的口中得到更加有用的信息。

正在想着，突然他听到外面一阵大乱，店小二惊恐的声音从远处传来："不好啦！有人打架啦，快来人哪！"

骆沉青心道一声：不好！随即迅速冲到了房门口，他一把拉开房门，向外张望，廊道的尽头天字第一号房间传来了一阵喧嚣的打斗之声。

店小二看到骆沉青，知道他是衙门的人，于是赶忙向他跑来，边跑边说："骆大人，您快去看看吧，那边打起来了，还亮了兵器，恐怕是要出人命啊！"

听到这里，骆沉青就知道要糟糕，此时已经等不及上官婉儿去搬的兵马了，他垫步拧腰疾步向天字第一号房间冲去。

第四十章　恶战

等他来到房门前，屋内已经是乱作一团，他来不及多想，拉开房门闪身进去，看到几人正在围攻一人，双方你来我往兵器交加，虽然是被围攻，但那人却不落下风，骆沉青又看到了那个黑袍老者，他拄着那根拐杖只是在一旁冷眼旁观，似乎还没有动手的意思。

两人的目光相交，黑袍老者惊讶，他低声说："又是你！"

骆沉青也是冷笑一声："真是踏破铁鞋无觅处，得来全不费工夫，没想到在这里又遇上了。"

老者问道:"你是怎么找到我们的?谁给你通风报信?"

骆沉青并不回答,只是说:"我劝你们乖乖束手就擒,本官还可以争取给你们宽大处理,不然,你们私自囚禁杀害朝廷命官,一个都别想跑!"

老者听了这话,有些动摇,他知道自己密道的秘密已经被骆沉青所发现,那既然如此,他就不得不痛下杀手杀人灭口了。

随即他大喝一声:"你们快点解决掉这个黄毛丫头,然后随老夫一起办了这个他!"这时候骆沉青才注意到,被几人围攻的是个年轻的紫衣女子,虽然身材娇小,但是可以看得出她武功基础扎实,身形灵活,也是身怀绝技之人。

但是不等他细想,老者已经挥舞起拐杖直接攻来,可以看得出他已经下定决心要将骆沉青置于死地,所以拐杖势大力沉,猛地向他劈头砸来。骆沉青眼见拐杖袭来,侧头闪过这全力一击,侧身上步挥拳向老者的腋窝处直击,老者见一击不中,他晚间与骆沉青交过手,知道他的厉害,也不敢大意,撤回拐杖护住自己胸前要穴,两人也就此缠斗在一处。

这时候屋内就成了两队人马捉对厮杀的场面,万国楼早已经是一片大乱,食客们纷纷放下碗筷,有些胆大的在远处观望,胆小的早已是逃之夭夭,店家也顾不上向那些人讨要银钱,只是吩咐小二赶紧去靖安司报官,他可不想在自己的地方闹出人命。

再看那紫衣女子,虽然被围攻,但利用灵活的身法和手中的短剑,一次次避开致命攻击,而围攻她的四名壮汉倒是累得气喘吁吁,很快就有一人中剑倒地,其余的人看到她的剑势凌厉,也不敢贸然强攻,只是继续将她团团围住。

骆沉青一边与老者缠斗,一边偷眼观看,他心中暗想:这是哪里来的女子?真是好身手,看她的武功绝对在上官婉儿之上,一个人与四人缠斗丝毫不落下风。但是他也不敢继续多想,应付这个老者已经颇为吃力,他现在就是想能够尽量将他们拖住，等到大理寺或者靖安司的兵马前来，那么就有很大机会将他们一举抓获，但可惜的是，他今日并没有将机关穿在身上，所以与老者的争斗并不能占据上风。

打着打着，老者也似乎意识到了骆沉青的用意，既然能够找上门来，就肯定有后手，难道说他已经安排了伏兵？但是打了这么久，也没有看到官兵出现，他在等什么？恍然间，他明白了，这小子也许就是误打误撞，他的帮手还没有来到，他是在拖延时间，等待援军，现在可能是脱身的最好机会，等官兵到了就糟糕了，于是他大声喝道："点子太硬，风紧扯呼！"

那边的几个壮汉得到了指示，也不再与紫衣女子过多纠缠，纷纷向窗边且战且退，老者也是以守代攻，向窗边退去。

骆沉青知道他们想要逃跑，但无奈上官婉儿还没有赶到，自己目前也没有能力留住老者，突然他心念一动，喊道："姑娘，擒贼先擒王，你我二人合力将这个老头留住！"

紫衣女子听到他这么说，马上心领神会，虚晃了几剑就向骆沉青这边靠拢过来，几个壮汉也明白了他们的意图，也纷纷向老者靠拢，于是捉对厮杀的两队人，会合成了一处战场。

两方人又是一场混战，骆沉青得到了一个有力的帮手，顿时精神大振，奋起力量对老者展开攻势，对方已经意识到情况不妙，也无心恋战，他们打开窗户，准备逃离。

黑袍老者大呼："你们先撤，我抵挡一阵，老地方会合！"

几个壮汉听闻后，纷纷转身准备跳窗。

紫衣女子一看对方想要逃走，抢步上前，背刺一个身形较慢的壮汉，只见他意识到身后的剑势，极力扭动身体想要避过这致命一击，但是毕竟他的身法还是慢了一些，只堪堪躲过了要害，还是被一剑刺中肩膀，他"啊"地大叫一声，从窗户摔了下去。

老者一看自己人受伤，心中也是一乱，手中的拐杖挥舞略显停滞，骆沉青眼见破绽，奋起右拳挥出，正中他的胸部，老者被这一拳打得气血翻涌，"哇"地张开嘴喷出一口鲜血，他心知今天情势太过凶险，尽快逃离此处方为上策。于是他又将拐杖抢转起来，发挥出了所有的功力，将骆沉青二人逼得连连后退，随即一转身，破窗而出。

两人赶到窗口向下望去，老者带着其余的两个壮汉，迅速冲向围观的人群，刹那间人群就乱作一团，三人借着混乱的人群向西逃去。

紫衣女子刚想从窗户一跃而下追击他们，骆沉青却一把拉住她说："姑娘先不要着急，以咱们的能力想要追击他们恐怕没那么容易，好在咱们已经留下了两个，先审问他们再做打算也不迟。"

紫衣女子犹豫了一下，也知道自己的能力确实不是老者的对手，今天要是没有骆沉青的帮助，自己恐怕也已经凶多吉少了。于是她也点头答应。她开口说道："不知阁下高姓大名？感谢救命之恩。"

骆沉青笑了笑说："我是大理寺的，叫骆沉青。"

女子表情一怔，说："那个查案如神、人人称颂的大理寺少卿？"

"不才正是在下，那都是虚名，查案如神骆某可担待不起。"他正欲问紫衣女子的姓名，这时候从街上传来了一阵急促的马蹄声，远远地就见尘土飞扬，骆沉青看着那个方向，心中大定。不久后，只见为首的一个白衣公子模样的俊俏身影，骑在一匹奔驰的骏马之上，后面跟随着几十名骑士，他心中知道是上官婉儿从大理寺搬来了援军。

大理寺的官兵一眨眼就冲到了万国楼门前，大家迅速下马，在上官婉儿的指挥下将万国楼团团围住，看到躺在楼下受伤的壮汉，她似乎明白了什么，只是吩咐手下将他制住，随后带着几名官差朝楼上走来。

第四十一章　凝霜

刚上楼来，远远看到骆沉青，又见一个紫衣女子和他并肩而立，上官婉儿就气不打一处来，但她还是先急切地观察了一下骆沉青是否受伤，发现他一切如常后大声问道："我说骆大人，这是怎么回事？不是让你等我带人马来后再动手的吗？现在打成这个样子，要犯呢？"

骆沉青苦笑着摇了摇头，说："事发突然，我要是不出手的话，恐怕会酿成大祸，所以我也没有来得及等到你就行动了，虽然没抓到那个老者，但是也是击伤了他的两名手下，也算是有些收获。"

"哦，"上官婉儿脸色稍霁，随后她又问，"这位姑娘是何人啊？不会又是你的什么红颜知己吧。骆大人还真是有女人缘啊，到处都有你的朋友。"语气中带着一丝不快。

"这位姑娘是……"骆沉青这才想到还不知道她的姓名来历，只是转头看着她。

紫衣女子微笑着说道："适才得骆大人出手相救，小女子名叫徐凝霜。"

骆沉青此时才有时间仔细打量这位紫衣女子，只见她秀美中透着一股英气，光彩照人，当真是丽若春梅绽雪，神如秋蕙披霜，两颊融融，霞映澄塘，双目晶晶，月射寒江，大约十八九岁，腰插短剑，长辫垂肩，一身淡紫色短衫，看上去干净利落。

"哼。"上官婉儿又是一声轻哼，刚想要出言讥讽，身后的大理寺差人们都纷纷过来见过骆沉青，他是他们的顶头上司，朝夕相处自是不见外，骆沉青也对他们一一道了辛苦，随后示意他们检查一下屋内倒地昏死过去的壮汉，并且检查屋内所有可疑的地方。众人领命，不多久就听见内房传来一声大呼："骆大人，您过来看一下。"

骆沉青闻言和上官婉儿迈步走了进去，只见床边放着一个黑色的大布袋，时不时还蠕动一下，似乎内中是个活物。

骆沉青命令手下将布袋打开，差人们七手八脚上来将布袋口解开，很快里面露出了一个披头散发的人头，把差人们都吓了一跳，只见这个人头被蒙着眼睛，嘴里被破布堵着，发出哼哼唧唧的声音，身上被麻绳捆绑，看到此情景上官婉儿几乎要笑了起来，因为她已经认出了，这就是昨晚被凶徒抓走的裴少卿。差人们都认得他，因为他是大理寺的捕头，也是自己的上司，看着他狼狈的样子却是想笑又不敢笑出声，大家都看着骆沉青。

骆沉青走过去，将裴少卿的眼罩和破布摘去，然后赶紧给他松绑。

只见裴少卿"呸"了几声，然后睁开了眼睛，让眼睛适应了一会儿光线，看清了站在面前的人。他丧气地说道："我说老骆啊，你们怎么才来啊？我这可是遭老罪了，这下我在这帮兔崽子面前可是颜面尽失，你得赔我上好的花酒，给我压压惊！"

骆沉青看着他的样子，也是无奈，但他还是很开心的，毕竟自己的老朋友安然无恙，为了这件案子已经有太多的人遭遇不测，他可不愿失去这样一个得力的搭档。他拍了拍裴少卿的肩膀："老裴啊，你没事就好，我和上官大人一直在担心你的安危，你遭了不少的罪，真是难为你了。"

"这还像话，是兄弟就不说那么多了，你们也是挺有本事的啊，这么快就能找到我。"裴少卿说。

骆沉青说："其实也是机缘巧合，我们正发愁怎么营救你呢，误打误撞到这万国楼来，正好得知了跟你有关的消息，于是我们就抱着碰碰运气的心态，没想到还真找到你了。先不说这么多了，你没事就好，咱们先去看看抓获的这两个人吧。"

说完，骆沉青转身走向那两人，上官婉儿和徐凝霜也快步跟上，裴少卿也要起身，旁边的两个大理寺公差急忙伸手去搀扶他，裴少卿把眼睛一瞪："我说你俩小子，有没有点眼力见啊，我裴少卿又不是豆腐做的，哪用得上你俩！"说罢使劲一挺身，紧接着他就发出"哎哟"一声，差点摔倒。一个公差眼疾手快，连忙扶住他，口中说："头儿，你刚受过伤，别太勉强了。"

裴少卿看了他一眼，眼中闪过一丝感谢，但是嘴巴却很强硬："我是谁？堂堂的大理寺捕头，这点小伤算什么，老子我身子骨硬朗得很呢！"说完却又是龇牙咧嘴一番，显然是伤得不轻。

旁边的公差们也不敢笑，只能低着头跟随在他身边，常年相处，他们是了解自己这个上司的脾气的。裴少卿说完后也不是太在意，咬着牙跟随在骆沉青的身后。

此时的两个壮汉已经被捆绑着坐在屋内的一个角落，几名大理寺差人手持快刀在一旁严密看护，见到骆沉青等人纷纷施礼。

骆沉青走上前先仔细端详了一下他们的脸庞，曾经交过手，骆沉青对他们的相貌也是十分熟悉的，确定就是在鬼市遇到的几人。他又看了看二人的伤口，先前中刀的壮汉伤势比较严重，他的腹部被徐凝霜的短剑划开了一道深深的口子，鲜血已经把他的衣衫染红，他的呼吸急促，显然是伤口让他十分痛苦，但他也不愧是条汉子，虽然全身都是豆大的汗珠，却是一声也不吭。

另外一个被伤到肩膀的壮汉也是不住地咬牙，这一剑虽然没有伤到他的要害，但显然也是让他疼痛不已，见他们走了进来，他用眼睛恶狠狠地瞪了二人一眼，眼中有说不出的怨恨和愤怒。

骆沉青厉声问道："说，你们是什么来路？为什么会在鬼市兴风作浪？为什么会私自绑架朝廷命官并害他们性命？"

两人如同没有听见一般，低头不语。

骆沉青见状，又厉声说："你们不要执迷不悟，本官已经掌握了你们的大量犯罪证据，这些罪证足够让你们伏法了。"

两人还是低头不语。

从后面赶上来的裴少卿也是大声说道："你们还敢将老子绑走，让老子受了那么多罪，还是老实交代吧，不然大理寺的一百多种刑具等着你们呢，到时候让你们求生不得，求死不能，放聪明点！"

两人闻言，抬头互相看了一眼，然后谁也没有说话，又低下头去。

随后，两道殷红的鲜血汩汩流到二人胸前，骆沉青见状心中大呼不好，赶忙抢上前去将二人的头用手抬了起来，只见两人口中不断喷涌出鲜血，一旁的上官婉儿惊呼："他们咬舌自尽了！"

差人们闻听立即涌上，将两人的嘴巴撬开，半截被咬断的舌头从口中掉落出来，再看两人已经是气绝身亡。

第四十二章　来历

骆沉青没料到两人会做出如此行为，心中也是懊悔，应该先点二人的穴道，封住他们的行动再做审问，没想到一个疏忽让本来应该查到的线索又这样断了。

这些人都是硬茬子，完全是一副抱着必死决心的样子，什么样的组织和团体能让人为了保住秘密不惜身死，而且这些人个个武艺高强，应该不会是一般的民间组织。

事已至此，口供看来是已经得不到了，那只好从二人的尸身上查找一些线索了。骆沉青仔细检查他们的衣物，并没有发现什么有意义的物件，但当他将两人的衣服脱下时，一个鲜明的标记出现在了他们胸口！

"不良人！"骆沉青脸色微变，想起了这个熟悉的标记，原来他们也是不良人！如果是不良人的话，他们所做的一切似乎又和前几日的线索能够结合起来了。

徐凝霜冷冷地说："好啊，果然是不良人！"

上官婉儿等人却是没有见过的，她出言相问："骆大人，这两人胸口的标记到底是什么意思？"

骆沉青解释后，在场的人都安静了下来，正当他们惊诧之时，街上又是一阵纷乱嘈杂，骆沉青皱了皱眉，不知道外面又发生了什么事。很快一个大理寺管队官就从门外走了进来，禀告道："诸位大人，门前来了一队靖安司的兵马，说是接到报案，前来捉拿凶徒，您看？"

裴少卿说："这帮废物抓贼没什么本事，赶场子也迟到，这都什么时候了才来，再晚一些我老裴恐怕早都凉了，真是一帮酒囊饭袋！"

骆沉青出言制止："同是衙门的人，靖安司离这里也不近，老裴你就少说两句吧，莫要伤了和气。"

裴少卿悻悻地看了一眼窗外，便没有再开口。

骆沉青说："我下楼去看一下，你们把现场保护好，仔细检查房间，看看还有什么遗漏。"说罢，转身往楼下走去，上官婉儿也没有留下，随着骆沉青一起往下走去。

离着老远，就看到一队兵马在万国楼前拉开架势，一位大理寺的管事正在和对方的领头者说着什么，见到骆沉青来到，赶忙小跑着来到他面前，说："回禀大人，靖安司的司马千户率领手下前来，说是要调查这里发生的案件。"

骆沉青点头表示知道了，吩咐他去做自己的事，这里有他来应付。管事急忙退下。

说到这司马千户，全名叫司马长风，是靖安司的千户指挥官，与骆沉青是认识的，但是大理寺和靖安司在某些方面隶属于不同的系统，时常会在某些事上产生一些冲突，所以关系并不像与金吾卫那么好，而这个司马长风，为人高傲刻薄，虽没有与骆沉青交恶，但也并不是相处愉快。

骆沉青一见是他，也不由皱了皱眉，走上前去。

司马长风也看到了骆沉青，他当然认得，这可是长安城近些年来的青年才俊，凭借着自己的本事，年纪轻轻就爬上了大理寺少卿的高位，但是他心中对骆沉青并不怎么服气，认为自己的本领足以胜得过这个年轻的小辈，只不过是他的运气比较好罢了。

见骆沉青走来，他并没有下马，只是端坐在马背之上，居高临下地看着这个年轻人。

骆沉青虽然心中不悦，但是心里也不想把事情闹大伤了和气，于是微笑着走到司马长风马前，拱了拱手客气说道："司马大人，别来无恙？"

司马长风明知故问："我当是谁，原来是骆大人啊，你们大理寺怎么越俎代庖跑到我们靖安司前面去了？这城内的滋事打架，好像不归你们大理寺管吧？"言语之中透露着各种刁难。

骆沉青心下不悦，说道："司马大人说的哪里话来，今天是骆某正好在此办案，引发了这一番的争斗，所以惊动了你，还望见谅。"

司马长风闻听更是趾高气扬："骆大人在这里和人动手啊，不知胜负如何？听闻骆大人可是大理寺第一高手，不知道贼人是否被打得落花流水，一举擒获？还是让我来接管这里吧，无论是什么案子本官都会查个水落石出的。"

一旁的上官婉儿冷眼旁观了许久，听到这两人的对话，心里也是气不打一处来，心想：好个靖安司，竟然如此刁难骆沉青，于是出言说道："司马大人，你好大的官威啊！骆大人论品级与你不相上下，好言与你分说，你却是这样的态度，你的官容体统何在？"

司马长风闻言怒道："放肆！你又是何人，敢对本官这样出言不逊，我看你是想尝尝靖安司的厉害了吧！来人，将这狂徒给我拿下，押解回靖安司。"

一旁的靖安司官兵一声答应，就要动手拿人。

上官婉儿倒是面不改色，站定当场，一副轻描淡写云淡风轻的样子，还用鄙夷的眼光注视着司马长风。

这时候骆沉青出言说道："都住手！谁也不得放肆！"

远处正在值守的大理寺差人们听见了骆沉青的话，当时就有几个反应快的跑到了他身边，将他和上官婉儿保护起来，领头的一个兵丁说："谁敢对我们大人不敬！"

两方面的人眼看就要对峙起来，骆沉青不想让事情闹大，于是看了一眼上官婉儿，她似乎很享受这样的状态，巴不得让事情再大一些的样子，直到看到骆沉青的目光，她才笑了笑，伸手从怀中摸出了一块令牌，朗声说道："奉天后懿旨，协助骆大人办案，我看哪个敢造次！"

看到令牌，司马长风身子歪了一歪，险些从马上摔落，他是怎么也没想到骆沉青身边的这个公子模样的人，居然是天后的内侍，现在满朝上下谁不知道天后就是王朝的实际统治者，得罪了她绝对没好果子吃。

第四十三章　武林

想到这里，司马长风赶紧滚鞍下马，分开兵丁，几步走上前来，躬身施礼道："不知天使大驾光临，卑职有眼无珠得罪了，还望大人不与下官一般见识。"然后连连告罪。

上官婉儿冷哼一声，并不答话。

骆沉青眼见司马长风无法下台，于是出言说道："司马大人，这里的事都由我们大理寺来接管了，你就不必费心了，带领你的人马回去吧。"

司马长风擦了擦额头的冷汗，连连应承着，然后对骆沉青说："骆大人，今日我怠慢你了，望你不要放在心上，这位上官面前还是要多替我美言几句啊！"

骆沉青其实心中厌恶极了这样的官吏，仗着自己手中有几分权力，不把任何人放在眼里，其实教训一下他也好，让他知道收敛自己的行为，但是他又考虑到同朝为官，尽量还是要保全他的颜面，否则以后有求于靖安司的时候，面子上也不好看。于是他对上官婉儿说："司马大人也是无心之失，上官大人就别和他计较了，不知者不怪。"

听到骆沉青说出"上官大人"，司马长风更是如坠冰窖，天后身边还有几个姓上官的内侍啊，这不就摆明了是最亲信得宠的上官婉儿吗？他又仔细看了看她的容貌，确实能看出她是女扮男装，心下更是惶恐，赶紧卑躬屈膝向她说："上官大人，卑职知道错了，望大人海涵，原谅卑职的无心之失，卑职马上就撤兵，这里一切都听从上官大人和骆大人的安排。"

上官婉儿看着他的狼狈相，心中又好气又好笑，心想今天就到此为止吧，吓唬吓唬这样的官吏让他知道以后收敛一些也就是了，他又没有真的犯错，也没有拿住他的把柄，以后他真有什么不轨的行为再问罪也不迟，只不过司马长风这个名字她是记住了。随后她只是淡淡说了一句："知道了，你去吧。"

司马长风如蒙大赦，赶忙招呼自己的兵丁整队返回靖安司。看着他们灰溜溜狼狈的样子，骆沉青和上官婉儿都是大笑。他们身前的大理寺差人们更是大声嘲笑起来。

这边的事情结束后，骆沉青吩咐他们继续自己的工作，自己则和上官婉儿回到天字一号房。刚一进门裴少卿就迎上来说道："老骆，刚才我从楼上看见，这次靖安司带队的是司马长风那个老东西吧？我早都看他不顺眼了，看你们对峙我差点冲下去帮忙，你们是用了什么手段，让那个老家伙这么服服帖帖的？"

骆沉青笑了笑说："那你就要问问咱们上官公子了，他的面子可是很大的哟！"

裴少卿是一头雾水，他此刻也还不了解上官婉儿的真实身份，他实在想不通这样一个年纪轻轻的"公子"，怎么会让司马长风这样手握兵权的人如此恭敬。

没有容他细想，手下就差人来汇报："禀告几位大人，属下在卧室中搜到一样物件，似乎是那些凶徒遗留下来的，请大人过目。"

"呈上来。"骆沉青说。

随后差人就恭恭敬敬递上一个物件，骆沉青接过，上官婉儿几人也围上前来观看，这个物件似乎是一封书信，拆开外面的封套，里面出现了一份请柬，制作得虽然说并不华美，但是几个烫金的大字遒劲有力，赫然写着"武林帖"。

几个人都是仔细端详，骆沉青道："想必这就是不久后要举行的武林大会的请帖了，没想到不良人也在邀请的范围内，看来这场大会注定不会平静啊！"说着他将请帖展开，里面只是简单的几行字："恭请：阁下于九月初九，永兴坊参加武林大会，恭候大驾。"

这时一旁的徐凝霜突然说道："看来这武林大会又将是一场腥风血雨了。"

这时裴少卿才反应过来还有徐凝霜的存在，他好奇地打量了她一眼，然后眼前一亮，面前的这个女子不施粉黛，给人一种别样的英气，五官也是极美，让人不由得心生爱慕。

见被裴少卿这样打量，虽说徐凝霜是江湖中人，不拘小节，但是一个大姑娘被一个男人这样看，也是会生出一种害羞的感觉，她不由得低了低头。

裴少卿看了她一会儿，不由得"咦"了一声，随后说道："姑娘，我看你好生面熟，是不是我们在哪里见过？"

徐凝霜听闻此言，也抬眼仔细看了看裴少卿，说道："似乎我们确实见过，但那是很久以前的事了吧，我也想不起来了。"

"敢问姑娘是哪里人士？"裴少卿问。

"我是鄠邑人。"徐凝霜答道。

"鄠邑……鄠邑……"裴少卿在脑海里思索着，他又问，"姑娘姓甚名谁？"

"小女子姓徐，徐凝霜。"

"那就是了！"裴少卿似乎恍然大悟，"你爹叫徐祖成，是鄠邑的衙门捕头，对不对？"

"是的，大人如何得知？"徐凝霜也是一脸疑惑。

裴少卿转头对骆沉青和上官婉儿说："我认识她爹，她爹是鄠邑的县衙捕头，江湖中有个绰号叫'鬼见愁'，想必老骆你也是听过的。"

说起"鬼见愁"这个绰号，骆沉青作为衙门的人也是知道的，一直听说鄠邑有个办案极为厉害的捕头，骆沉青一直想要拜会，但是因为公事繁忙总是未得相见，没想到在此处竟然巧遇他的女儿。

裴少卿接着说："我记得上次见到徐捕头还是几年前，那时候跟着咱师父雷捕头去鄠邑查案，当时徐小姐刚十四五岁的样子，没想到一转眼就出落成这么漂亮的女侠了。你爹他老人家还好吗？"

听裴少卿这么一问，徐凝霜神色一滞，本来挂在脸上的笑容瞬间消散，她低声说道："我爹已经去世多年了……"

"什么？"裴少卿几乎不敢相信自己的耳朵，"徐前辈竟然过世了？上次我见到他的时候他精神好得很呀，而且我观望他的气色也是气血充足，没有看出任何疾病的样子，怎么会这么就走了？"

"我爹不是因为疾病，是因为查案遭遇了不测。"徐凝霜悲伤的神情内隐约含有不可名状的愤怒。

第四十四章　往事

骆沉青听闻徐凝霜说起这件事，有些诧异，他不愿意打断她，于是用眼色示意上官婉儿和裴少卿不要说话，静静听徐凝霜讲述。

"那是在大约五年前的一天，雷捕头和裴大人当时来到我们鄂邑，想要查找连环凶案的线索，我爹当时也听说了长安城内发生的事情，因为和雷捕头私下交情很好，所以热情接待了他们，三人后来在书房密谈了很久，具体说了些什么外人不得而知，只是雷捕头和裴大人走后，爹就变得非常严肃，我找他帮我做些事他也是心不在焉的，娘也看出来他有些不对劲，劝慰他遇到棘手的案子别着急，不是所有的案子都能破的，况且他只是鄂邑的一个小小捕头，不要给自己太大的压力。"徐凝霜接着说，"但是爹好像没听见一样，总是早出晚归的，似乎一心都扑在查案上，我也十分担心他会出事，但他总说这件事事关重大，必须要去做，还提醒我们娘俩平时少出门，注意保护自己。"

"过了没多久，爹有一天晚上出了门，可到了第二天天明还没有回来，我们就有些担心，派了几个家仆四处寻找，但是找了两天仍是音信全无。于是我们赶紧找到县衙打听，差人们也说已经三天没有见过我爹了，他们还只道是爹生病了请假没来，没想到他失踪了，顿时他们也慌了手脚，赶紧向知县禀报，知县老爷平日里与我爹关系很好，听说出现了这样的状况也是急得不行，马上派出所有空闲的衙役帮忙寻找。就这样找了整整两天，终于有人在郭杜的一片稻田里发现了我爹的尸体，经过仵作的检验，我爹死于刀伤，他身中六刀，死状极惨。"说到这里徐凝霜的眼中泛起了泪花，"但是这个案子由于没有什么明确的线索，所以县衙最后以路遇歹人，情况不明待查，成为悬案。但是我知道我爹的本事，他做捕头多年，又有家传的功夫，一般的毛贼三五人是没法近身的，况且他还是衙门的捕头，谁会平白无故地寻他晦气，所以我料定其中必有缘由。于是我根据家中我爹留下的线索开始独自追查，定要将此事查个水落石出，告慰我爹的在天之灵。"

听到这里，众人都是唏嘘，没想到这样一位兢兢业业、名满江湖的捕头会身遭不测，最终还没有找到真凶。

骆沉青沉思了一会儿开口问道："徐姑娘，你说的连环凶案可是前些年在长安城发生的案子？"

徐凝霜点点头，裴少卿也说："没错，就是那件案子，当时雷捕头因为没有头绪，说是鄠邑有一位高人，是他的好友，所以带着我去见的徐捕头。"

"看来这件案子也和雷捕头归隐有关。"骆沉青说道。

"他一定是感受到了危险，并且看到了身边的人因为此案都遭遇了不测，所以他才决定放弃查明案件，避祸而去。"上官婉儿说。

"整件事越来越复杂了，这到底是个怎样的案子，为什么会牵扯出这许多。"骆沉青叹道。

"真是见鬼了，要不咱们也赶紧置身事外吧，不然谁知道后面会发生什么。"裴少卿说。

上官婉儿白了他一眼："你们身为大理寺的官差，为民除害是你们的本分，你们难道能眼睁睁看着事情恶化下去吗？"

骆沉青点了点头，说："这件案子一定要查下去，我相信我们离事情的真相已经不远了。"说完他扬了扬手中的帖子，"不管如何，这个武林大会我都要去看看，一定能发现些什么。"

"那可都是江湖中人啊，鱼龙混杂，一不留神可就惹祸上身了，那些人可不管你是不是官差，手都黑着呢！"裴少卿说。

"不入虎穴，焉得虎子。既然不良人留下了这个帖子，那这次大会就和案件脱不了干系，无论如何我都得去。"骆沉青下定了决心。

"好，我跟你一起。"徐凝霜说道。

"徐姑娘，我还有一件事不明白，你是如何找到并怀疑他们的？"骆沉青问道。

"这件事也是说来话长，我就长话短说了，自从我爹死后，我就开始寻找各种线索，希望能找到杀害我爹的凶手。但是奔波了两三年，遍访了长安城和周边各地，却是一无所获。当我灰心丧气的时候，有一天我在家翻找物品时，无意间看到了一件我爹曾经穿过的衣服，睹物思人，我想将它拿出来浆洗一下，然后好好地保存起来。在洗之前我拿着衣服轻轻抖动了几下，然后就有一个黄油纸包裹的东西掉了出来，我拿起来一看，似乎是一封书信，于是我就回到屋中，将黄油纸包打开，里面有一张长安城图，图旁边还有我爹写的几行字。"徐凝霜接着说，"刚开始我也没太当回事，因为爹在衙门里当差，随身携带地图也是平常之事，但是我看到这几行字后就发现事情不对，上面很潦草地写着：长安，不良人，皇宫，异族等。我就感觉这里面一定大有来头，所以就顺着这个线索开始查找。"

"后来我仔细查阅了关于不良人的信息，知道这个组织是当年皇室最信赖的情报和特务机构，由当时的袁天罡所统帅，但是随着袁天罡的去世，这个组织也越来越不受皇室的信任，后来似乎就没有再出现过。但是随着我走访了长安城的各个地方，发现不良人并没有完全消失，他们只是换了一种身份在活动，只是不知道他们是否还在为皇室效力，于是我就跟踪他们来到了万国楼，悄悄在外面观察着他们的行动，但因为不够小心，被那个老头发现了踪迹，所以就只好现身和他们打在一处，幸好得到骆大人出手相助。"徐凝霜一五一十地将所有经过告诉了大家。

众人听后都觉得不可思议，难道这长安城还隐藏着许多不为人知的秘密？

骆沉青想了想，开口说道："这样吧，这里的事情就交给大理寺的同僚们去做，咱们先各自回家，看一看还有什么样的线索，十日后我们在城东永兴坊会合，看一看武林大会到底有什么名堂，但是一定记住不要以官差的身份出现，大家都扮作江湖人士，以免露出马脚。另外，老裴，你吩咐大家，让他们好生看管这两具尸体，千万不能再出什么差错了！"

裴少卿应了一声，说道："你就放心吧，这回我可长记性了，保证十二个时辰都有人轮流看护，绝不会再让尸体自己长腿跑了。"

众人大笑。上官婉儿又提醒道："近日大家都多注意安全吧，发生了这么多事，我想暗中一定有人也在监视着我们的一举一动，如果遇到危险，千万不要硬撑，等大家集合在一起再做打算。"

众人点头应允。

第四十五章　再会

骆沉青回到家中，盘坐在床上恢复了一下元气，这两日来的打斗让他的身体耗费不小，一旦放松下来，便感觉异常疲惫。但是他心中始终对不良人存在着疑惑，有些事情似乎用推理的方式解释不清，为什么他们要阻止别人去探查案件的真相，他们又是被谁指挥呢？

想到这里，他脑海中又闪现出了一个人，李适之，他作为皇族的一员，应该是对不良人有一定了解的，或许他能解释最近发生的事。他从床上一跃而起，穿好了衣裳，快步向门外走去。

不久后，他就来到了李府。虽然李承乾被废黜了太子，但是作为皇室重要的成员，还是拥有着皇族的所有待遇，所以李府格外气派，也不难寻找。

他来到府门前，向门人报上了自己的姓名，门人赶忙向内通禀，不一会儿，府门打开，李适之潇洒俊秀的身影出现在了眼前。只见他笑吟吟地迎了出来，拱手道："什么风把骆兄送到我这府上，有失远迎。"

骆沉青赶忙回礼说道："不敢劳李公子大驾，下官有些事情想不明白，想聆听公子的教诲，望点拨一二。"

李适之说："骆兄哪里话来，我是个闲云野鹤，平日这府上也少有宾客，骆兄快请进。"

两人并肩向李府内走去。

骆沉青环顾这李府宅院，虽然已经失势，但这府邸还是一副气派的景象，气派的门楼和上面的砖雕匾额及花饰，纹理依然清晰秀美，院内的结构精巧别致，仍能显示出主人当年的显赫和儒雅。不必说正堂的大气和雕梁画栋，单就一处连接后院的过道，也处理得非常讲究，自成一景：白色的墙上前后两个月亮门，过道从门中穿过，门的两侧用青砖砌成扇形的小窗，透过小窗，前后院的风景尽收眼底，青砖铺就的地面平整而洁净，角落里有一棵棕色的树，树干弧线一样划向天空，抬头望去，硕大而茂密的树冠像一把巨型绿伞遮住了宅院多半的风雨。

李适之看到他不停地打量着宅院，也是笑道："骆大人对建筑风水也颇有研究？"

其实骆沉青所学的机关术也涉及一部分的风水建筑，但更多的记载都在其余的残卷之内，当年师父也只是略略讲述了一些，他也是一知半解，听到李适之这样问，赶紧回答："我对建筑风水只是略知皮毛，看到这个宅院如此气派，所以就多看了两眼，李公子见笑了。"

李适之一挥折扇，说道："这是祖上留下来的宅子，当年蒙皇上恩典赐下来这么一座宅院，但随着家道中落，光景却是大不如前了，李某也没什么才学，没能够让家道中兴，让骆兄见笑了。"

见到李适之这么宽厚，骆沉青心中也不由对他产生了一定的好感，也是打趣说道："要是这都能让人见笑，那我家的宅子就可以称之为狗窝了。"

言罢两人都哈哈大笑起来，两人的关系瞬间拉近。

李适之对骆沉青说："兄台，在房中说话实在太无趣，不妨咱们去后花园一边赏花观鱼一边叙谈如何？"

骆沉青说："客随主便，恭敬不如从命。"

"好，骆兄请。"

"李兄请。"

随后两人又向后花园走去。穿过一道拱门，眼前豁然开阔，这宅院真的是别有洞天，虽然花园不大，但布局非常精致，山川河流、亭台楼阁一应俱全。

两人来到一处湖心亭坐下，下人们赶紧给他们端来了上好的茶水。李适之一挥手让他们都退下，品了一口香茗，做出一个请的手势，然后问道："骆兄，说说你此次的来意吧。"

骆沉青也是轻啜一口，然后说道："不瞒李公子，骆某这次冒昧拜访，是想打听一件事。"

李适之仍旧是微笑："骆兄但说无妨。"

"我想知道不良人的情况。"骆沉青说。

"哦？"李适之似乎也有些意外，他没想到骆沉青会问出这个问题，"那骆兄最近一定是遭遇到了什么情况吧？"

"是的，我最近在查案的过程中，遇到了不良人，而且不止一次。"骆沉青说，"而且这些人一上来就是对我痛下杀手，个个都是身怀绝技，武功不凡。"

"看来事情有些复杂了。"李适之收起了自己的微笑。

"所以我这次拜会公子，也是想更多地了解不良人的情况以及是否另有幕后黑手。"骆沉青单刀直入。

李适之又喝了一口茶，然后沉思片刻："不良人的来历我就不说了，想必骆兄知道的一定不比我少，我就大概讲讲我知道的一些信息吧。"

骆沉青赶忙端正了身体，洗耳恭听："愿闻其详。"

"这不良人乃我大唐立国时专门负责保卫皇室的一个特殊的组织，最早是由国师袁天罡来统帅，负责情报的搜集和皇室的安全护卫。后来袁天罡死后逐渐被边缘化，朝廷又增设了靖安司和金吾卫，不良人的权力也被逐渐弱化，慢慢地他们退出了朝廷编制的正式序列，更像是一个半官半民的组织，但是据我所知，他们确实没有完全消失，而是以另外的身份潜伏在了长安城内，继续发挥着他们的作用。这么说吧，你所知道的长安城一百零八坊内，几乎都有不良人的存在，只是他们平时和普通的老百姓并没有什么区别，你根本无法凭借外表与生活习惯来判断他们的身份。而这些人平时与普通百姓一样过着平静的生活，但一旦得到指令他们就会不遗余力地去完成他们的任务。"李适之说完平静地看着骆沉青。

"那他们现在效忠的人是谁？"骆沉青问。

李适之摇了摇头说："这个我也不知道，毕竟自从祖父被废黜后，我们一脉就远离了朝堂，皇室的机密我们更是接触不到，所以我也很难告诉你他们的幕后主使，但是我有一个直觉，仅仅是猜测。"

骆沉青心中一动，他双眼注视着李适之。

"但是我想骆兄这样聪明的人，似乎心中也有答案，咱们不妨看看是否见解相同？"李适之笑了笑说，"你我就用这茶水，在这石板上各自写下心中所想，如何？"

骆沉青也点了点头，两人不约而同地用手指蘸了蘸面前的茶水，在石板上书写起来，写完后各自向对方望去，只见李适之的面前一个"武"字，而骆沉青的面前则是一个"后"字，两人相视一笑，用手抹去了字迹，彼此心照不宣。

"看来我与骆兄是英雄所见略同啊。"李适之说道。

"看来我的怀疑是对的。"

"骆兄也不要这么肯定，这只是你我二人的猜测，具体的答案还需要骆兄自己去寻找。"李适之说。

第四十六章　论道

骆沉青知道李适之对于不良人了解的可能也就这么多了，但他突然想到了上一次交谈中提到的异族势力，他还是希望更加了解这些外邦人到底在觊觎什么。于是他又问道："李公子，上次你和我谈起了外邦曾经参与朝堂夺嫡之争，但是我有些事情还是不太明白，这些异族卷入此事到底想要得到什么？以目前大唐王朝的实力，肯定不是他们能够撼动的，他们也知道得罪了这样强大的王朝后果是什么，他们为什么还要这样做？"

李适之仍然是一副气定神闲的样子，说道："其实所有的一切归根结底，都是为了一个'利'字，这其中就包含了国家的利益和个人的利益。从国家层面上看，将我李唐王朝弄得鸡犬不宁，对于他们来说利大于弊，这样庞大的一个帝国从外部想要抗衡，他们是很难做到的，但是如果从内部入手，瓦解起来就会相对容易许多；从个人利益上来讲，很多人是为了一己之私，或是财富或是权力，他们可以在乱局中浑水摸鱼，达到自己的目的，这就是明知会有风险，但他们还是愿意铤而走险的原因。"

骆沉青听李适之这样说，马上联想到了凡尘所说的《天机术》，看来东瀛人和突厥人不光想要颠覆大唐，得到《天机术》也是他们的目的之一，但是小小的一本秘术难道真的值得让他们趋之若鹜吗？为了弄清楚背后的隐秘，骆沉青决定还要再去一趟青龙寺，他要看一看到底东瀛人参与此事的目的何在，况且很可能《天机术》的残卷也在他们手中，无论如何他也得再走一遭。

骆沉青又说道："李公子，既然咱们的想法一致，今后咱们还是要相互配合，为了避免百姓涂炭、维护大唐的稳定，咱们绝不能坐视不管，皇室那边还请公子费心，长安城江湖上的事我也会一查到底。"

李适之点了点头："虽然我这一脉已经逐渐被边缘化，但我还是皇室正统，能够接触到一些皇室的情况的，如果有什么动向，我会及时和骆兄沟通，我不会眼睁睁看着大好河山被外族摧残的。"

两人约定好了联络的方式，又谈论了目前的形势，骆沉青也把自己最近所遭遇的情况向李适之讲述了一遍，李适之听后皱了皱眉，他也觉得这件事的复杂程度超过了自己的想象，没想到这件案子居然与几年前的案子有着紧密的联系，而当年查案的核心人员不是惨遭毒手就是退出庙堂，可见这背后的势力不一般。

出于对门派的保护，骆沉青并没有直接告诉他有关墨家的情况，只是简单提了一下各方势力也可能是针对《天机术》残卷在展开行动。

李适之也同意他的想法，悠悠说道："看来骆兄确实得深入追查一下东瀛人和突厥人了，我也觉得他们的行动实在是可疑。虽然《天机术》是他们想要得到的，但仅仅是这么一本秘术恐怕还不能驱使他们如此奋不顾身，应该还有另外的原因。"

"我打算探访一下青龙寺，那里是东瀛人经常聚集的地方，或许答案就在那里。"骆沉青说。

李适之点了点头，说："那里确实是个比较神秘的地方，作为东瀛人在我天朝的首都所创立的佛教宗庙，朝廷也不能完全插手，可以说那一方土地更像是一个国中之国，里面到底隐藏着什么，确实需要探究一下。不过骆兄，那里一定是高手云集，你能应付得了吗？"

骆沉青笑了笑说："明知山有虎，偏向虎山行，我身为大理寺的朝廷命官，早就将生死置之度外了，如果我退缩了，那这件案子又会成为悬案，这些年这些人的努力将付之东流，谁还能为那些受害者昭雪，所以不论多么危险，我都要去。"

李适之击掌叫好："骆兄果然是豪杰，这样的英雄我李适之果然没有看错，今后你我再也不要客气相称了，咱们就把彼此当作异姓兄弟吧！"

骆沉青也是觉得他是个外柔内刚之人，虽然生得一副柔弱书生的外表，但内心似火，也是一条响当当的汉子，于是也豪爽地说道："那我就高攀了，李兄受小弟一拜。"说罢，起身向李适之深施一礼。

李适之哈哈大笑，赶忙伸手将他搀扶住，笑道："骆兄弟请起，以后你我兄弟二人就不分彼此了，患难与共。"

相互又见过礼后，两人都感觉彼此的距离更加拉近，也有更多的话可以明说。骆沉青虽然平日里不太关心朝堂的事，但是对于武后的行为也是略有耳闻。他问道："哥哥觉得最近天后的行为有无异常？"

李适之说："其实她是司马昭之心路人皆知，现今皇上身体孱弱，基本不问政事，所有的军国大事其实都是由她一人在把持，我总觉得虽然她大权在握，但她并不满足现状，恐怕是有不臣之心啊！"

骆沉青则说："其实回想到几年前的凶案，我仔细推敲了那时候的案情，那个时候也正是她刚把持大权不久后的事情，当时朝中诸位大臣对她把持朝纲颇有不满，很多人都上书要求弹劾她，没多久就发生了连环命案，反对的声音也就越来越弱。"

"嗯，兄弟说得很对，愚兄认为，这件案子的发生必然与她有关联。我认为可能性有三点，一是她主使人作案，闹得朝堂之外百姓之间人人自危，来转移朝堂诸位大臣的注意力，缓解自己的压力；二是通过此事来暗中镇压铲除反对自己的异己；三是借机培植自己的亲信，借口办案不力将一些手握实权的官员调离或处分，巩固自己的实力。"李适之分析道。

"那这次又发生相类似的案件，又代表什么？"骆沉青问。

"恐怕这次会有更大的动作！"李适之的表情变得很严肃。

"会是什么？"骆沉青似乎也意识到了什么。

"篡位登基！"李适之答道。

第四十七章　再探

拜别李适之后，骆沉青心情复杂地向自己的府邸走去，他心中沉甸甸的，虽然他也隐约意识到了武后想要做的事，但是从李适之口中听到，还是让他十分震惊。这个掌握着王朝命运的女人野心如此之大，竟然不满足现在的权力，还希望能够登顶九五，成为历史上从未有过的女皇帝，她能成功吗？紧接着他又想到，既然所有的事情很可能就是武后在幕后主使，但为什么还要派上官婉儿来协助他办案，是为了监视他的一举一动吗？那上官婉儿对此是否知情？今后他要以什么样的态度来面对上官婉儿？如果真的是如此强大的势力，他还能把这件案子办下去吗？

怀着这样的心情他回到了家，眼看着天色已然不早，今晚还要去青龙寺一探究竟，他决定先不考虑这些问题。他知道现在这样的情势，已经是骑虎难下，退缩不是他的性格，越是困难的时候越要咬牙坚持，他不想管谁成为这个王朝的统治者，只希望能少些杀戮，还百姓一个安定祥和。

他打开自己的装备匣，仔细检查了所有穿戴的机关。今晚青龙寺之行一定是极为凶险的，那里的东瀛高手如云，谁也不知道会遇到什么情况，所以得万分小心。

夜色渐渐铺满大地，白日里喧嚣的长安城逐渐恢复平静，骆沉青抬眼望了望天色，觉得已经到了可以出发的时候了。他仔细穿戴好机关，又将全身的血脉运行了一个周天，感觉了一下自己的气机，状态还是不错的，然后就换上了夜行衣，悄悄地从家中走出，直奔青龙寺。

借助机关术的助力，骆沉青的脚力大幅提高，不一会儿就来到了青龙寺。这时候的寺庙门前已经是万籁俱寂，庙门早已紧闭，空气中隐约传来淡淡檀香燃烧的味道，令人感觉到一丝平静。寺庙内回响着诵经声和木鱼声，应该是寺内的僧人们正在做晚课。

骆沉青先是绕到寺庙的西墙看了看，他很熟悉这青龙寺的布局，庙门是向西而开，东边则是僧人们居住的僧舍，从这里进去最容易抵达寺庙私密的地方。

他看四下无人，一个腾跃就翻上了墙头，他尽可能隐蔽自己的身形，在墙头仔细张望了一下院墙内，同时提升自己的感官，感受四周并无异常，于是越下围墙，轻飘飘地落地，并未发出丝毫的动静。紧接着他顺着围墙向北悄悄走去，路上的樱花树成为他最好的掩护。

没过多久他就来到了僧舍附近，因为众多僧人都在做晚课，所以僧舍这里也是静悄悄的，没有什么人走动。骆沉青是知道寺庙的主持空海大师的禅房的，所以他决定先去那里看一下。

一路上并未遇到什么阻碍，但是在即将靠近禅房的时候，敏锐的直觉给了他强烈的预警，这四周似乎有人的气息，他感到了隐约的压迫感，所以他并没有贸然行动，只是屏住呼吸匍匐在原地，收敛了所有的气机，向那边张望。

果然没过多久，附近的树丛内和树上窜出几条人影，他们也在四下张望，因为骆沉青利用机关术将自己的气机都隐藏起来，所以他们并没有发现什么异常。骆沉青提高自己的听觉，仔细辨别着他们的声音，其中一个人说："奇怪，刚才明明是感应到了周围有动静，怎么什么都没有？"另外一个人说："我好像也感应到一丝气机，但是瞬间就没有了。"

"你们的机关术还学得不到家，我就没有发现有什么异常，也许是有小动物什么的经过，别瞎想了，继续执行任务吧。长谷川阁下马上就要到了，今晚的事情很重要，都不要大意。"为首的一个人说。

骆沉青听到"机关术"三个字心中一动，心想：东瀛人果然是如凡尘所说，盗取了机关术的一些手段，看来这些人也确实学到了些本领。他继续收敛气机静静等待着。

又过了约莫一炷香的时间，远处隐约传来脚步声，因为是在夜间，四周的杂音很少，因此骆沉青很容易就辨认出脚步声是来自三个人的，其中一人的脚步沉稳有力，显然是身负很好的武功基础，另外两个人的脚步也是很有力道，也是练家子。

当三人从远处走近，埋伏在周围的几人分别从自己藏身的地方出现，来到为首的人面前，弯腰低头向他鞠躬，其中一人说道："长谷川阁下，我们在此已经侦察多时，没有发现可疑人等，请您放心。"借助微微的月色，再根据身形判断，骆沉青看清楚了为首的正是前几日在青龙寺见过的长谷川布城，只见他用锐利的眼神打量了一下他们，转头环顾了一下四周，说："做得很好，今晚我和空海法师有要事相商，你们就在这四周做好警戒工作，不得放任何人靠近禅房，出了差错，你们就剖腹谢罪吧。"

几个人都躬身领命，然后回到各自的警戒岗位，长谷川向身后的两个部下挥了挥手，吩咐道："等下你二人守住禅房的门口，遇到情况立即通报。"身后的两人也是低头领命。

随后长谷川走向空海的禅房，在门口敲了几下，里面传来了空海的声音："门外何人？"

长谷川恭恭敬敬回答道："阁下，长谷川布城求见。"

屋内的空海说："进来吧。"

随后长谷川推门而入，反手将门带上，而两名侍从则一左一右站在禅房门前，警惕地看着四周。

骆沉青有些纳闷，为什么长谷川称呼空海是阁下？一般见到寺庙的僧人都应该称呼他们为法师或者大师，但他为什么不这么叫？空海难道还有另外的身份？

眼看着长谷川已经进到禅房内，两人肯定是要谈论很重要的事情，但是眼前禅房门口布置了好几层岗哨，可见这长谷川也是个十分小心谨慎的人，现在该如何靠近获取他们的秘密呢？骆沉青沉思起来。

第四十八章　密观

现在先要解决掉外围的岗哨，但是对方有好几个人，自己并没有太大的把握能够悄无声息地解决掉他们，弄不好就会打草惊蛇。正当骆沉青还在思索更好的办法的时候，远处突然传来了一声低吟，一个身影从十丈远的树梢上掠过，然后向西疾奔而去，警戒的几个东瀛人也是一声呼哨，向那道黑影急追而去。

这里还有自己没有发现的人！骆沉青暗自吃惊，但是他隐约看到了那道身影，有些熟悉，似乎是凡尘。他当下放下心来，以凡尘的本事对付这几个东瀛人肯定是绰绰有余的，应该是他发现自己要夜探青龙寺，所以在暗中为自己引开暗哨。

目前外围的暗哨已经扫清，就剩下门口的两个人了，骆沉青自信有把握将这两人控制住，于是缓慢地向禅房靠近。

刚才发生的事两人也都看到了，其中一人也想要跟随暗哨去追击，被另外一人拉住，那人说："你要去干什么？咱们的任务是为阁下守好禅房门口，你这样冒冒失失追出去，中了别人的调虎离山之计怎么办？我们只要做好自己该做的事就可以了。"

这时候骆沉青已经悄悄摸到了二人的侧后方，他从镖囊中掏出一个精致的竹筒，将两枚银针放了进去，然后先是对着那个说话的东瀛人一吹，一根细细的银针从竹筒中激射而出，直奔那人的后脖颈处，只听得那人"哎哟"一声，随后用手捂住了自己的脖子。

"怎么了？"旁边的人问道。

"我好像被虫子咬了一下，还怪疼的。"说完还用手揉了揉。

"这鬼地方蚊虫就是多，阁下们赶紧谈完事吧，我们也好去勾栏喝花酒，这长安城的姑娘们，啧啧……"话音未落，他也是一声"哎哟"。

"你又怎么了？"

"我好像也被虫子咬了。"

"是吗？我……我……怎么感觉有点头晕啊。"

"我……我也是……"

然后两人仿佛一摊烂泥似的，瘫倒在禅房门前。

又等了一会儿，骆沉青看这两人已经没有了动静，于是又提升感官观察了一番，发现周围确实再无气机，于是蹑手蹑脚地走到了禅房后面。

这时候禅房内烛光摇曳，灯光并不明亮，两个黑色的身影像是剪纸一般影射在窗上，骆沉青悄悄靠近窗户，将身形隐蔽在阴暗之处，继续提升听觉，专注地聆听屋内两人的对话。

"这件事确实比较棘手啊，这个大理寺的年轻人似乎慢慢在接近我们，而且他的智慧和身手都不凡，恐怕会是我们计划中的绊脚石。"骆沉青能够听出这是空海的声音。

"那我们就将他除掉，我不信这个毛头小子能掀起什么风浪。"长谷川说道。

"哪有你想象的那么容易，骆沉青是大理寺少卿，是衙门口的人，而且深得器重。贸然对他出手，一旦弄巧成拙，会让事情更加不可收拾。"空海说。

"那怎么办，就这么眼睁睁看他查下去？"长谷川有些不甘。

"那倒也不是，据我所知，不良人和长安城一百零八坊的各位坊主现在也在想尽办法阻止他，现在还不是我们出手的时候。"空海继续说。

"呵呵，"长谷川冷笑一声，"就凭他们？我可是听说他们几次三番对那小子动手，都没有占到便宜，反而折损了好几个人，这帮废物有什么用！"

"不到万不得已，我们还是不要出手的好，我们东瀛一旦出手，这件事就上升到国与国之间的问题了，那时候情势可能会更糟。你最近也要严加管束自己的手下，没有我的命令谁也不准对他出手。"空海用严肃的语气说道。

"好吧。听从阁下的吩咐。"长谷川应道。

"还有多久是武林大会？"空海问道。

"九日后，在城东的永兴坊。"长谷川说，"我们想要的东西应该会在大会上出现。"

空海点了点头："那就让我们再忍耐九日吧，到时候我们就取回我们的东西。"

"要不是为了这两件东西，谁会冒着这么大的危险在唐朝的心脏部位冒险啊，我只希望能赶紧完成任务，给大将军一个交代。"长谷川说。

"是啊，这两件东西是我们几代幕府人的心愿，为了这件事我们布局了太久了，一旦成功，咱们就可以了却心愿了。"空海似乎另有所指。

"阁下取回天机秘术，而我带着杨公宝藏回到东瀛去，享受我的荣华富贵，再也不干这刀口舔血的活计了。"长谷川说，"但是我现在也不清楚，到底这个所谓的杨公宝藏是不是真实存在的，别让我们到头来白忙活一场。"

空海说："据我所知，这杨公宝藏肯定是存在的，虽然很多人怀疑它的真实性，但是根据我搜集到的情报，并非是子虚乌有的事情。"

"我还担心另外一件事，就是中原的这些江湖人士，他们是否可靠，不要我们把事情办成了他们就反悔了，那时候一旦反目，我们可是要吃大亏的。"长谷川说。

"这个你不必担心了，虽然这次的武林大会表面上是江湖人士自己组织的，其实背后还有更有权威的背景，可以这么说，一切都是在朝廷的掌控之下，我想我们与他们的合作是不会背信弃义的。"空海倒是显得很坦然。

"既然阁下这样说，那我也没什么可担心的了，只是阁下，我想问问这《天机术》到底是个怎样的秘术呢，能让你这位在我们东瀛大名鼎鼎的高人对它这么在意？"长谷川说。

空海微闭双目，像是在思考什么，他缓缓睁开眼睛，说道："这个你们是不会明白的，这对于我们天机宗来说，是几十代传人毕生的心愿。"

窗外的骆沉青静静听着，各种各样的念头不断在他心头闪过，杨公宝藏、天机宗，这些都给了他强烈的震撼，他似乎明白了这些东瀛人所图的到底是什么。他抬头看了看天色，心中暗想，所有的一切应该都会在武林大会上浮出水面。趁着对方还没有发现，自己赶紧离开这是非之地方是上策，不然等追踪凡尘的暗哨返回，自己想走恐怕是难上加难了。

随即，他没有再留恋此地，悄无声息地将身形隐于夜色之中。不久后，他就听到身后的寺院里钟声大作，似乎乱作一团，想必是那两个被他用银针刺倒的东瀛人被发现了，但此时的他早已离开寺院。他决定先去大慈恩寺，与净空和凡尘商议一下今天所听到的信息，看看他们都有什么样的见解。

第四十九章　师兄

很快，骆沉青就来到了大慈恩寺。因为已是深夜，他没有经过通禀，直接就来到了方丈净空的禅房，此时禅房内灯光摇曳，骆沉青刚走到门口想要伸手叩门，屋内就传来净空的声音："骆施主，快请进，老衲已经恭候多时。"

听闻此言，骆沉青颇感意外，难道说净空已经料定今晚他会来拜访，所以一直在等待着他？于是他推门走了进去，见屋内净空和凡尘相对而坐，都微笑看着他。

"见过大师，见过师兄。"骆沉青说道。

两人齐齐点头，净空说："骆施主快请坐。"

骆沉青在凡尘的下手坐好，净空递上来一杯热茶，笑着说道："骆施主在青龙寺许久，怕是已经口渴了吧，请喝茶。"

骆沉青谢过净空，这时候的他也确实有些口渴了，端起茶杯一饮而尽，随后他放下茶杯说："想必刚才在青龙寺出手引开东瀛暗哨的就是凡尘师兄吧？"

凡尘笑了笑，并没有否认。

"多谢师兄出手相助，让我得到了重要的情报。"骆沉青感谢道，今天要不是有凡尘出手相助恐怕是很难做到。

"施主得到了什么样的情报，不妨说说。"净空大师一脸关切。

"总的来说一共是三件事，第一件是杨公宝藏，第二件是天机宗，第三件是关于武林大会及幕后主使。"骆沉青一口气说完。

"这第二第三件事，应该在我的预料之中，但是杨公宝藏怎么会又突然出现在江湖传言里呢，这应该是个子虚乌有的事情啊。"凡尘说。

"我看未必只是传言，二位听我将今晚发生的事慢慢道来。"接着骆沉青就将今晚听到的事情原原本本地讲述给二人。

二人的脸色有了一些变化，还是凡尘最先开口："我还是先说说我的看法吧，首先可以肯定的是藏匿于青龙寺的东瀛和尚空海，应该就是现在天机宗的宗主，很明显天机宗就是我曾经说起的盗取我墨家绝学的东瀛人的传人，看来这么多年了他们还是没有忘记要将《天机术》据为己有啊，能够一直利用僧人的身份潜伏在青龙寺，还是在李唐皇室的眼皮子底下，也是不简单哪！"

骆沉青和净空点了点头，继续听他讲："东瀛人的目标看来很明确，空海目的是将《天机术》残卷全部找到，带回东瀛，将我墨家的秘术全部获取，然后利用这秘术在他们国家获取最高的权威，而长谷川这个浪人头目则是盯上了杨公宝藏，想要以此发一笔横财。沉青，你知道这杨公宝藏是怎么回事吗？"

骆沉青点了点头，说："江湖上确实一直有杨公宝藏的传闻，但是说法不一，有人说这份宝藏压根就不存在，有些人说这宝藏早已随着暴君杨广葬身在江南江中，还有人说李唐皇室早就找到了这宝藏，并且依仗着所获得的宝贝达成了推翻隋朝的目的。但是我不知道所谓的杨公宝藏到底是什么。"

"那就请净空大师为沉青解说一二吧。"凡尘说。

净空看了看两人说："那贫僧就献丑了。说起这杨公啊，其实指的是隋朝时期的越王杨素，他是当时朝中最有影响的权臣，凭着南征北讨，战无不胜而功高震主，他深受文帝猜忌。杨素本身亦非易与之辈，密谋造反，又囤积兵器粮草财富。然杨素不久病死，文帝一夜之间尽杀其党羽，却始终找不到杨素的宝库。自此即有传言，谁能寻获得'杨公宝藏'便可纳天下半数的财富于手中，想要一统天下也不是没有可能。"

骆沉青没有想到这杨公宝藏居然还有着这许多的缘由，他只是点头继续听净空说："大唐王朝建立多年，一直有人在寻找宝藏的下落，而时不时江湖上就会有个别杨公宝藏中的珍宝现世的传闻，但绝大多数也仅仅只是传闻，真正见到过的人寥寥无几，所以更多的人也就认为这是个子虚乌有的事情。"

骆沉青说："今晚我探听消息的时候听那空海说，他有把握证明杨公宝藏是确实存在的。"

"哦？"净空和凡尘同时一惊，"难道说空海找到了杨公宝藏的线索？"

骆沉青答道："具体是什么线索我还不确定，也没有来得及听到他们后面的谈话，但种种迹象表明，杨公宝藏和《天机术》还有武林大会有着密切的联系。"

"这件事既然东瀛人知道了，恐怕对于突厥人和高丽人也不是什么秘密了吧？"凡尘说道。

骆沉青表示同意，最近的案件和异族人的蠢蠢欲动，说明了他们都是目的明确的，很可能都是冲着杨公宝藏而来。

"看来一切都要等到武林大会的时候才能明朗了。"净空说。两人都是点头。

"沉青，你得到的天机宗的消息对咱们墨家来说很有帮助，我也想趁此机会去会一会这个空海，试探一下他们到底得到了墨家多少真传，会不会对我们构成威胁。"凡尘说。

"根据我的判断，这个空海必然不是个简单的人物，身为天机宗的宗主，恐怕所掌握的天机术应该在你我之上。"骆沉青有些担忧。

"无妨，明日我便去会会他。"凡尘好像很有信心。

"那我明日陪你一同去吧。"骆沉青怕凡尘会有什么意外。

"不必，你是衙门口的人，和我一同前往反而会有诸多不便，而且会暴露你我之间的关系，我自己去就可以了。光天化日的，他也不会将我如何，你也趁此机会休养生息，两日后的武林大会肯定还会有不可预知的风险。那《天机术》残卷我就先交予净空大师代为保管，要是我有什么意外，你就到大师这里取走残卷，只要他们得不到所有的残卷，我们就还有机会。"凡尘又交代了一下。

骆沉青听他这样说，也不好再坚持，只是提醒凡尘一定要注意安全，毕竟青龙寺里面情况复杂，不容大意。

凡尘抬起头，看了看外面的黑夜，喃喃自语道："几百年了，我们也该做个了断了……"

第五十章　改口

从大慈恩寺出来后，骆沉青觉得有些身心俱疲，他知道这些天发生的事情给了他太大压力，这时候的他急需好好放松一下，顺便理清自己的思路。于是他回到家中，将门窗全部关闭，然后倒头便睡。也不知道睡了多久，迷迷糊糊间，听到老仆在房门外轻声唤道："大人，大人，门外有人找。"

骆沉青从睡梦中醒过来，问道："是什么人？"

"不知道，是一位非常漂亮的姑娘，她说有事要找大人。"老仆回答道。

"姑娘，还非常漂亮？"骆沉青心中有些纳闷，会是谁来府上找自己呢？栾玉还是徐凝霜？他吩咐老仆将人领到中堂奉茶，自己则是从床上翻身坐起，赶紧洗漱打理一番，看着铜镜中的自己没有什么失礼之处，这才匆匆去往中堂。

离着老远他就看到了一个清丽娟秀的背影，似乎很熟悉，但又说不上在哪里见过。这位女子穿着一身华贵的素白色长锦衣，棕色的丝线在衣料上绣出了奇巧遒劲的质感，桃红色的丝线点缀了各色各样的梅花，从裙摆处一直延伸到腰际，一根玄色的宽腰带将腰部束起，显出了窈窕的身段，给人一种华美而不失典雅的风范；外披一件淡紫色的敞口纱衣，举手投足间皆引得纱衣有波光流动之感，手上佩戴着翠绿色的玉镯，一头乌黑秀丽的长发用青色和白色的丝带绾出了样式独特的发髻，上面还插着一支碧玉制成的玉簪，别出心裁地做成了带叶青竹的模样，仿佛将青竹戴在头上。骆沉青一时间看得有些出神。

女子听到身后的脚步声，转过头来冲着他嫣然一笑，微笑间荡漾出别样的风情和俏皮，她笑道："骆大人好雅致，直睡到日上三竿啊？"

"上官……上官大人！"骆沉青有些意想不到，今日上官婉儿居然这副打扮寻上门来。

"怎么？换成女儿家的装扮你就不认识我了？"上官婉儿对骆沉青的这副表情很是满意。

"不是不是，只是这几日习惯了上官大人另外的装扮，一时间没有反应过来，恕罪恕罪。"看到上官婉儿这副表情注视着他，骆沉青有些不好意思地低下头去。

"人家本来就是女儿身，今日也不是查案办差，就换做平日在宫里的装扮了，你看好看吗？"上官婉儿有些期盼地问道。

骆沉青这才又抬起头来，仔细端详她。只见她恢复了女儿家的打扮后，更加妩媚动人，炭黑色勾勒出来的柳叶眉，妩媚迷人的杏眼眼波流转间光华尽显，略施粉黛的面庞精致绝伦，嘴角挂着亲和力十足的明媚笑容，端庄中不失活泼，是那么的纯粹而美好。这样的上官婉儿真是明艳照人，相比之下栾玉似乎也要逊色几分，难怪长安城的达官显贵们都趋之若鹜地甘愿拜倒在她的石榴裙下。

"上官大人今天可称得上是倾国倾城了。"骆沉青这句话是发自内心的赞叹。

听到这个回答，上官婉儿非常满意，笑得十分灿烂："骆大人还是很有眼光的嘛。"

骆沉青稳了稳心神，问道："不知上官大人今日光临寒舍是有什么要事相商吗？我记得咱们约定的日子还没有到，是有重要的发现吗？"

"唉，我说骆大人啊，你怎么整天就把心思放在破案抓贼上啊，眼前有我这么一个绝色美女，你居然还想着那些烦人的破事！"上官婉儿娇嗔道，"今日闲来无事，反正武林大会也是几日后才开，这么好的天气，不如我们一起去散散步啊？"

"啊？"骆沉青没有想到上官婉儿今天来家里居然就是为了和他散散步。

"啊什么啊！想与本姑娘散步的人可是排着队呢，你可不要这么煞风景。"上官婉儿说道。

"那……恭敬不如从命，上官大人想要去哪里？"骆沉青问。

"嗯……"上官婉儿歪头想了想，"不如我们就去曲江池走走吧，那里风景极为秀美，还有众多的名胜古迹。"

"好，大人请。"骆沉青说。

"喂，我说你怎么这么不识好歹啊？"她有些愠怒。

骆沉青此时一头雾水，他不明白又是哪里得罪了上官婉儿。

"你一口一个上官大人叫着，听上去多没情调啊。今天不是出去办案，你我只是结伴同游，哪有还称呼官职的！"上官婉儿说。

"那……我叫你上官姑娘可好？"骆沉青试探地问道。

"不怎么好，你还是叫我婉儿吧，听着亲切些！"她抿嘴说道，"来，叫一声听听。"

"这……"骆沉青有些为难。

"怎么啦，我一个女儿家都不在乎，你怕什么？原来顶天立地的骆沉青也有为难害怕的一天啊，哈哈！"上官婉儿觉得自己占了上风，十分高兴。

"婉……婉儿。"骆沉青咬着后槽牙说道。

"哎，我的沉青哥哥。"上官婉儿笑得更加灿烂，眼睛都眯成了一条缝，"记住，以后除了公事，私下里你都管我叫婉儿，记住了没？"

骆沉青僵硬地点了点头，伸手做出了一个请的手势："婉儿，请吧。"

"好，你前头带路。"婉儿笑着说。

两人走在街市上，引来众人的纷纷侧目，因为上官婉儿的面容和气质太过出众，骆沉青也是英俊潇洒，大家都在议论这是哪家的一对璧人。看这对璧人出双入对，大家皆是赞叹和羡慕。

上官婉儿就像一只出笼的金丝雀，在大街上尽情享受着出宫后的自由与快乐。骆沉青看着她兴奋的样子，脑子里却在思考着与李适之面谈后的猜测，看上官婉儿的样子，不像是知道武后的布局和谋划，她只是单纯想要把案子办好，将真相回禀给武后。但她如果知道了幕后的这个人就是武后，她是否能够接受这个现实？

第五十一章 心事

两人就这样边闹边走，不久后就来到了曲江池，此地在唐长安城东南隅，因水流曲折得名。兴于秦汉，盛于隋唐，历时千年，是中国古代风景园林之经典。秦代曲江，是一片天然池沼，被称为隑洲，建有著名的秦朝离宫——宜春宫。汉武帝时因其水波浩渺池岸曲折，"形似广陵之江"，遂取名"曲江"。到了隋代修建大兴城，曲江被纳入城郭之中，改称"芙蓉池"。李唐王朝建立后，耗巨资大规模营建曲江，凿黄渠，辟御苑，筑夹城，建大雁塔，修新开门，自此曲江池成为水域千亩、名冠京华的游赏胜地。

这里池形曲折，南北长，东西窄，因地势开凿，极为自然。曲江两岸，宫殿连绵，楼阁起伏，垂柳如云，花色人影，景色绮丽，贵族仕女，车马侍从，樽壶酒浆，笙歌画船，悠游宴乐于曲江。皇帝也经常在此处宴会群臣，那些进士考试及第后，会成群结伙到曲江大摆宴席，饮酒作乐，此即"曲江流饮"，为长安八景之一。此外，在每年的"上巳"(三月初三)和"中元"(七月十五日)两个节日，唐朝的贵族们还要在这里举行集会饮宴，一般居民也赶来看热闹，形成一年两度的盛会。

上官婉儿明显心情不错，和骆沉青有说有笑，看来在深宫中的她难得有一次放松的机会。她赞叹着大好的风光，路上遇到各种推车贩卖的小贩，也都要过去看上一看，骆沉青也只得陪着她买买买，最后就成了上官婉儿在前面雀跃得像个孩子，而他手拿肩扛大包小包地跟随在后面。不过他并不觉得难受，只是面带微笑在后面看着前面这个快乐幸福的少女。他心中想：上官婉儿作为武后的贴身侍从，从来都是高高在上不苟言笑的样子，其实她的内心也渴望自由，选择这条路她也是身不由己，就让她抓住这短暂的快乐时光吧！

没过多久他们就来到了曲江的南湖，这里一派繁荣热闹的场景，明媚的阳光洒在湖面上，泛起了粼粼的波光，湖边的游人如织往来穿梭着，人人脸上都洋溢着快乐的笑容。两人找了一间僻静的凉亭坐下，看到骆沉青额头上的汗珠，上官婉儿拿出随身携带的绢帕想要伸手给他擦汗，可这一动作却吓到了骆沉青，他连忙向后一闪，口中说道："上官大人，这可使不得。"

上官婉儿微嗔道："你又叫我什么？"

骆沉青结结巴巴地说："哦……婉儿。"

上官婉儿面色稍霁，说："看你这么辛苦，陪着我逛街，又拿了这么多东西，我给你擦擦汗又怎么了？"

骆沉青面露难色说："你我有官阶之分，我定是不敢造次的，况且……况且男女有别，让大家看到了成何体统。"

上官婉儿转喜为怒说道："咱们说好了除了公事，私下里我们就是朋友，你哪来的那么多想法，难道说婉儿不配和你做朋友吗？"

听到她这么说，骆沉青又是一窘，连忙说道："我不是那个意思，我只是为婉儿你着想，不想让你受到指摘。"

听到骆沉青这样说，上官婉儿的脸色才好看了些，她转头望向湖面，若有所思。

良久，看她没有说话，骆沉青忍不住开口问道："你在想什么？"

婉儿慢慢转过头来，眼中似乎含着泪花，她低声说道："你是不是觉得我们这样的女官很是风光，跟在天后身边，无人敢对我们不敬，我们也是想要星星就可以得到？其实我们这样的人并不快乐！"

骆沉青听她这样说，也没有搭话，只是看着她默默倾听。

"婉儿的命运其实早已注定，我爷爷因为曾经参与到废黜天后的事件中，上官家几乎被灭门。那时候我尚在襁褓中，所幸和母亲被留得性命，从此我母亲和我都被充入后宫成为奴婢，但是我的母亲不甘于沦为阶下囚，所以从小就对我精心培养，让婉儿读书认字，从此我在诗书和人情世故中逐渐成长。幸得天后垂怜，认为我是个可用之人，所以刻意提携我、培养我，这才有了今天的婉儿。"她慢慢说道。

"我跟随在天后身边不断磨炼，早就把自己当成了一个没有感情的工具，我帮助天后巩固权力，铲除异己，凡是阻碍天后的一律无情镇压。在这个过程中我早已忘记了自己是谁，只服从于天后的命令，但是就是这样顺服，我还是摆脱不了命运。天后几次想要将我嫁给她看中的世家子弟，其中还包括她的侄子，位高权重的武三思，但是婉儿心中对这些世家子弟并不心仪，我未来的夫婿可以无权无势，但一定是个顶天立地的男子汉。"说完，她望向骆沉青。

迎着婉儿的目光，骆沉青脸有些微微泛红，他心中知道婉儿的想法，他也对这个敢爱敢恨的女子有着不同寻常的好感。但是理智告诉他，他们之间很难发生感情，因为地位、身份、规矩等很多因素，注定了他们不可能走到一起，被感情冲昏了头脑只会给两人带来更大的灾祸。况且现在案情越来越扑朔迷离，骆沉青也没有心思在儿女情长之上。他装作没有听懂的样子说："这长安城内人才济济，定会有婉儿看中的男子汉。"

婉儿幽幽地叹了一口气，继续说道："其实我也知道，凭我现在的身份，想要和普通人一样找寻自己的爱情基本上是痴心妄想，我的命运早已不能自己把控，从我入宫门的那一刻开始，我就是天后手中的一枚棋子，所有的一切都要按照她的心意来进行，但是我不甘心就这样成为政治的牺牲品，哪怕还有一线希望，我也想努力一下，成为自己想要成为的那种人，哪怕只有短短的一瞬，也不枉我在这世上走一遭。"

此时的骆沉青已经从她眼中读出了悲哀，但是他也无能为力，这个世界就是这么不公平，你得到了一些，必然就会失去一些。眼下他能做的也就是陪伴着她，让她尽可能快乐一些。正当骆沉青想要出言安慰她几句的时候，就听见湖边一阵大乱，两人同时向那边望去，只见人群像是潮水一般向四周涌动开去，紧接着就听到有人大喊："突厥人行凶啦！快来人啊！"

"突厥！"两人同时心中一凛，难道说他们敢在光天化日之下行凶不成？随后，两人再也没有心思去谈儿女情长之事，向出事的地方奔去。

第五十二章　行凶

两人顺着人群溃散的方向一路跑过去，眼见从身边奔逃的百姓眼中都充满了恐惧，就像是见到了杀神一般。为了到达出事地点，两人着实费了一番功夫，为了避免无辜的百姓在奔跑中受伤，两人使出了各自的身法，一边奔跑一边躲避百姓，等他们赶到出事地点，地上已经横七竖八倒卧着几个人。骆沉青迅速提升自己的气机，全身处于戒备的状态。他迅速观察了案发现场的形势，这里打斗的是两伙人，打眼看去骆沉青感觉两方人马的衣着服饰似乎很相似。只见他们都留着明显的辫发，身着翻领胡服，腰间系着被称作蹀躞带的腰带，腰带上佩戴着各种随身应用的物件，脚蹬皮靴。骆沉青仔细看过去才发现两伙人的差别，其中一伙人穿黑色袍服，在左耳上佩戴着耳环，而另一伙人则是穿白色袍服，在右耳上佩戴耳环，他们都手持特有的突厥马刀，各自施展着自己的武力，很显然，两方人马已经交过手，都有人员伤亡。这时候两队都退后，就这样拔刀相向僵持着。

骆沉青赶忙上前大喊道："都给我住手！本官乃大唐大理寺少卿骆沉

青，尔等竟敢在光天化日之下当街殴斗，是不将大唐律法放在眼里吗？"

这两方的突厥人闻言都是一愣，他们心道：这大唐的官兵怎么来得这么快！当他们转头向骆沉青看去，才发现他身后除了一个如花似玉的少女，并没有大唐的官兵。于是他们心下安定了许多，一个貌似领头的突厥人用带有浓重口音的官话说道："这位大人，这是我们突厥国内部的事情，请大人不要多管闲事，否则别怪我们不客气！"

未等骆沉青开口，身旁的上官婉儿大声说道："你们这些蛮夷好不懂事！你们在突厥怎么动手我们不会管，但这里是大唐的土地，是长安城，容不得你们在此放肆！现在当街闹出人命，尔等今日休想就这样走了，我必将你们拿下押回靖安司发落。"

骆沉青转头看向上官婉儿，此时的她已经一改先前的阳光活泼，全身上下透露着一股威严之势，与先前简直是判若两人。也许，这才是她应有的模样吧？骆沉青心中暗想。

突厥人也没想到这个看似娇弱的女子竟有这般气势，心中不由得也是一惊，从她的穿着仪态、表情以及语言上，他也感觉到了上官婉儿一定不是等闲之辈，很有可能是哪个王公贵族家的千金，这样的人还是尽量不要招惹。但是没等到他开口，身后的一个突厥人讪笑着说道："哟，这是谁家的小娘子，长得这么标致，不在家好好相夫教子却跑到这大街上抛头露面。看你这火辣的脾气，爷也是喜欢，要不你好好伺候爷们一番，爷高兴了就放过这帮突厥的叛徒，没准还会赏你些银钱，哈哈哈哈……"

身后的突厥人都哈哈大笑起来。此时上官婉儿脸色涨红，显然是生气到了极点。骆沉青看到她的小手已经紧紧攥了起来，似乎随时都准备冲上去和他们拼命。他伸手拍了拍上官婉儿的肩膀，用眼神示意她要克制自己的情绪。他和上官婉儿今日出游，并没有携带趁手的兵刃，况且对方人多，要是动起手来难免会吃亏。眼下最重要的是稳住这帮凶徒，保证他们不会再动手伤人，然后等待官兵到来。

他朗声说道："本官是大理寺少卿，今日遇到此事，不能不管，既然你们说是突厥内部的事，不妨说与本官听听，是非曲直本官也可还你们个公道。"

为首的突厥人说："这事情与你说不着，我们处理自己的叛徒与你大唐何干！"

骆沉青说："你们族内的事情自然与我们无关，但是你们现在是在大唐的土地之上，更是我大唐的国都长安，做出这样的事情就与我们有关了！"

听闻此言，穿黑色袍服的突厥人显然是被激怒了，他们纷纷持刀对骆沉青怒目相向，穿白色袍服的突厥人像是松了一口气，各个脸上露出欣喜。

骆沉青接着说道："本官是大唐的朝廷命官，遇到了这样的事岂能袖手旁观！我奉劝你们不要在我大唐的土地上闹事，都放下武器乖乖随我去靖安司，将事情说明，不然就别怪本官法不容情了！"这几句话说得是铿锵有力，掷地有声。一旁的上官婉儿面露欣赏的神色。

黑袍突厥人并没有被这几句话所吓住，纷纷张嘴发出怪叫，只等着首领一声令下就要冲过来与他拼命。

骆沉青当然不会被这样的气势所吓倒，他只是正色盯着这群蛮夷之人，暗自将气机提升至最高，随时防备对方的袭击。他是不惧怕与他们动手的，但是他顾忌身边的上官婉儿和周遭围观百姓的安危，刀剑无眼，一旦动起手来，伤到他们是骆沉青不愿意看到的，所以他也并没有步步紧逼。看到白袍的突厥人他突然心头电闪，冲着为首的一个说道："既然他们不愿意说，那你们是否可以将事情讲与本官听？"

白袍突厥的首领倒是颇有城府，他示意手下继续戒备，自己则走上前来，用右手捂住自己的胸口，躬身施了一个草原部落的礼，说道："这位大人，我叫哈卡斯，是西突厥沙钵罗可汗帐下的塔格（注：塔格在突厥语里泛指壮丽的山峰，后被用作基层首领或头目），这次率领我的手下来到长安，为大唐皇帝陛下赠送大草原的珍奇美味，没想到在这里遇到了东突厥车鼻可汗的这些部下。他们认为我们与大唐交好，违背了祖先的意志，说我们是突厥的叛徒，并要抢走我们的贡品，因此我们才在这里出手，望大人能够明察，还小人们一个公道。"

原来是东突厥和西突厥的分歧，骆沉青基本明白了事情的缘由。目前大唐与西突厥交好，而东突厥却一直在觊觎大唐的江山，时不时还会产生一些摩擦，而这两个部落之间也会经常兵戎相向，孰是孰非一目了然。他转念又想到，最近长安城的动荡，很多信息也都暗示与突厥有莫大的关系，这次是一个摸清对方来路的好机会。

第五十三章　动武

想清楚这些，骆沉青望向东突厥的队伍说道："原来是这样，哈卡斯说的可是真的？"

"这……"东突厥的首领有些迟疑，就是这样的迟疑让骆沉青心中明白哈卡斯所说的应该属实。

此时东突厥的气焰也没有刚才那么嚣张了，他们的首领也示意手下不要轻举妄动，随后也走上前来，躬身施礼道："大人，我乃突厥帝国的巴什，名叫哥舒。大人不要听信哈卡斯的一面之词，我们没有想要抢夺他的财宝，反而是他们先对我们出言不逊，所以我们才反击的。"

骆沉青当然不会相信他们的说法，他只是淡淡地说道："到了公堂之上自会有公道，现在你们赶紧抢救各自的伤员，清理好这里，然后随我一起回大理寺。"

东突厥的首领哥舒明显脸色一变，随后他马上掩饰住了自己的情绪，说道："大人，我们草原雄鹰打仗是家常便饭，我们最崇尚勇猛强悍的战士，技不如人被打败是他们自己没本事。不过既然大人您出面了，我们就给您个面子，不再和这群叛徒争斗了，衙门我看就不必去了吧？"

上官婉儿不等骆沉青说话，上前说道："这位头领，你们光天化日在曲江池这么重要的地方斗殴，还造成了伤亡，衙门岂是你说不去就不去的，你把大唐的王法视若无物吗？"

本来已经缓和的气氛顿时又紧张了起来。只见哥舒的脸色更加难看，他身后的突厥人也都纷纷鼓噪起来，而哈卡斯一方也用突厥语与对方对骂起来。

眼见着形势又要失控，骆沉青怒喝道："都给我住嘴！在我大唐就要守大唐的规矩，不然就别怪本官不客气了！况且你们两方都有人受伤，再不及时救治恐怕性命难保，难道你们要眼睁睁看着手下死去吗？"

两方人马都被他中气十足的喊声暂时压制住，都知道这个大理寺的官员有着深厚的武功底子。与哥舒不同，哈卡斯心下确实暗自有些高兴，有了骆沉青这样一个强援，谅那哥舒也不敢造次了。

此时哥舒也伸手示意众人不要再喧哗吵闹，他对身边的一名手下耳语了几句，那人点头，率领着几个手下去搀扶起倒地的己方人员。哥舒看了看他们的伤势，虽然伤势不轻，但也不至于马上危及生命。另一边，西突厥的人也是赶忙去探查倒地的同伴的伤势，显然他们还是吃了一些亏，受伤者比东突厥多了几位。

随后，哥舒一挥手，东突厥的人马齐齐转身就要离去，骆沉青又喝道："站住！你们难道没有听到本官说的话吗？"

哥舒缓缓转身说道："大人，我说过我们草原的事会自己解决，不劳烦大人了。"随即他的眼神也变得阴冷起来。

骆沉青已经感觉到了对方的杀气越来越重，随即提升了自己的气机，说："看来你们今天是执意要犯我大唐律令了，如果不惩治你们，那大唐的律法何在！"

他知道对方人多势众，自己身边也没有得力的帮手，所以想要制服这些狂徒首先就是要击败领头的哥舒，擒贼先擒王！于是他脚下一发力，瞬间抢上几步，向哥舒的手腕抓去。

哥舒明显也不是等闲之辈，看到骆沉青欺身而来，也知道他想要先制住自己。电光石火间，他向后一个闪身，同时左手化为拳，向骆沉青的左肋下打去。

骆沉青感觉到了这一拳的拳势刚猛，心中也是一凛。草原民族崇尚勇武，从小就在搏杀中成长，他们不屑中原的内外兼修的路数，全部都是走刚猛的路子，这一拳真的是刚猛无比。骆沉青没有机关术傍身，自然是不敢与他硬拼这一拳，他眼见拳势已到，不等拳头触及身体，垫步拧腰一个翻身，堪堪躲过了这致命的一拳。紧接着在落地的一瞬间，他双脚发力，整个人像出弦的箭矢一般，突击哥舒的下盘。骆沉青是动过脑子的，他深知，草原民族善骑射，马上的功夫自然了得，但是下马后的步战他们的根基就没有那么稳固，所以攻击他们的下三路是最好的方式。

果然，哥舒没有料到骆沉青这招数变化如此之快，而且一上来就攻击自己最薄弱的下盘，顿时有些措手不及，手上的招数也开始散乱。但是凭借自己刚猛的拳劲，还是能和骆沉青抗衡许久。其间他有几次想要拔出自己腰间的马刀，但是终究还是没有动手。他虽然蛮横，但是能坐到头领的位子也不是完全靠勇武，他知道对方是唐朝的高级官员，一旦动用了兵刃，无论是杀死对方还是重创对方，都会给自己带来无穷的麻烦，所以他只是想要用拳脚击倒对方，赶紧逃离这是非之地。

但是草原民族一旦没有了骏马弯刀就像是没有了牙齿的老虎，在武功的套路和招式上远不及中原人士，凭借力量的搏杀也对体力消耗巨大，十几个回合下来哥舒已经是气喘吁吁，而骆沉青走的都是四两拨千斤的妙招，所以很快就压制了哥舒。

眼看着自己的头领就要吃亏，东突厥的众人都神情紧张，脸色难看，他们没想到这个看似柔弱的大唐官员，竟然能压制部落里出名的勇士，而一旁的上官婉儿一开始还为骆沉青担心，但看到他矫健的身影围绕着哥舒上下翻飞，似乎看得有些痴了。

另外一边的西突厥众人，看到骆沉青竟有这般能耐，崇尚勇武的他们心里都对这个大唐官员产生了崇敬之心。他们一向敬服能征善战的勇士，也不等哈卡斯开口，纷纷用突厥语在一旁给骆沉青加油助威起来。

远远围观的百姓们，看到自己的朝廷有这样身手出众的俊杰，也是在一旁纷纷叫好。他们知道突厥人的凶悍，精锐王师在边境与他们作战也经常讨不到便宜，今日又在街市上大打出手，伤及无辜，每个人都是群情激愤，现在看到这个年轻人将对方首领打得只有招架之功并无还手之力，怎能不叫人感到痛快。

又过了几招之后，骆沉青抓住哥舒下盘不稳的破绽，一个正蹬将他踢翻在地。这一脚也是势大力沉，直接将哥舒踹翻出去三米远。哥舒匍匐在地，大口大口地喘着粗气，挣扎着想要站起来，但是努力了几次都失败了。一旁的手下赶忙过来将他搀扶起来，口中冲着骆沉青嚷嚷着突厥语，骆沉青冷眼看着他，沉声说道："阁下的功夫确实不错，但是也不要小瞧了中原，既然你已经败了，就乖乖随我回大理寺吧。"

哥舒心知今天碰上了硬茬子，自己确实不如对方，但显然他并不甘心，但怂恿手下的话一时也难以说出口，旁边的护卫倒是很明白他的想法，冲后面嚷嚷了几句，众人纷纷围上前来，护住自己的首领，骆沉青一皱眉，这些突厥人果然是蛮夷，明明已经输了还是想要顽抗，现在官军还没有赶到，想要留住他们恐怕很难。

　　眼见着东突厥的人马就要围过来，自己倒是不怕，但万一伤了上官婉儿可就是大麻烦了。

第五十四章　混战

　　眼见得情势危急，身边的上官婉儿大声冲西突厥喊道："我们在为你们主持公道，你们就这样眼睁睁看着吗？"

　　经她的提醒，哈卡斯等人方才从恶战中回过神来，他们反应过来，这位骆大人的所作所为光明磊落，而且很明显是偏帮自己的。眼下骆大人有麻烦，他们岂有不出手的道理。于是哈卡斯一声唿哨，西突厥的众人也抢上前来，将骆沉青和上官婉儿护在中间。

　　看到这样的情景，哥舒一边捂着胸口一边恶狠狠地说道："哈卡斯，你们这群叛徒，看来你们是想和这些汉狗继续串通一气了，那就别怪我的刀不长眼了，勇士们，给我上！杀光这帮叛徒和汉狗！"

　　得到首领的命令后，东突厥众人齐齐向前冲来，他们的气势一点也不逊色于大草原上的骑兵冲锋，那威势也让一旁看热闹的老百姓心中升起一丝恐惧。

　　西突厥这一方也毫不示弱，哈卡斯大手一挥，他们也如下山的猛虎一般冲了过去，气势丝毫不逊色于东突厥，两方人马又是战在一处。

　　骆沉青微微叹了口气，本来是想化解这场殴斗，让百姓能够更加安全，没想到现在却搞成了这个样子，眼下也只能多拖延一时算一时了，只希望官军能尽快赶来吧。

　　旋即，他和上官婉儿也被卷入了战斗，远远望去，黑白两色混作一团，加上其中的骆沉青和上官婉儿，就像是棋盘上的点缀，如果不是恶战，那当真煞是好看。

　　骆沉青低声嘱咐上官婉儿："你紧跟在我的身旁，我定能护你周全，千万不要被人群冲散了。"上官婉儿望向他，虽然此刻身处险地，但是看到他坚毅中透露出来的温和，只知道在他身边，任何危险也不足惧，他是个值得信赖的男人。

　　很明显，西突厥有了骆沉青和上官婉儿两人的加入，不再落于下风，他们很快就对东突厥形成了压倒式的优势，东突厥眼看着就要支撑不住，这时候远处传来一阵急促的马蹄声，官道之上也是飘扬着浓重的烟尘，道路两侧的百姓们纷纷避让，一队官兵如旋风一般赶到了近前。看他们的穿着打扮，骆沉青立刻认出了他们是靖安司的兵马，再向远处望去，他不由得笑了笑，为首一匹高头骏马上端坐着一员将官，正是那日在万国楼见过的司马长风。

　　只见他威风凛凛地喝道："都给我住手！哪里来的大胆狂徒，光天化日竟敢在长安城撒野，是不把我们靖安司放在眼里了是吧！"然后他扭过头去对手下说道："迅速将这些狂徒给我分开，分别带回靖安司衙门，今日定要叫他们见识见识本官的厉害！"

　　见到大队的兵马来到，东西突厥的人等都知道今天是闯下大祸了，又看见来的官军各个装备精良，都是精锐士卒，人数也有上百人，心下便已经先胆怯了三分。听到司马长风这样说，好汉不吃眼前亏，纷纷停下了厮杀，垂下双臂，站在原地不再动弹。

　　看到两方都不再厮杀，骆沉青整理整理了衣冠，向上官婉儿示意了一下，然后走上前去，施礼道："司马大人，昨日一别没想到今日又在此处相见了。"

　　司马长风这时候才看清原来两方人马中还有骆沉青在，先是一愣，心道：怎么又遇到这个讨厌的家伙了，昨天刚在他面前折了面子，今天又碰到，真是倒霉！但是他脸上却没有流露出来，只是拱手淡淡说道："哦，这不是骆大人吗？今日之事又是什么情况啊？怎么你也有雅兴来活动一下筋骨？有了你大理寺出面，还要我们靖安司做甚？"

骆沉青听出他言语中的不快，但也没有太在意，淡淡笑道："今日骆某并不是抓差办案，只是在这曲江池游湖赏景，不巧正好遇到这件事，身为朝廷命官又岂能不管，让司马大人见笑了。"

司马长风又是仔细看了看突厥人，心中暗想：这两伙人看来是突厥人，这些无礼的蛮族，真是各个都欠收拾！随即心中一个念头闪现，突厥和我大唐的关系并不明朗，他们又属于外族，这件事我管了就可能惹上麻烦了。这不正好骆沉青在，那就只管将事情推给他好了，我可不想给自己找麻烦。反正昨日在万国楼你不是也不愿意让我们插手吗，这下看你怎么下台，最后还不是要低声下气求我。

于是他面带微笑说道："骆大人，既然这里有你在主持大局，那我们靖安司就不便插手了，你尽管处置。"说完一抱拳，就准备命令手下的人收队撤回靖安司。

站在一旁的上官婉儿冷冷看着他，心中早已看穿他的如意算盘，摆明了就是想给骆沉青一个难堪，她忍不住出言说道："司马大人，你将大理寺和靖安司分得这么清楚，难道你就不是我大唐的官员了吗？那还留着靖安司有何用？"语气中带有几分挑衅的意思。

司马长风闻言先是有些恼怒，他没想到一个少女竟然敢对他如此讥讽，身边的士卒们也都纷纷面露不悦。司马长风刚开口说："大胆，你是何人，竟敢对本官……"在看到上官婉儿的面容后，硬生生将后半句话咽了回去，这张精美绝伦的脸，似乎在哪里见过。司马长风也不愧是官场中的老手，马上反应过来这就是昨天在万国楼见到过的天后近侍，只不过今日换成了红装一时间没有马上认出来。于是他马上滚鞍下马，换上了一副笑脸："原来天使大人也在，下官有礼了，没想到今日再次得见天使大人，大人真的是国色天香，容貌倾城啊！"司马长风将自己脑海中最好的形容词都说了出来，他可招惹不起天后身边的人。

上官婉儿觉得这么好的形容词从他的嘴里说出，一点也不悦耳，她只是说道："司马大人，今日我和骆大人在此遇到这样的事，不能不管，但是既然你现在来了，就烦劳你带人将这两方人都带回靖安司衙门吧，是非曲直咱们得还人家一个公道不是？"

司马长风连连称是，他赶忙命令手下将两方人马分开，分别收缴了他们手中的兵器，将伤员用马车驮着，然后大手一挥："都回靖安司衙门，听候处置。"

东西突厥人也都没敢再做反抗，一个个垂头丧气地被收缴了兵器，在士卒的监视下乖乖地朝靖安司的方向走去。哥舒被人搀扶着，在经过骆沉青等人身边时，恶狠狠地瞪了他一眼。骆沉青倒是不太在意，一旁的司马长风大声呵斥道："看什么看？你个蛮子，还没被骆大人收拾舒服啊，还敢用这种眼神看骆大人，我看你是皮痒还没治好，等下回到靖安司，定叫你好看！"他现在急于讨好上官婉儿，所以更是表现得极为殷勤，然后又对上官婉儿说道："天使大人，靖安司离这里还有一些距离，路途劳顿，不然你就骑乘下官的马吧。"

随后他向身后的亲信使了一个眼色，那人心领神会，马上将他的爱马牵了上来。上官婉儿看也没看，只是说道："有劳司马大人了，我与骆大人自会步行前往靖安司，你且先带领手下回去吧，一路上好生照看，莫要出什么差错。"

司马长风如蒙大赦，连连称是，然后别过两人翻身上马，率领着士卒浩浩荡荡向靖安司而去。

第五十五章　公堂

众人来到了靖安司，东西突厥人被分别带往了不同的院落看管起来，骆沉青则和上官婉儿一同来到了司马长风的厅堂。此时的他正在堂中不停地踱步，见二人前来，急忙迎上，抱拳躬身，口中说道："两位大人可算是到了，不知今日之事该如何处置啊？"

上官婉儿白了他一眼，口中带着傲慢："司马大人刚才不是威风得很吗？这样小小的治安案件怎么会难住你，秉公执法便是。"

司马长风听她这样说，身上出了一身冷汗，他心道：千不该万不该，我怎么得罪了这样一个得罪不起的人，这下算是自作自受了，这长安城藏龙卧虎，以后需得谨慎了。于是脸上赶紧挤出了个笑容，讪讪地说："上官大人和骆大人在此，下官怎么好越俎代庖，还是两位大人定夺吧。"

看着司马长风的狼狈样，一旁的骆沉青尽力憋住笑，轻咳两声，说道："司马大人，这是你靖安司的衙门，而我俩也是当事人，如果我们来审理此案，那才是有失公允，请大人还是秉公而断吧。"

司马长风又抬眼望向上官婉儿，只见她面无表情地望着窗外，似乎什么也没有听见的样子，他只好讪笑："两位大人若都是这个意思，那下官就只好班门弄斧了。"随即转身向手下吩咐："将那两伙人的首领都给我带上堂来。"

不一会儿，哥舒和哈卡斯都被带了进来，他们的属下都被留在了牢房。此时的哥舒也没有了刚才飞扬跋扈的嚣张气焰，蔫头耷脑地随衙役走了进来，哈卡斯倒是面露喜色，他知道东突厥对他们不安好心，进了衙门他们反而更加安全，而且看这两位仗义出手的大人，明显也是在袒护自己，所以心中轻松了许多。

"你二人都叫什么名字？"司马长风板着脸问道。

"回大人，我叫哈卡斯。"

"我叫哥舒。"

两人分别回道。

"你二人率领手下，光天化日之下在我长安城聚众闹事，还大打出手，造成了不小的伤亡，也毁坏了不少民众的财物，你们可知罪？"司马长风呵斥道。

哈卡斯急忙说道："禀大人，是我们做得不对，我们愿意照价赔偿，并且接受天朝的责罚。"

一旁的哥舒却默不作声，只是用眼睛冷冷地看着哈卡斯。

"那你呢？"司马长风看向哥舒。

"哼！"哥舒鼻腔里发出不屑的声音，"你们这帮突厥的叛徒！"

"好大的胆子，本官在问你话，你是不是藐视大唐的王法啊！"司马长风本就对突厥有成见，见到哥舒这个态度，更是胸中怒火升腾，"来人，先给他杖责二十，让他好好认清形势，这不是在你们突厥，这是长安城的靖安司衙门！"

立时，左右四个衙役上前，将哥舒打翻在地，抢起了手中的水火棍。随着棍棒落下的声音，一开始哥舒并不作声，几棍下去之后，他开始呻吟，呻吟声越来越大，十棍过后，他口中的呻吟声变成了凄厉的惨号。

"别打了别打了！我知错了，知错了！"哥舒大声叫道。

司马长风摆了摆手，看向骆沉青和上官婉儿。其实他之所以这么做，不单单是为了杀杀哥舒的嚣张气焰，也是为了讨好这两位上官，为他俩出出气。上官婉儿依然面无表情，而骆沉青开口说道："司马大人，我看这杀威棒就先停了吧，我们的目的是要问出事情的真相，他毕竟是大汗的部下，真要打出个好歹咱们也不好交代。"

听到骆沉青这样说，司马长风点了点头，继续问道："那就先暂时记下棍棒，再敢藐视朝廷，定将你打得连你娘都不认识你！"

"我来问你，你们为什么要在曲江为难哈卡斯他们？"骆沉青问道。

"哈……哈卡斯他们是突厥的叛徒，我们就是要教训一下这些叛国者。"哥舒一边喘着粗气，一边龇牙咧嘴地说道。

"我看没那么简单吧，能冒着触犯我大唐律令的风险，想要置哈卡斯他们于死地，仅仅因为他们和你们的政见不同？"骆沉青说道。

哥舒的心中一惊，心道：这个大理寺的年轻人不简单啊，从这些细节就能看出来我们的特殊任务，我得小心应对才是。于是他回答说："东突厥哪个人和西突厥没有仇恨，我们世世代代在大草原上互相抢夺征伐，之间的仇恨早就融入血脉之中了，我们大汗有令，见到西突厥的人可以毫不留情地杀掉。"

骆沉青和上官婉儿仔细端详着哥舒，听他说完，微微摇了一下头，这个说辞他们是不信的。没错，东西突厥是有仇恨，但是他们不相信仇恨可以让双方在长安城对朝贡的队伍公然大打出手，毫不留情。

他们又看向一旁的哈卡斯，只见他也是微微摇了一下头，似乎有什么话想说。

"哈卡斯，你有什么话要讲？"骆沉青问道。

"回大人，哥舒说的纯粹是一派胡言。我等这次奉命向天朝上邦进献贡品，其中不乏奇物珍宝，哥舒他们是觊觎这些宝物，因此才想要出手抢夺。"哈卡斯说。

"好啊，你们这真是吃了熊心豹子胆了，还敢抢夺朝贡给陛下的礼物，这下我非得给你点颜色看看！"司马长风听完，又是一股无名之火撞上脑门。他知道这些朝贡的贡品，一旦被抢夺，而且还是在长安城被抢夺，他这个靖安司长官恐怕就得负责任了，轻则丢官罢职，重则人头不保，还好，骆沉青和上官婉儿仗义出手，避免了这样一场灾祸。他此时不由得对二人生出了感激之意。

此时的哈卡斯，看向骆沉青，并眨了眨眼，骆沉青感觉到这个西突厥的头领似乎有什么话想要说。他微微点头表示意会到了，于是开口说道："司马大人，不妨这样，你在此审讯哥舒，我和上官大人带哈卡斯去另外的地方，咱们双管齐下，也省得在公堂上产生冲突，不知大人意下如何？"

现在的司马长风对二人是满满的感激，哪会有什么疑问，他连声称好，命衙役为二人带路，自己则继续审问哥舒。

第五十六章　隐情

哈卡斯随着二人来到了另外一间屋子，骆沉青示意衙役们先退下，而后和上官婉儿坐在椅子上，也请哈卡斯入座。哈卡斯突然向二人下拜，口中说："今日多谢两位大人出手相助，不然哈卡斯这条命恐怕已是不保，而大汗那边我也无法交代了。"

骆沉青赶忙起身伸手相搀，让他起来说话。

哈卡斯感激得几乎流出泪来，他用袖口擦拭了几下眼睛，正色道："两位大人不知，我此次前来朝贡，不仅仅是要为大唐陛下献上突厥的珍宝，还有一件特殊的事情，这事关大唐的兴衰成败！"

骆沉青和上官婉儿都不由得一惊，感觉这事非同小可，两人都紧紧注视着哈卡斯。

哈卡斯环视了一下周围的环境，感受了一下四周的气息，确定没有人监视后，他缓慢地从胸口掏出了一件物什，这件物什用羊皮和防水纸紧紧包裹着，他端详了一下看没有异样，于是伸手递给了骆沉青，说道："请大人过目。"

骆沉青伸手接过，上官婉儿也附过身来想要看个究竟，骆沉青缓缓将包裹打开，里面露出了一个木匣，他再将木匣打开，里面静静地躺着一部古卷。

骆沉青心中一动，他似乎意识到了什么，但是还不敢确信，直到他伸手将古卷拿了出来，这部古卷并没有封面和书名。一旁的上官婉儿好奇地问道："这是什么玩意儿？是书吗？看上去太破旧了吧，这玩意儿也能关乎我大唐的国运？"她的脸上充满了不可置信。

骆沉青并没有答话，只是翻开古卷静静观看，在读了几页后，他几乎可以确定这古卷就是《天机术》的残卷之一，里面记载的和自己得到又被凡尘拿走的残卷很是相似，两者的材质也是完全相同。他心中既兴奋又紧张，于是问哈卡斯："这古卷怎么会在西突厥？你们这次为何又要将它带回我大唐？"

哈卡斯笑了笑，说："骆大人果然知道这古卷的来历！"

上官婉儿在旁一脸茫然，她说："什么意思？你们在打哑谜吗？为什么你俩都知道，我却什么都不知道？"

两人都没有回答上官婉儿。骆沉青接着问："那兄台是否可以给我讲讲这古卷是怎么去到你们突厥的？"

哈卡斯沉吟了一会儿，说："其实这本是个非常重要的秘密，不应当为外人所知，但是骆大人不仅救了我的命，还跟古卷有着千丝万缕的联系，那我就不妨告诉你吧，只是……"他用眼睛看了一下旁边的上官婉儿，眼神中颇有为难之色。

骆沉青看出了他的疑虑，于是说："上官大人也是我的知己好友，我们共同侦办案件，你但说无妨。"

听到这句话，上官婉儿立刻喜上眉梢。她知道这样重要隐秘的事情，骆沉青并没有将她支开，说明她在骆沉青的心中已经有了相当重要的地位，她的内心立马感觉到了温暖。

"好，既然骆大人这么说了，那我就恭敬不如从命了。"哈卡斯放下了心中的疑虑说，"这古卷乃是唐高宗皇帝时期，一位大唐的神秘人带到我们突厥去的。没有人知道他的真实姓名，只知道他是一个来去无踪的高手。他到了突厥，就开始挑战我族的各个高手，并将他们一一打败，连我们最厉害的勇士也不是对手。这件事传到了大汗的耳中，大汗十分好奇，于是派人找到了这个神秘的中原人，并要求亲自验证他的武功，这位自称杨彦的高人在大汗帐外连挫西突厥十五位顶级高手，大汗非常震惊，整个西突厥也将他敬为天人，他的力量、身法、武功，都远胜常人，最后大汗加封他为西突厥国师，他并没有推辞，但是他要求只在西突厥停留三年，三年后他将离开，并且可以随意在西突厥的土地上行走，大汗答应了他。"哈卡斯顿了顿，继续说，"就是在这三年里，他收了三位弟子传授武艺，这三人在他的指点下武艺也是突飞猛进，后来成为了我族最强悍的勇士，人称'草原三鹰'。"

上官婉儿说道："听你说得神乎其神，这人有这么厉害吗？有这么强悍的高手，我大唐怎会不知？"

骆沉青向她使了一个眼色，示意她继续听下去，上官婉儿讨了个没趣，也不再说话。

哈卡斯继续说道："后来三年期限已满，杨彦就向大汗请辞，虽然有些不舍，但是大汗也信守承诺，没有进行阻拦，于是杨彦就从众人的视野中消失了，没有人知道他去了哪里。随后不久，突厥的内部就发生了分裂，两个部族之间开始火拼，最终变成现在这个样子。"

骆沉青静静听着，虽然这事有些传奇，但是《天机术》残卷为何会落到西突厥还是没有头绪，他不想打断哈卡斯的话，只是点了点头示意他继续。

"随着东西突厥的分裂越来越严重，两个部落的人越发互相敌视，最终突厥帝国就被分裂成两个国家，而原来的大汗后裔就占据着西突厥，草原三鹰是忠于西突厥的，所以也跟随着一起在西突厥定居。但是论起实力，我们西突厥是远远比不上东突厥的，所以经常受到东突厥的欺扰，车鼻可汗因此十分头疼，不知道该如何应对这样的局面。这时候草原三鹰其中之一的塔克汗向大汗献上了自己的计策。他首先说明大唐的实力已经是足以对抗东突厥的存在，希望大汗能和大唐修好，结成紧密的同盟，这样面对东突厥的袭扰就可以联手御敌。大汗也认为这个主意很好，所以不断派遣使者朝贡，所以才有了我们眼下的情势。"哈卡斯继续说道。

骆沉青心中盘算，这西突厥的车鼻可汗确实是个厉害的人物，他能认清当下的形势，并且抛弃旧怨和大唐结好，此人的城府也是很深的。

"另外一方面，塔克汗向大汗进献了一物，说是能够使西突厥的勇士实力大增，可汗问此物的来历，塔克汗说是他们的师父杨彦所留下的。"哈卡斯说。

"莫非就是这古卷？"上官婉儿问道。

"不错，上官大人真是心思机敏，正是这古卷。"哈卡斯回道，"但是大汗和众文武百官仔细查看后并没有看出什么特殊之处，上面记载的不过是一些如何打造机关的奇技淫巧。虽说可以提高生产力或者作为战争时的防御器械，但能使西突厥实力大增有些言过其实。"

骆沉青问："然后呢？"

"后来，大唐派遣使者来到我们西突厥，车鼻可汗在饮宴中无意透露了此物，使臣看到后有些惊诧，但也没有说什么。不久后，大唐又派来了使臣向可汗索要此物，大汗最初是不愿意交出的，但后来与文武百官商量了很久，觉得此物的玄机也无人参透，眼下正是要与大唐交好的时期，所以也就同意了让我将此物进献大唐皇帝，因此这次我来中原，很重要的一件事就是要将此物安全护送到。"哈卡斯说完后看着骆沉青和上官婉儿。

第五十七章　墨家

傍晚，青龙寺内。这里香烟缭绕，木鱼声和诵经之声不绝于耳，显然是寺内的僧众正在执行晚课。空海一人独坐在自己的禅堂内，微闭双目，口中念念有词。突然，他的口中不再发出声音，微闭的双目也睁了开来，望着禅堂门口的身影，他先是有些错愕，随即轻轻说道："你，还是来了。"

门口的身影略一欠身，朗声说道："我们早就该有一会，不想居然拖了这么久。"

"既然来了，就坐下来喝杯热茶吧。"空海说。

来人也不客气，说了句叨扰，就来到空海身前坐下。

空海又仔细打量了一下眼前的人，这个人面容清瘦，一脸平静祥和，看不出有一丝波澜，一身黑衣。他口诵佛号："阿弥陀佛，不知施主此来为何？"

"大师应该很清楚吧，同为墨家子弟，我们也该对以前的恩怨有个了结了。"凡尘说。

空海微微叹息一声："没想到中原还有墨家子弟，贫僧原以为经过百年的变迁，墨门已经后继无人。"

"那怎么会呢！我墨门虽然现在式微，但是只要中原存在，我墨门就会与日月同寿。"凡尘说道。

"说吧，你想要什么？"空海也不再啰嗦，直入主题。

"你东瀛一门将《天机术》秘法窃走已经很久了，是该物归原主了。"凡尘盯着空海的眼睛说。

"呵呵，施主何出此言？"空海不慌不忙，"三谷大人当年所带回去的不过是他的毕生所学，何来窃取之说啊？"

凡尘心中暗骂：这个老东西，明明是将我墨门的秘法窃取，但还是死不承认，真正是不要脸至极！但是他面上也没有显露出来，只是微笑地看着空海。

空海此时心中也是一凛，没想到面前的这个人城府也如此之深，面对自己的搪塞之言毫不动容。他心底里也暗暗聚拢气息，知道这个人今天是要跟自己较上劲了。

凡尘这个时候反而更加放松，他开门见山地说道："既然大师不想归还，那在下也不强人所难，但毕竟你们这一门是从墨家偷师而去，我倒是很有兴趣听一听我墨门秘术在东瀛的发展历程，不知大师可否赐教？"

空海紧紧注视了凡尘一会儿，然后叹了口气，沉声说道："这本是我们的秘密，绝不可轻易对外人吐露，既然施主也是墨门中人，想要了解，那老衲就不妨与你说说吧。希望从此能够化解这几百年的恩恩怨怨。"

凡尘也点了点头，表示同意。

"这就说来话长了，当年三谷大人回到东瀛，凭借着一身本领在那个战乱的年代广收门徒，迅速形成了自己的势力。这时候各诸侯都看到了他的实力纷纷想拉拢他作为最强悍的家臣，起初三谷大人拒绝了所有人的邀请，只是每天对弟子们勤加教导，并不问外间之事。"空海说。

凡尘在心中点了点头，这个三谷寿夫倒是有几分墨者的风采，在乱世中不入世博取功名，而是专心教化，也是难能可贵。

"随着战局的变化，一队首领名叫大名的军队就来到了他们归隐之地的附近。这个大名生性残暴，对待百姓如蝼蚁一般肆意践踏，屠村之事时有发生，弄的是民怨沸腾，但是碍于自身的实力，百姓们也都是敢怒不敢言，只能默默承受着非人的折磨和屈辱。直到有一天，大名在一个村子烧杀劫掠的时候，被三谷大人看到。他隐世为的就是避祸，看到这么惨无人道的杀戮，点燃了他心中的怒火。于是他就率领自己的三百弟子下山，对大名的军队发动了突袭。他们各个身手敏捷，气力异于常人，在突袭下，大名的军队很快就被打得溃不成军，而三谷大人也亲自与大名激战，最终取下了他的项上人头，残余的军队纷纷投降，拜在了三谷大人的麾下，从此三谷大人正式出山，打着替天行道的旗号与各地的诸侯进行征战，很快就成为了一股强有力的势力。"空海似乎也在怀念那段峥嵘的岁月，虽然他并没有亲自参与，只是从师父们的口中传颂，但是可以看得出他还是十分激动的。

凡尘并没有打断他，静静听他继续说。

"后来三谷大人遇到了一位叫作伊东嘉人的人，两人进行了深入的交谈，发现彼此的志向十分吻合，聊得十分投机。随后三谷大人就决定跟随伊东，开始了南征北战，屡建奇功，这期间三谷大人将自己在中原习得的机关术运用到了战场上，将各方诸侯打得是溃不成军，很快他们就统一了北部地区，与其余两方势力形成了鼎足之势。但是好景不长，伊东大人在一次征战中不幸受到敌方的偷袭，身中数箭，等三谷大人赶到时已经是气若游丝。他将自己的身后事托付给三谷大人，希望他能继续完成自己的志向，三谷大人含泪答应。但是令人没有想到的是，伊东大人死后不久，他的三个儿子因为争夺权力，让本来士气高涨的伊东军分崩离析，最终在内忧外患下走向败亡。三谷大人从此心灰意冷，萌生了隐居的念头，在北海道的一处山林住了下来。他只收了十位门徒，每日教导他们钻研墨门之术。在他快要去世的时候，他把徒弟们叫到床边，吩咐：我一生纵横，未遇敌手，全赖中华墨家的机关秘术，可惜造化弄人，我无法成就一番帝王伟业，你们听好了，如果想在这片土地成就霸业，就要将《机关术》从华夏神州带回，这样才有机会将我门发扬光大。"空海说到这里面露悲伤，"此后，他的弟子们就将寻找《机关术》作为毕生的愿望。"

凡尘听着，心中盘算：空海所说和我掌握的情况略有出入，但是寻找《机关术》的目标是一致的，看来东瀛人果然是觊觎我墨家秘术。他微微点头，说道："我墨家秘术固然是尔等之愿望，但恐怕不会那么简单吧？我想利用寻找秘术的机会，你们更大的目标是颠覆我大唐王朝，从中获利，我说的可对？"

第五十八章　浪人

空海轻诵了一声佛号："阿弥陀佛，施主说的对也不对，我东瀛墨家一门的确是以找到《机关术》为目的，但是中原如此之大，我们又是外邦异族，颠覆大唐不是我们的意愿，但是想要在这片土地上做一些事太难了，我们在你们的土地上处处受制，所以我们才不得已与浪人们合作。"

"那个长谷川布城是什么来头？"凡尘问。

"说到这个长谷川，他也算是有些来头。他本是我东瀛大名足立满将军的麾下大将，也为家主立下过赫赫战功，但是足立满此人好大喜功，不愿听人劝谏，最终落得个兵败身死的下场。长谷川倒是忠心耿耿，不愿意再侍奉别的家主，因此成为浪人。但是在我东瀛，没有家主的武士就犹如丧家之犬，很难找到容身之所，因此他才带领手下漂洋过海来到中原，寄希望于能在这里增强实力，有朝一日率兵打回东瀛，为家主报仇。"空海娓娓道来。

想得还挺美！就是他太小瞧了我中原高人，岂能容他在我们华夏神州放肆！凡尘心中暗想。

"我很好奇你们在东瀛是如何发展的？"凡尘又问道。

"其实说起来也很简单，三谷大人的十位弟子在他仙逝之后，散落在东瀛各地。他们利用各种身份潜伏在民间，但是三谷大人临终的教诲让弟子们不得入世，到现在我们也一直在遵守，所以我们是不会直接参与到长谷川的阴谋中的。"空海说，"你问了我这么久，是不是也该回答我的问题了？"

凡尘说："当然，我们等价交换，大师有什么想知道的可以开诚布公。"

"都说《天机术》散落在民间，我们的情报也显示真正的《天机术》并没有被完全销毁，这事是真是假？"空海开口问道。

"的确，《天机术》确实还流落在民间，我也在为我墨门寻找遗失的残卷。"凡尘也没有隐瞒。

"另外老衲也还想知道，这《天机术》到底记载了哪些奇妙的法术？以老衲所知，《天机术》除了能增强个人的体魄和修为，其余的就是一些奇技淫巧的机关制造，我想不通这样的功用是如何能决定王朝的兴衰的。"空海用疑惑的眼神看着凡尘。

凡尘摇了摇头，叹道："这个问题我也无法回答你，因为我也不知道其中蕴含的秘密，有可能这也就是江湖谣传，将《天机术》吹嘘得神乎其神。"

空海的眼中闪过一丝遗憾，他能看得出凡尘所言非虚，也许这里面隐藏的秘密只有将残卷全部拼凑完整了才能得知。

"那现在中原的墨家发展得如何了？"空海又问道。

凡尘叹了一口气，缓缓说道："实不相瞒，现在的墨门日渐式微，门人也是越来越少，越来越多的人只修帝王之术和儒术，墨家的理念越来越不受重视，此次《天机术》再现也是关乎我墨门兴衰的重要时刻。"

空海显然也是将这一切都看在眼里，他也只能跟着微微点头。

凡尘似乎想到了什么，又问道："长谷川能与你们联手，定然是知道了什么吧？"

"不瞒施主，在我们东瀛也流传着一句话，'天机尽开，天下自来'这样的谚语，想必是长谷川也听到过这样的话，认为秘术中定然隐藏着更大的秘密，所以他才会不顾一些想要将《天机术》得到手。"空海说。

凡尘心中也是一动，心想：看来回去我要找骆沉青和净空大师好好钻研一下残卷中的秘密了，今天这趟也不算白来。于是他就起身向空海告辞。

当他正要转身离开时，一个声音从背后传来："施主且留步。"凡尘转过身去，看到空海居然已经褪下了身上所披的袈裟，露出了周身穿戴的机关。空海缓缓说道："既然墨门的传人已经来了，怎可交臂失之，老衲有个不情之请，还望施主成全。"

凡尘已经知道了他的意思，定睛向空海身上瞧去，只见他身上的机关与自己所学的机关术十分相似，各种精巧的机关包裹着全身的关节和几大要穴，离着老远就感觉到了空海的气机相比刚才有了成倍的提高。

凡尘只能无奈地笑了笑，说："既然大师想要试探我中原墨门的实力，那我就奉陪吧，只不过有些话提前先要说明，咱们之间只是切磋，如果不小心伤了对方性命还请弟子们不要追究。"

空海点点头说："这个自然，请！"

凡尘也仔细整理了一下自己的周身，检查了没有半点绷挂之处，手一扬，将外面的黑袍脱去，露出了周身的机关。空海眼前一亮，这凡尘身上的机关也是制作精巧，比起自身的机关可以说是有过之而无不及，随着凡尘凝神聚气，他的气机也是随之暴涨。

两人分开五步，相对而立，均是饶有兴致地看着对方。随后空海首先出手，只见他以超过常人的速度向前欺身，双拳借助机关的助力向凡尘面门袭来，凡尘一直观察着对方的动作，见他发动攻击也是迅速做出回应。只见他双足向后弹垫，身体像炮弹一样向后飞掠，双掌交叉护在面门和胸前，只听得"轰"的一声，空海的双拳便击打在了他的双掌中，一次击打后两人迅速分开，空海看了看自己的拳头，他已经使出了七成的功力，为的就是试探一下对方的水准，而凡尘这边，也是为了试探一下空海的拳劲，故意硬接这一击。两人都各自暗想：对方的实力不可小觑，确实是掌握了机关术的精髓。

过了片刻，凡尘朗声笑道："大师果然是好功夫，看来我墨家在东瀛一派也是得到了发扬，虽然说你们的来路并不光彩，但是能遇到大师这样的对手，也是难得得很啊。"说完，他转守为攻，双脚蓄力，一声长啸，纵身跃起数丈，以泰山压顶之势直攻空海头顶。

空海心道一声：来得好！随即将身体像陀螺一般旋转起来，同时双手向上扬起，与凡尘的双掌相对，又是一声闷响，凡尘整个人被向上弹飞开来，而空海的螺旋之势也顿减，凡尘人在空中，口中却说："好！这招卸力果然是我墨门的精妙招数，大师小心了！"

只见他的身体在半空中迅速扭转，在落地的一瞬间，整个人又再次弹起，直攻空海的侧面。这次凡尘几乎使出了自己的全力，他知道这个老和尚并不好对付，想要击败他几乎是不可能的，但是他一定要让空海知道中原的墨门还是有能人的，不可被外族小觑了。

两人就这样见招拆招了几十个回合。他们因为机关术的加持，动作身法力量都超越常人，所以打得异常好看，但是时间一久，凡尘渐渐感觉到自己开始落入下风，空海那边却是越战越勇。

"停！"凡尘喊道，随即转身跳出圈外，负手而立。

空海听到后也将招数收起，站定看着凡尘。

凡尘抱拳拱手说道："空海大师，你的本事在下领教了，是我学艺不精，你赢了。"

空海嘴角上露出一丝笑容，慢慢说道："中原墨门有施主这样的后起之秀也是难能可贵，老衲今日也是受教了。"

"不如今日就到这里吧，"凡尘说，"但是还希望大师不要卷入《天机术》的旋涡之中，据我所知这里面涉及的秘密太多，一不小心就会招来杀身之祸，忘大师三思！"

空海只是微笑不语，见他并没有想要置身事外的意思，凡尘知道多说无益，于是再次抱拳："大师好自珍重，告辞！"说罢，捡起地上的黑袍隐入茫茫夜色。

空海望着他消失在黑夜的身影，久久不语。

第五十九章　突变

再说靖安司这边，骆沉青和上官婉儿正在与哈卡斯交谈，司马长风从外面风风火火地走了进来，一见他们就说："两位大人！"

骆沉青看他匆忙的样子，皱了皱眉问道："司马大人，何事如此惊慌，是审问出什么事情了吗？"

司马长风摇了摇头说："不是，下官还没有将事情审问清楚，宫里就派来了御林军，说是要将哥舒他们带走。"

"什么！"骆沉青和上官婉儿同时一惊。

"为什么这件事宫里这么快就有人知道了，还派出了御林军？"上官婉儿更是惊诧。

"这个下官就不知道了，要不然两位大人随我去看看？"司马长风说道。

"走，我去看看。"因为来自宫里，在这件事上上官婉儿更是想要知道答案。于是她当先向外走去，骆沉青嘱咐哈卡斯就待在这里不要动，自己也和司马长风跟了出去。

一行人很快来到了原先的厅堂，只见厅堂之上站立着几十个彪形大汉，身穿精良的铠甲，大家都是衙门口的人，一看就认出了这是皇帝陛下身边的御林精锐。

上官婉儿率先开口："原来是秦将军，不知道什么风把你吹到这里了？"

为首的秦将军自然是认得上官婉儿的，他抱拳躬身施礼道："末将参见上官大人。"

上官婉儿也没有客气，直接问道："听闻秦将军此次来靖安司，是要将哥舒等人带走？"

秦将军回道："是，末将奉陛下旨意将哥舒等人带回金吾卫。"

"可有陛下手谕？"上官婉儿问道。

"没有，末将是奉陛下口谕。"

"那谁知道你这口谕是真是假？如何证明？"上官婉儿问道。

"这……"秦将军有些为难。但好在他也是个心思敏捷之人，于是说道："上官大人乃天后身边的近臣，真假不若大人亲自向天后询问，一问便知。"

这下轮到上官婉儿有些窘迫，她知道今天是没有办法阻挠了，于是说："这个本官自会向天后禀明。"

秦将军又说："不仅是哥舒，哈卡斯及西突厥的各人，我也要一并带走。"

上官婉儿刚要发怒，一旁的骆沉青拽了拽她的衣袖，用眼神示意她不要动怒，她也只好把到嘴的话生生咽了下去。骆沉青走上前去，抱拳施礼道："秦将军，本官大理寺少卿骆沉青。"

秦将军也是听说过骆沉青的名声的，知道他是长安城最杰出的青年一代，也是不敢小视，连忙抱拳施礼："末将见过骆大人。"

骆沉青连忙用手相扶："秦将军多礼了，既然皇上有旨要将突厥人带走，本官自是不敢阻拦，只是秦将军可否给下官个面子，稍候片刻，因为有些事情也是因本官而起，我须得问个清楚，你看如何？"

"这……"秦将军面露为难之色，随后他说，"好吧，但是希望骆大人能快些，皇上那边还等着我回去复命呢。"

骆沉青说："这个自然，将军放心，最多不过一炷香的时间，将军先请在此稍候片刻，司马大人，秦将军这边就烦劳你多关照一下了。"

司马长风赶忙应道："没问题，将军请稍坐片刻，来人，赶快为御林军的兄弟们看茶。"

随后骆沉青就转身向哈卡斯的房间走去，一进门，哈卡斯就略带惊慌的神色问道："骆大人，出了什么事吗？"

骆沉青示意他不要紧张，坐下来慢慢说道："现在宫里来了一位御林军的将军，要将你和哥舒一起带走。"

哈卡斯一听脸上更加难看，他说道："真的是皇帝陛下要将我们带走吗？"

骆沉青说："是的，来的确实是御林军的将军，但是我有个疑惑，他并没有拿出陛下的手谕，只是说奉陛下的口谕，这其中似乎有些问题。陛下是怎么这么快知道你俩被靖安司抓捕并带到这里的？而且如果只是平常的斗殴，陛下又怎会过问此事？所以我怀疑这背后另有人在做手脚，所以我要给你提个醒，随时保持警觉以防不测。"

"这可怎么办啊？"哈卡斯明显是有些慌乱，"我奉大汗之令为天朝进献贡品，一旦有失我可再也没脸回到草原了。"

"我判断，这背后的主使应该也是觊觎你身上的古卷，否则断不会为了你和哥舒的争斗而急于将你二人带走。"骆沉青分析道。

"那……大人的意思是？"哈卡斯关切地问道。

"这样，如果你信得过我的话，将古卷先交给我，等你恢复了自由，你可以上大理寺衙门来寻我，到时候我定当物归原主，这样重要的东西放在你身上太不安全了。"骆沉青试探着问道。

哈卡斯听完后低头沉吟不语，显然是内心在做着激烈的斗争。他也深知这件物品的重要，一旦失去不光是西突厥将会面临危险，就是大唐也很可能水深火热，那时候如果东突厥渔翁得利，那就是大大的不妙了。眼前这个年轻的大理寺少卿，为人正派，仗义出手，应该是个可以信任的人。半晌之后，他像是下定了决心，从怀中掏出了古卷，递到了骆沉青的手中，说："那就有劳骆大人暂时代为保管了，一旦我获得了自由，就去大理寺寻大人，万望大人好生保管此物，哈卡斯感激不尽。"

骆沉青重重地点了一下头，说："你放心，我肯定会妥善保存古卷，绝不会让它落入他人之手。"说完，骆沉青就带着哈卡斯回到了司马长风的公堂之上。

看到两人进来，众人都将目光投向他们，哈卡斯的脸上犹自带着紧张惊恐的神情，而骆沉青却是一脸平静。他对秦将军说："将军，哈卡斯已经来了，请你将他们带回吧。"

秦将军本来心中也是有些纠结的，毕竟这是靖安司和大理寺经手的案子，他这样横插一手恐怕也将两个衙门的人得罪了，如果他们坚持不放人，他无法复命，也会大费一番周章，而见骆沉青这么痛快将人交出，心头也是松了一口气，他十分恭敬地向大家一抱拳，朗声说道："多谢各位大人的鼎力支持，秦某在此谢过了！此事过后，秦某定当感谢各位大人，告辞了！"说完，他转身指挥手下的御林军士卒，将东西突厥一干人等带出靖安司衙门。

此时的上官婉儿脸色越来越难看，明明是自己要办的案子，突然间被横插一脚，将人犯全部带走，自己辛辛苦苦寻找的线索就这样断了，她咽不下这口气。

一旁的骆沉青看出了她脸色不好，心知她肯定因此不痛快，于是轻轻拍了拍她的肩头，看着她的眼睛，轻轻摇了摇头。他知道这件事不是他们能够控制的，事情会如何发展只能静观其变。

看着被带走的哈卡斯等人，骆沉青开始在心里盘算着要如何解救他们，因为他们很可能掌握着事情的关键线索，但是可以想象，御林军一定会将他们严加看管，不知道自己的身份和面子能不能让他们网开一面。

他不禁叹了口气，转身对上官婉儿说："事已至此，我们先回去吧，看看有什么方法能够把他们保释出来。"

上官婉儿的脸色还是很难看，但是她也有些无可奈何。御林军也是奉旨办案，虽然没有手谕，但是秦将军她也是知道的，此人做事光明磊落，不会做出假传圣旨的举动，而且他也担不起假传圣旨的责任。想到这里，她也只能暂时忍下这一口气，问道："我们现在去哪？"

骆沉青说："先回大理寺吧，休整一下，武林大会就要召开了，我们也要准备一下，要应付的事情还多着呢！"

上官婉儿点了点头，但是她说："大理寺我就不去了，我现在即刻返回宫内向天后禀明哈卡斯的事情，看看天后是否能出手相助，皇上最听天后的话，事情或许会有转机。"

骆沉青沉思了一下说："也好，不过你得处处小心，天后的性子你是知道的，不要过分执着惹恼了她。这事一定会有解决的办法，你切不可蛮干！"

听到骆沉青如此关心自己，上官婉儿的心头一暖，刚才的不愉快一扫而空。她绽放了一个灿烂的微笑："你放心，我这些年常伴天后身边，自有分寸的，倒是你，已经遭遇了数次袭击，一定要多加小心！"

骆沉青也感受到了她话语中的关切，感激地点了点头，两人出了靖安司衙门相互道别后，就分别赶赴目的地。

第六十章　关押

哈卡斯等人被秦将军押送着一路向西，路上他几次三番想要和秦将军说上几句话，探听一下口风。他用带着浓重口音的官话问道："秦将军，敢问皇帝陛下为什么要这么兴师动众，会如何处罚我们？"

秦将军看了他一眼，并不答话。

哈卡斯还是不死心，于是接着说："这次明明是哥舒他们挑衅在先，我们只不过是正当防卫，何错之有？"

秦将军说："此事自有公断，你不必操心。"

哈卡斯见他油盐不进，自己也是讨了个没趣，就闭上了嘴巴不再说话。

反观哥舒等人，似乎看到了希望，气焰又开始嚣张起来，他在后面大声叫嚷："我说哈卡斯，你就别做美梦了，到了金吾卫衙门我们就没事了，现在才想到套近乎，晚了！"他身后的一干东突厥的手下也纷纷起哄。

"都闭嘴！"秦将军听到了身后的聒噪，也显得有些生气，大声喝道。

这一声喊，中气十足，振聋发聩，吵闹的众人立时安静了下来。哥舒也暗暗心惊，心道：这秦将军不愧是金吾卫的精锐，听他这一声呼喝，绝对是有不俗的内家功底，看来这长安城真的是卧虎藏龙，以后行动时要更加注意了，别像今天似的再触个霉头！

又行了一段路程，眼见就到了一座气派的府衙，牌匾上几个大字"左金吾卫"，说起这金吾卫，主要担负的职责以及掌握的权力很大。金吾卫的前身是武侯，主要负责城市内的治安管理；转变为金吾卫后，还同时负责禁卫工作，掌宫中及京城日夜巡查警戒，并随皇帝出行护驾。换句话说，金吾卫不但要保护百姓，还要保护皇帝。可以说金吾卫的性质特殊，是权力加持的禁卫军。

府衙前站满了一身盔甲、刀枪森寒的金吾卫士卒，从他们的装束和面色看去，个个都是英气逼人，一看就是精锐中的精锐。刚才还在鼓噪的东突厥众人似乎也被这样的气势所吓到，纷纷闭上了嘴，收起了无所谓的态度。

见到秦将军众人到来，值守的队官赶忙迎上前来，躬身施礼道："将军回来了。"

秦将军端坐马上，微微颔首，朗声说道："我奉陛下口谕，将今日闹事的东西突厥众人带回府衙羁押，你们将他们带进牢房，分别羁押，好生看管，不能出现任何意外，否则陛下怪罪下来你我都担待不起！"

队官心中一凛，暗道：我的乖乖，这是陛下下旨要拿的犯人，这可马虎不得。想着他不由自主地伸手摸了摸自己的脖子，满面堆笑地说道："将军请放心，咱们这金吾卫衙门的牢房固若金汤，昼夜都有人严加看守，就是一只苍蝇也休想飞出去。"

秦将军点了点头，面色倨傲地说："最好不要出什么纰漏，不然要你们好看！"

众兵卒都神色严肃地点了点头，噤若寒蝉。一行人办理好了羁押手续，东西突厥的人被分别关押在了不同的牢房。由于是钦犯，牢头和衙役们谁也不敢怠慢，都提起了十二分的精气神，严加看管。

哈卡斯和哥舒与手下们分开，两人都被单独关在了一间牢房中。这哥舒见到自己被如此对待，不由得又气上心头，在牢房内大声叫嚷："我是大汗的使者，你们居然敢如此对我，等我禀告我们大汗，到时候大兵压境兴师问罪，让你们这些无礼的家伙吃不了兜着走！"

听到哥舒的吵闹，一个牢头不耐烦地走了过来，嘴里不停地嘟囔着："这突厥蛮子，到了这里还不消停，净给我们找事，非得教训教训他不可！"

说着，他就走到了牢房门口，大声说道："吵什么吵，知道这里是什么地方吗？还敢放肆！"

哥舒见有人过来，瞥了瞥牢头，一副不屑的神情，用带着浓重口音的汉话说道："我是突厥大汗的使者，你们凭什么把我关在这里？我要见你们的皇帝，识相的就快去禀报！"

牢头一听更是气不打一处来，他调侃道："我们大唐的皇帝陛下岂是你想见就能见的？这里是金吾卫的牢房，进到这里你就是要犯，少跟老子在这里讨价还价的，不然爷赏你几个大嘴巴，你要真是骨头硬，别着急，后面还有七十二种刑罚等着你呢！"

哥舒一听，居然还要对自己动刑，心里更是怒火万丈，他大声叫道："呸，爷爷我是大汗的使者，我犯了什么错，我看哪个敢对我用刑！"

"我劝你还是省省吧，这里是大牢，你嗓门大也没人会来救你的，你又是钦犯，好好反思下自己的错吧，老爷我还要吃饭，不奉陪了！"牢头说完转身离开。

"你们这帮混蛋汉人，敢如此欺负我，爷爷我要是出去了，定把你们赶尽杀绝，大汗也会起兵踏平你们大唐！"

"哼，真是蛮子！"牢头心中不屑，也不想再跟他费口舌，径直走到牢房门口，吩咐当值的狱卒："你们都给我好生看管这厮，他要是还闹，就饿他两顿，如果他还是聒噪，就给他使点手段！"

几名狱卒连忙点头："小的们知道了。"

"另外，一定要不分昼夜加强戒备，突厥的蛮子们什么事都做得出来，千万不能出事，否则上峰怪罪下来，你我都要人头不保！"牢头继续吩咐。

众人又是纷纷点头，保证不会出错。

见所有的事都安排妥当，牢头说："那你们就在这里好生看管，我先去吃饭休息了，下个时辰我再来巡查。"

狱卒们众星捧月一般将牢头送出牢房，只留下哥舒的骂声在牢房里回荡。

另一边，哈卡斯等人也被带入了牢房，等到与手下分开，他独自坐在牢房里，默不作声。虽然他是突厥人，有着草原雄鹰一样的性格，但是由于经常与中原人接触，所以他的性格并不像哥舒那样火爆，他只想弄清楚这件事的来龙去脉，找到真相。

他默默在心里盘算着今天发生的事情，整件事为何这么巧合，他们为了避开东突厥的耳目，特意绕了一个大圈，从长安城的南方进入，但为什么还是让哥舒遇到？这未免也太过巧合。想到这里，他心头不由一紧，难道说他们的行踪一直在哥舒等人的预料之中？但是哥舒本就是个有勇无谋的匹夫，他怎么会算计得这么准？看来，一定是有人给他通风报信，莫非大唐与东突厥串通一气？这个念头在他心中一闪而过，他不敢再想下去。

如果大唐和东突厥真的达成了一些不可告人的约定，那对于西突厥来说可是大大的不妙，西突厥本来就是想要与大唐交好，在与东突厥的对抗中求生存，一旦大唐的天平倾向了东突厥，那后面对于大汗和整个西突厥来说，很可能就会遭受灭顶之灾。不，绝不能让这样的事情发生，我一定要找出真相，破坏他们之间的密谋。

哈卡斯正在沉思，就听到牢房门"吱呀"一声被推开，一个狱卒端着一些饭菜走了进来，来到他的囚室门口，将饭菜递了进来，狱卒说："吃饭了，这里不比外面，你就将就着点吧。"

哈卡斯抬眼看了看饭菜，一碗菜羹，配上几个窝头，确实有些寒酸，他又抬眼看了看眼前的狱卒，这个狱卒看上去四十多岁的样子，两鬓有些斑白，眼神比起衙门里的金吾卫们显得要温和许多。他脑筋转了转，开口问道："不知这位大人尊姓大名？"

狱卒呵呵低笑一声，抬起头看向哈卡斯，说："什么大人啊，我就是金吾卫衙门里一个小小的狱卒，也没什么尊姓，我姓陈，大家都叫我陈四。"

哈卡斯拱手："原来是陈老哥，失敬失敬。"

陈四似乎有些意外，他没想到这么一个突厥人居然如此彬彬有礼，在他的印象中突厥人都是莽撞无礼、嗜杀成性的。他定了定神，说道："不知你犯了什么罪，居然被关押到我们金吾卫的衙门里？"

哈卡斯叹了一口气，说道："其实我也不知道我因何被关押在这里，你们秦将军说是奉了皇帝的旨意捉拿我们。"

"哦，是这样啊……"陈四点了点头，"我看你这人不像歹人，说话也是知书达理，想来应该是皇上想要杀杀你们的气焰吧，没准不久后你就能出去。我也没什么能力，你要是有什么事就尽管喊我，快些吃吧。"

说完，陈四就转身离开了，看着他的背影，哈卡斯若有所思。

第六十一章　巨子

上官婉儿行色匆匆地赶回皇宫，路上遇到的内官宫女们跟她打招呼，她也只是敷衍过去，她现在心中只有一个念头，就是赶快见到天后，因为她隐隐约约感觉到这件事背后肯定隐藏着更大的阴谋。

她回到自己的寝室，换下了白天穿着的衣物，换回了内官的服饰，未做停留就赶往武后所在的太极宫，因为心中焦急，所以在疾步向前的过程中几次都险些摔倒，引得众宫女纷纷侧目。但她此时也顾不上什么仪态，只想尽早见到天后。

很快，她就来到了太极宫前，因为她是武后身边的红人，一路上也没人敢阻拦，直到太极宫的宫门口，她才被两个守门的宦官拦住。

"哎哟，我当是谁呢，这不是上官大人吗？瞧您这匆忙的样子，太失体统啦！"其中一个年龄稍大的宦官出声说道。

"刘公公，我有要事要见天后！"上官婉儿顾不上反驳他，只是急切地说道。

"上官大人要见天后啊？"刘公公不紧不慢地说道。

"是的！"

"那真不凑巧，天后娘娘今天一早就出宫了。"

"出宫了？"

"是啊，天后娘娘说要去京郊的广仁寺还愿，还要在那里修行几日。"

"这……"上官婉儿有些意外，"那天后她老人家说具体什么时候回宫了吗？"

"听说最少也要在广仁寺停留三日，具体什么时候回宫那老奴就不知道了。"刘公公仍旧是不紧不慢地回答。

上官婉儿在心中盘算了一下，如果现在出宫去寻天后，一来一回怎么也要花费十二个时辰，如果在这期间发生什么变故，恐怕也是来不及应对，眼下似乎也只能另想办法了。

想到这里，她微微冲刘公公一笑，说："那我就不打扰公公了，如果天后娘娘提前回宫，请派人告诉婉儿一声，告辞。"

刘公公低头还施一礼："好的，上官大人，请慢走。"

看着上官婉儿离去的背影，刘公公的嘴角露出了一个不易察觉的微笑。

骆沉青回到了大理寺自己的衙门，衙役见他回来，赶忙为他打来一盆清水，并且沏上了一壶上好的茶。骆沉青简单清洗了一下面庞，坐在书桌前，这时衙役问道："骆大人，不知还有什么吩咐？"

"没什么事了，你下去吧，本官要思考一些事情。"

"小人告退。"衙役说完就转身离去，没走两步，又回身说道，"小人忘记告诉骆大人了，杜大人说您要是回来了有时间就去找他，他有些事要跟您说。"

"好，我知道了。"骆沉青答道。

"小人告退。"衙役再次转身离开。

见所有人都离开后，骆沉青起身走到门口，四下张望了一番，确定周围没有闲杂人等，于是将房门掩上，再次回到书桌前，从怀中掏出了《天机术》残卷，展开观看。这本残卷所记载的明显与其他的残卷不同，这里面涉及了墨家重要的思想精髓和攻杀战守的策略。骆沉青继续往下看，看到其中一句话时不禁愣住，只见残卷上记载着："巨子令一出，乾坤颠倒。"

骆沉青仔细揣摩着这句话，巨子令他是曾经听说过的。墨家有着严密的组织，其领袖也就是巨子。墨子是墨家第一任巨子，禽滑厘是第二任巨子，巨子令是巨子身份的象征，可以用其对全国的墨家弟子发号施令。但是由于年代过于久远，巨子令早已失传，没人知道这巨子令现在何处，又是被谁所掌控。

看来，得问一问凡尘了，骆沉青在心中思忖。

正当他想要继续往下看的时候，门外传来了一阵脚步声，骆沉青迅速将《天机术》残卷收回怀中，面无表情地端起茶杯，只听得几声轻轻的叩门声："骆大人在吗？"

"进来。"骆沉青稳了稳心神。

随着门被推开，还是先前的那名衙役，他躬身施礼道："骆大人，刚才杜大人听说您回衙门了，让我请大人过去。"

"知道了，我这就过去。"骆沉青说道。

等衙役走后，骆沉青整理了一下自己的衣冠，强迫自己的脑子保持清醒。他奇怪杜若消息为何如此灵通，他刚回到大理寺衙门就被杜若知晓，看来他似乎也在暗中观察着自己的一举一动。但是这也无妨，这个案子越来越复杂，肯定被京城的各方势力多关注，至于谜底，只能靠他自己一步一步探究了。

骆沉青迈着沉稳的步伐走向杜若的厅堂，还没有到门口，就听见里面一个洪亮的声音传来："是骆老弟回来了吧？快快请进。"

骆沉青迈步走入屋内，远远地就冲杜若一抱拳，朗声说道："卑职骆沉青见过杜大人。"

"哎呀，老弟还是这么客气，你我兄弟也不是在公堂之上，就免了这些客套，快来坐。"杜若还是那样一副热情的样子，走过来一把拉住骆沉青。

骆沉青又客气了两句，随杜若一同坐下。

"看茶。"杜若吩咐道。不一会儿衙役就将沏好的茶端了上来，杜若一挥手："你们都下去吧，本官要和骆大人单独谈谈，没有我的吩咐，任何人不得打扰。"

衙役们应了一声，纷纷退下。

"杜大人，我看你的气色不是太好？"骆沉青问道。他看出来了杜若表面上似乎还同往日一般，但是隐约有一种憔悴的感觉。

"唉，被你看出来了，知我者骆老弟也！"杜若叹了一口气。

"发生什么事了吗？"骆沉青问道。

"不瞒你说，这几天你没在大理寺，可能还不知道，又发生案子了。"杜若此时疲态尽显。

"哦，又有人遇害了？"

杜若点了点头，然后说道："看来这件案子是越来越复杂了，你还记得盗尸案的马六和刘能吗？"

骆沉青点了点头。

"他俩前日不明不白地死在了家中！"杜若的声音提高了些。

"什么！"骆沉青也感觉到有些吃惊，"他俩也遇害了？"

"唉，我不该让他俩去调查盗尸案的。这俩小子本来就没什么本事，而且这件事背后的势力你我二人尚且碰不得，何况这两人呢！"杜若有些遗憾，毕竟这二人是大理寺的公差，这么多年一起共事，多少也会有些感情。

"那行凶手法呢？仵作是否检验过了？"骆沉青问道。

杜若点了点头，说："仵作已经查验过尸体了，倒不是像那十七具尸体一样，他们是被一刀割喉致死，凶手的手法很干净利落，一击致命。"

看来不是和墨门有关的人干的，骆沉青在心里分析。

"为了这件案子，我也是焦头烂额，没有头绪，所以一听说贤弟回来了，这不就马上想要请教。"杜若接着说。

"杜大人有什么想法？"骆沉青不动声色。

"我觉得这件事肯定还是与不良人有关，只是这个组织太过神秘，很难下手啊。"

骆沉青微微点头，说道："卑职也是这样认为的，不良人在这个时候现身江湖，这背后的意义肯定不凡，他们似乎在执行着什么任务，同时又不断掩盖自己的行踪，凡是接近事实真相的人，都会被灭口。"

杜若也点了点头，然后问道："你的意思是，这二人的案子肯定是与你查的案子相关喽？"

"必然相关。"骆沉青斩钉截铁。

"那你最近又查出了什么？"杜若难掩好奇。

"越来越复杂了。"骆沉青叹了口气，为杜若简单讲述了这几天发生的事，不过一些细节他并没有说。

"我的天，怎么突厥人也搅和进来了！"杜若有些惊诧。

"是的，现在是不良人、突厥、东瀛几方势力纠缠在一起，但是他们的目的尚不明确，而人命案子看起来也没有什么头绪，但是卑职可以确定，他们跟案件都有千丝万缕的联系。"骆沉青分析道。

"那我们要把马六他们的案子和这些案件并案吗？"杜若试探性地问道。

"并案！"骆沉青异常坚决。

"好吧，骆老弟啊，其实哥哥我真的不想让你再调查下去了，越接近事情的真相就越危险，我可不想你搭上自己的性命。"杜若说得情真意切。

"多谢大人关心，但是我身为大理寺的人，有些事必须去做！"骆沉青也说得斩钉截铁。

杜若无奈地摇了摇头："老弟你多保重吧。下面你打算如何行动？"

"我准备先去看看马六和刘能二人的尸体，然后再去凶案现场看一看，也许能发现什么线索。"

"好，我派几个人跟你一起去，以防不测。"杜若说。

"大人不必，我办事一个人习惯了，而且人多眼杂，极为不便。"

"这……好吧，那你自己万事小心。"杜若似乎有些担忧。

"我这就去停尸房，大人请留步。"骆沉青拱了拱手，转身向外走去。

杜若看着他的背影有些愣神，等他回过神时，骆沉青的身影已经消失在远处。

第六十二章　兄弟

骆沉青辞别了杜若，一个人走向府衙后面的停尸房。一路上相熟的衙役们纷纷和他打着招呼，骆沉青也是微笑回应，直到走到停尸房院前，一个值守的衙役匆匆跑过来见礼："小的见过骆大人。"

骆沉青仔细看了看他，这张面孔似乎有些陌生，以前在府衙之内没见到，于是问道："你是何人？为何本官以前没有见过你？"

衙役尴尬地笑了笑，说道："回禀大人，小人叫于春，以前只是在衙门里干些杂活，这不因为马六和刘能遇害了，停尸房的活计又没有人愿意干，所以就把我派来暂时顶替。"

骆沉青"哦"了一声，并没有在意，又问道："马六和刘能的尸体停放在何处，带本官前去查看。"

于春应了一声，说道："他二人的尸体就停放在地字三号房内，大人请随小人来。"

两人一前一后进入了地字三号停尸房内，这里不比天字号停尸房宽敞，主要是停放普通百姓或者非重要人物的尸体，所以光线也不是很好。骆沉青一进屋就看到两张停尸床上的两具尸体，走到近前仔细端详，只见两人双目紧闭，脸上毫无血色，嘴角边隐约还有血迹。想到前几天还活蹦乱跳的两人如今变成了两具冰冷的尸体，骆沉青心中很是感慨。在大理寺当差多年，骆沉青的口碑甚好，衙门里的同事们都对他敬重有加，既佩服他的办案能力，又对他的人品赞不绝口，所以马六和刘能平日里与他的关系是颇为亲近，骆沉青也是善待每一个同僚，看到二人落得如此下场，心中也很不是滋味，他暗自下定决心，一定要将案件查个水落石出，为这些枉死的人讨还一个公道。

骆沉青转头吩咐道："去，给我点上几支蜡烛，本官要亲自验尸。"

"大人，不需要叫仵作来吗？"于春问。

"不需要，本官办案多年，自有分寸。"

"是。"

不一会儿，于春就取来了几支大号的蜡烛，为骆沉青点燃，停尸房内的光线立刻明亮了许多。

"近前来，为本官照亮尸体。"骆沉青吩咐道。

"啊？"于春的嗓子眼中发出了一声怪异的声音。

"怎么？听不懂本官说的话吗？"

"是，大人，就是小人……小人……"于春嗫嚅道。

骆沉青这才反应过来："你是不是害怕了？"

"小人……小人以前没有接触过尸体，确实有些害怕……"

骆沉青反而笑了，说："在大理寺当差多年，你居然没跟尸体打过交道，看来你确实是只干了些杂活啊。没关系，本官就在你身边，你不用害怕。"

于春用眼角瞥了瞥骆沉青，看到他眼神坚毅且温和，胆子也大了许多。他壮起胆子手捧蜡烛一步一步小心地挪向尸床，但是骆沉青还是能看出，他的手脚还是有些微微的颤抖，两只眼睛不敢直视前方。

难为他了，骆沉青摇了摇头，耐心等待着。

过了好半天，于春才挪到了尸床前，他使劲将头转向一侧，极力不让自己去看尸体，看得出他内心还是极为恐惧的。

"蜡烛再向前挪三寸，不然本官瞧不见伤口。"骆沉青说。

"啊？哦……"于春紧闭双眼，使劲将手中的蜡烛伸向前面。

"再近一些。"骆沉青感觉有些好笑。

"啊？"于春已经快要被吓死了，他颤颤巍巍地又近前一步。这时候，突然有一只大手按在了他的肩膀，一个低沉的声音在他脑后炸响：

"我死得好惨，还我命来！"

"妈呀，诈尸啦！"于春发出一声惨叫，蜡烛也从手中飞了出去。他刚想要转身逃跑，发现自己撞在了一个坚硬的物体之上，这下他更加魂飞魄散，嘴里不断喊着："别，别，冤有头债有主，二位兄弟饶命啊！"

"哈哈哈，瞧你这胆子，你别叫于春了，我看你改名叫愚蠢吧！"

骆沉青飞身接住了从于春手中飞出去的蜡烛，稳稳拿在手中，他早已听出这个声音，于是说道："我说老裴，你平时就是这么吓唬下属的吗？他本来胆子就小，你再给他吓出个好歹的。"

"切，真没出息，就你这胆子还在大理寺混，我看你还是转行吧，净给我们丢人现眼！"裴少卿撇了撇嘴。

于春这时候才定了定神，睁开眼睛仔细看了看，来人不是别人，正是捕头裴少卿。"裴头儿，你这是要吓死小人啊，这里是停尸房啊，我的真魂差点出窍！"

"瞧你这点胆子，幸好你不是我属下，不然让你在乱坟岗住上七天七夜，看你以后还有没有胆子！"裴少卿还不忘挖苦他。

"好了好了，赶紧干正事吧。于春，你出去吧，这里有我和裴捕头就行了。"骆沉青说道。

于春如蒙大赦，赶紧告了个罪，转身小跑离开了这个吓死人的地方。

"唉，我说老骆啊，你怎么好端端地不和婉儿姑娘花前月下，跑到这停尸房来干什么？"裴少卿打趣道。

骆沉青没有在意他的打趣，只是说："你过来看看。"

裴少卿上前几步，借着烛光定睛瞧去："这不是马六和刘能吗？他们怎么……"他也大感意外。

"他俩负责查探不良人尸体被盗的事，然后也遇害了，想必你也是刚知道吧？"

"怎么会这样？"裴少卿不解。

"我也不知道，所以我必须亲自来验尸。"

"好吧，我来给你搭把手。没想到啊，这件案子越来越棘手了，居然敢动我们大理寺的人了！"裴少卿显然是有些郁闷。他这个人平时好打趣，所以跟衙门里的上上下下关系都很好，马六和刘能跟他也是非常熟络，突然遭遇这样的变故，他一时之间也有些茫然。

"废话少说，动手吧，咱们必须给他们讨还公道。"骆沉青提醒道。

听到骆沉青这么说，裴少卿立刻收敛了心神，将蜡烛递到尸床前面，他们决定先检验马六的尸体，骆沉青借助烛光先检查马六的头部。他检查得很仔细，不想漏过任何的线索，一寸一寸检查下来，马六的头部除了额头有一块擦伤，并没有什么发现。

"有问题吗？"裴少卿问。

"目前看这一处擦伤应该是他倒地时造成的，伤口很浅，不会致命，我们接着往下看。"骆沉青回答，并向下继续查看。

此时，马六的脖颈处出现了一个异常恐怖的伤口。

裴少卿显然也是看到了伤口，他倒抽了一口凉气，说道："这伤口很深啊，这凶徒下手还真够狠的。你看，这一刀几乎将马六的头颅砍下，这么深的一刀，必死无疑啊！"

骆沉青来之前已经从杜若那里听说了二人的死因，所以心中并不惊讶。他俯身向前，仔细地查看伤口。裴少卿看他检查得如此仔细，也不再说话，只是将蜡烛又向前移动了几分，为的是能让他看得更加仔细一些。

骆沉青用左手按压着伤口，将右手的手指探入伤口的缝隙处，左右摸索了一阵，然后若有所思地沉默了一会儿，慢慢抬起头说："老裴，这事看来的确不简单啊！"

裴少卿的表情有些诧异，他不知道骆沉青发现了什么。

见他如此反应，骆沉青沉声道："造成这个伤口的工具不是普通的刀剑，也不是匕首这样的武器。"

"哦？"裴少卿有些惊异，"你是怎么判断出的？"

"把蜡烛给我，你仔细看看。"说罢，骆沉青从他手中接过蜡烛，为裴少卿照亮伤口。

裴少卿到底也是见过世面的人，也学着骆沉青刚才的样子，将手指探入伤口，摸索了一阵后，脸上也露出了奇怪的表情："老骆，你说得对，这不是简单的伤口。"

骆沉青点了点头："如果是一般的刀剑或者匕首，伤口断面应该是整齐的，而这个伤口明显有一个深浅不一的弧度，凶手使用的工具应该不是普通的武器。"

"我们再看看刘能吧。"裴少卿建议道。

"好。"

两人又一起走到刘能的尸床旁边，依然像刚才一样，对伤口进行了检查。检查完后，两人对视一眼，心中都有了肯定的答案。

"看来杀害马六和刘能的可以确定是同一个人或者一伙人了。"裴少卿说。

骆沉青表示同意，伤口和手法几乎一模一样，至少可以确认这两者死亡的关联。

"那你说，会是什么样的兵器呢？"裴少卿有些摸不着头脑。

"应该是类似镰刀一样的兵器。"骆沉青沉吟道，但他心中并不能完全确定，"我们继续检查吧，等下再考虑这个问题。"

随后，两人又将马六和刘能的尸身全面检查了一番，可以确定的是除了脖颈处的致命伤，确实没有其他的伤痕。

"真是奇了怪了，什么人能有这么厉害的手法，可以这么准确地一击致命。"裴少卿不解。

在一旁的骆沉青却没有回答，似乎陷入了沉思。

第六十三章　冰刃

　　此时在骆沉青的脑海中，这几天所有的画面一幕幕闪现。他想要在这些碎片一般的线索中抽丝剥茧，猛然间，一幅画面出现在他的记忆之中，没错，就是他遭遇袭击时，那群黑衣人。他隐约回忆起这些人手中的兵刃，那是一种看似很奇怪，带有圆弧形的兵器，与之前他见过的兵器都不相同，所以在交手时感觉极难应付，险些吃了大亏。

　　随即，他立刻将这件案子与不良人联系在了一起，看来马六和刘能应该是遭了不良人的毒手，只是不知道他二人到底发现了什么线索，以致不良人会亲自击杀这两个毫不起眼的小人物。

　　"老裴，我可能猜到凶手是谁了。"骆沉青说道。

　　"是谁？"裴少卿显得有些兴奋。

　　"不——良——人。"骆沉青缓慢地吐出这三个字。

　　"什么！又是他们！"裴少卿满脸惊愕。

　　"我曾和他们交过手，你是知道的，死去的那个不良人的尸体离奇失踪你也是知道的。马六他们负责去查找尸体的下落，离奇死亡，这么看这件案子跟不良人是脱不了干系了。"骆沉青分析道。

　　听到这里，裴少卿也点了点头表示同意，他出言道："那下一步我们该怎么办？"

　　"我想去凶案现场看一看。"

　　"哪里？"

　　"马六和刘能的家。"

　　"好，我们一起过去。"

　　随后两人迈步走出停尸房，远远就看到于春站在院门口，神情紧张地向这边张望着，见两人出来，赶紧小跑着迎了上去。

"两位大人，验尸结束了？"于春讪讪地问道。

"结束了，这次发现非比寻常啊！两位兄弟都是含冤而死，他们死不瞑目。你好生看管，不然尸体怨气太重，很可能化成厉鬼在夜晚四处游荡。"裴少卿装出一副恐怖的表情，阴森森地冲着于春说道。

"啊……大人……你可莫要吓我，今晚我还得值守呢。"于春听闻脸色大变。

"那你需要找个得道高僧，好好为两位兄弟做一场法事，化解这怨气。"裴少卿有些憋不住笑。

"小人每月俸禄就二两碎银，实在是请不起啊……"于春似乎有些为难。

"好了好了，你莫要再戏弄他了，咱们赶紧去办正事吧。于春啊，裴捕头是跟你开玩笑的，尸体我们已经检验完了，你快去把房门锁上，严加看管，这两人是很重要的线索。"骆沉青吩咐道。

"遵命！"于春仿佛是松了一口气，赶紧跑到门口，用手中的锁链将大门紧紧锁住。做完这一切，他回头再看，发现骆、裴二人已经不见了踪影。

"你认识他俩的家吗？"骆沉青问。

"知道，这俩小子在大理寺这么多年了，我们也经常走动，马六的家在城南的崇业坊，刘能的家在旁边的怀贞坊。"裴少卿倒是很熟悉。

"走吧，先去马六家。"

于是两个人并肩向崇业坊的方向走去。

一路上，骆沉青有些沉默，他微微低头，心里面不断梳理着这些天的线索，还有也不知道哈卡斯在金吾卫衙门如何了，找机会需要去一趟金吾卫衙门，有很多事情还要和他仔细沟通。

裴少卿心情也有些沉重，毕竟手下的两位兄弟不明不白地丧命，给了他一定的打击。

　　两人都没有多说话，走了约莫半个时辰，崇业坊的牌楼高耸在两人面前。这崇业坊为长安外郭城坊里之一，主要建筑开东西两坊门，中有东西横街。此坊与东面靖善坊同处龙首原第五条坡冈地段，隋初宇文恺以其"九五贵位，不欲常人居之"故在此坊置玄都观，在靖善坊置大兴善寺。到了唐朝时期，由于隋末的战乱，原先崇业坊的居民走死逃亡，慢慢地为流民所居，又经过数十年的发展，这里又恢复了一派欣欣向荣的景象，街市之上买卖热火朝天，百姓的脸上都充满着富足的表情，街边有几个孩童在快乐地嬉戏打闹，笑声不断。如果没有这样的恶性案件，天下太平该有多好！骆沉青心中暗自感慨。

　　随着裴少卿穿过几条街巷，在一个小巷子的入口两人站住，裴少卿伸手指着不远处的一间屋子说："老骆，从东数第三间屋子就是马六的家了。"

　　骆沉青抬眼望去，一家小院隐藏在众多院子之中，看上去并不起眼。凶手能在这么多院落中找到马六的家，显然是有备而来，他又看了看周围的环境，这个小巷地理位置相对偏僻，离主街有些距离，行人稀疏，如果是夜间行凶，宵禁后的巡逻队也很少能关注这里，确实是个很理想的杀人场所，而且这里有着比较有利的地形，可以在行凶后隐蔽自己逃走。

　　"走吧，我们过去看看。"

　　两人并肩来到了马六的家门口，骆沉青站在门口提升自己的听觉，仔细听了听，周围一片寂静，屋内似有女人隐隐约约的啜泣之声。

　　裴少卿上前一步，敲了敲门上的铜环："屋里有人吗？"

　　不久后，就听得屋内传来了一阵缓慢的脚步声，一个女人沙哑的声音问道："是谁呀？"

　　"我们是大理寺的，这里是马六兄弟的家吗？"裴少卿说。

　　"吱呀"一声，院门被缓缓打开，一张憔悴的女人的脸从半掩的门内探了出来。骆沉青仔细端详，这个妇人看上去三十多岁的年纪，五官颇为清秀，穿着也十分简朴，一看就是长安城里普通百姓的打扮。只是她神情憔悴，双眼泛红，头发凌乱，显然是因为马六突然遇害，一时间经受了重大打击。

妇人打量了一下二人，裴少卿先开口说道："弟妹，还记得我吗？"

妇人又仔细端详了一阵，说："啊，原来是裴捕头啊，当然记得，您还曾经来过家里。"

裴少卿应了一声，然后指着骆沉青说："弟妹，快来见过骆大人，他可是大理寺的少卿。"

妇人愣了愣神，然后赶忙向骆沉青施礼："见过骆大人。"

骆沉青赶忙说："弟妹不用这么见外，马六兄弟发生这样的事，我们也是很遗憾，请节哀，我们一定会查清此事，给马六兄弟一个公道。"

妇人听后，眼圈又是一红，她极力克制着自己的情绪，突然间她似乎想到了什么，赶忙说："你瞧瞧我，光顾着说话了，两位大人请进屋说话。"随后将两人让进了院门。

进得院门，骆沉青利用天机术提升了自己的五感，开始仔细观察院落，这是一座典型的寻常百姓的院子，采用有明显中轴线和左右对称的平面格局，只有前堂和寝室，没有后堂和廊房等富足之家才有的配置，多数地方都是以土夯垒而成，院子角落里还养着一些鸡鸭，别看院子简陋，却被收拾得格外干净整洁，想来这妇人也是一个勤快人。

骆沉青问道："弟妹，马六兄弟是什么时候被发现遇害的？地点在哪里？"

本来正在朝屋内走的妇人身体突然一顿，似乎是被这句话问得有些猝不及防，她"啊"地低呼了一声，但很快就控制好了情绪，慢慢转身说道："回大人，前天鸡鸣时分，我起床洗漱，正打算将鸡鸭喂一喂，走到院子内就发现他倒在庭院中央，血流了满地，早已身亡。"

"你是说就在这院子中？"骆沉青皱了皱眉。

"是……是的。"妇人眼中似乎有一丝慌乱。

骆沉青顺着妇人的目光，在院落里扫视了一番，随即走到她近前："你给我指出具体的位置。"

妇人点了点头，向前走了两步，指着地上一处，说："就是在这里。"

骆沉青也走到此处，仔细观察着，他伸手抓起地上的土放在鼻子下面闻了闻，随即皱了皱眉头："这院子刚打扫过？"

"是……是的。"妇人似乎有些紧张。

"为什么？这件案件还没有查清楚，凶案现场却被打扫了，这会给我们查案带来很多障碍。"骆沉青说。

"我说老骆，人家一个普通百姓，又是一个人，总不能守着鲜血淋淋的院子吧，可以理解，可以理解。"裴少卿似乎想给妇人解围。

"大人，我报案后靖安司的差人们前来查看过，我以为他们检查完了就没事了，所以就把血迹打扫了。"妇人说。

骆沉青不动声色，只是继续盯着这块地方，想要找到不同寻常的痕迹，但是看了很久，确实看不出任何异样，这打扫得未免也太过干净了！难道说……

"你没有听到动静吗？"

"没……没有啊，我晚上睡得很沉，什么都没听见。"

又过了一阵，骆沉青说："我们进屋看看吧。"

于是三人又来到了屋内，屋内陈设很是简单，除了一些日常应用之物，没有别的奢侈之物，一切看上去都很正常。

"弟妹，我来问你，最近马六兄弟有没有什么异常？"骆沉青说。

妇人想了想，回道："跟平时差不多，如果说异常，就是比以前更加忙碌，总是早出晚归的。我看他总是眉头紧锁，似乎有什么心事，也劝过他不要这么操劳，他也总是含含糊糊，说衙门里的事必须要尽快解决。"

"弟妹，你们一直未有子嗣吗？"骆沉青突然问道。

妇人听闻，俏脸一红，说："不瞒大人，我和夫君一直未能生育。"

"咳，老骆，你问这个干吗呀？"一旁的裴少卿也是有些尴尬。

"好了，弟妹，今天我们就不多打扰了，如果案情有了什么进展，我们也许还会上门叨扰，你节哀，我们走了。"骆沉青和裴少卿起身告辞。

"两位大人慢走，希望能让我夫君九泉之下瞑目，小妇人谢过了。"

刚出得门来，裴少卿就忙问道："看出什么来了？这么急匆匆要走。"

"问题很大！"骆沉青十分严肃。

"有这么严重？"裴少卿一脸不可置信。

"很可能比你想象的还严重，这个妇人有问题！"

"不会吧，她就是一个普通妇人，能有什么问题？"裴少卿继续问道。

"你仔细想想刚才我问的几个问题。"

"我没觉得有什么问题啊。"裴少卿还是疑惑。

第六十四章　林府

"我说老裴啊，什么时候你能在案子上多用些心啊！"骆沉青有些无奈。

"我确实没看出端倪啊，要不骆大人你指教指教我，让咱也提高一下自己。"裴少卿还不忘打趣。

"我来问你，这个马六在大理寺多久了？"

裴少卿抬头望天，又掰着手指算了算："差不多有十年了吧。"

"咱们大理寺选人的标准是什么？"骆沉青又问。

"体格健壮，头脑灵活，做事严谨，底子干净。"裴少卿回答。

"对，你我都是熟悉马六和刘能的，他俩虽然只是咱们衙门中的小小衙役，但身手都还不错，寻常三四个人他们都是能应付的，是吗？"骆沉青继续问。

"这个没错，他俩身手都不错，一般人想要制服他们，不容易。"

"那为什么他俩都是被一击致命，毫无还手之力？"骆沉青说。

"对方是高手啊！"裴少卿不以为然。

"这是一种可能。的确，如果遇到了武功超出自己的高手，被一击致命的可能性是存在的。"骆沉青继续说，"但是以马六的身手，在自家的院子里被袭击却没有发出任何声响，不奇怪吗？"

裴少卿听闻，似乎也感觉到了问题所在："你的意思是？"

"几个疑点，第一，马六在自家院子中遇袭，没有发出声响；第二，地上的血迹等痕迹被打扫得干干净净，似乎刻意想掩盖什么；第三，他俩成亲多年未有子嗣。"骆沉青分析道。

"这跟子嗣有什么关系，不生育的事情多了去了。"裴少卿又是一头雾水。

"对，不生育在普通人家确实只是寻常问题，但是据我所知，执行特殊任务的组织，不准有子嗣也是一种规矩。"骆沉青说。

"啊？你是怀疑……"

"只是一种怀疑，我也没有证据。"

"这怀疑可是有点没头脑了。"裴少卿撇了撇嘴。

"还有，被一击致命的另一种可能，就是在毫无防备的情况下。"骆沉青继续说。

"在自己家院子里，很容易放松警惕啊。"

"对，所以马六才会被轻易偷袭杀死。"骆沉青说，"我有一种预感，刘能那边的情况会和这里相同。"

"不是吧？"裴少卿一脸不可置信。

"不信？那咱们就去看看。"骆沉青说完就大步向前走去。

"喂，你等等我……"裴少卿快步赶上。

两人一路无话，各自想着心事，很快就来到了刘能家所在的怀贞坊。这个怀贞坊的来头要大得多，因为武后的母亲号太真夫人，为了避免名讳中的贞字，怀贞坊改名为怀贤坊，但长安人都还习惯称呼旧名。坊的西南角是介公庙，介公就是介子推，也就是春秋时割大腿肉给晋文王充饥、为躲避受赏被放火烧山的搜寻烧死的那位名臣。十字横街的北边是尚书右仆射唐休璟的宅子，还有惠昭太子庙、义成军节度使、驸马都尉韦让的宅子。很明显这里是达官显贵聚集的地方，刘能能住在此处，看来小日子过得还不错。

又走了不远，来到了一座相对宽阔的院落，裴少卿指着院门说："就是这里了，刘能的家。"说罢，走上前想要叩门。

"等一等，我们先在四周转一下。"骆沉青抬手拉住了他。

"啊，好吧。"裴少卿缩回了手。

两人沿着刘能家的院子转了起来，这里和马六家截然不同，是一所独立的院子，看上去很是气派，绝非普通人家住得起的。

"这刘能月俸多少？居然能在这里买得起这样的宅子。"骆沉青感慨。

"他啊，才没有这个能力呢，主要是靠他岳父家。他岳父林锦明是长安城知名的商贾，这可是个手眼通天的人物。"裴少卿介绍。

"林锦明……"骆沉青在脑子里开始思索起来，这个名字他也听说过，可以称得上是富甲一方的巨贾，"怎么从来没听刘能说起过？"

"这小子为人还是比较低调的，他不愿意让别人知道他的岳父是林锦明，估计他这种类似于赘婿的生活也不好过吧，老丈人这么强势，自己却只在衙门中当个衙役，换谁都接受不了这种落差。"裴少卿分析得头头是道。

骆沉青抬眼望了望院子的高墙，这墙又高又厚，等闲之人想要翻越肯定是不可能的。提升五感后他听到院中似乎有些嘈杂，于是他对裴少卿说："走，进去看看。"

两人又回转到院门口，裴少卿上前叩响了门环。不久后，院门打开，一个头发灰白的老者探出头来，问道："找谁啊？"

裴少卿说："老人家，我们是大理寺的公差，这是我们的少卿骆沉青骆大人，今日来府上查案，劳烦你通禀一声。"

老者用奇怪的眼光打量了二人一番，有些犹豫。骆沉青见状掏出自己的令牌递给他，老者接过令牌仔细看了看，确认后连忙说道："两位公差大人请稍候，我这就去回禀我家老爷。"说完，又"咣当"一声关上了大门。

"老骆，我这回可是看出异样了。"裴少卿似乎有些得意。

"哦，说来听听。"骆沉青也很好奇。

"你看，刘能已经去世两天了，这么大的院落，门口居然看不到一点办丧事的样子。"裴少卿说。

"不错，咱们裴大捕头长进了不少啊。"骆沉青打趣。

"他家要钱有钱，要人有人，自己的姑爷死了，却没有大张旗鼓地办丧事，于情于理都不合。"裴少卿继续说，"看来刘能这小子在他家的地位确实不高啊。"

话刚说完，院门又是"吱呀"一声打开，刚才的老者走了出来，面露微笑，说："两位大人，不好意思，因为府上出了些事，老爷正沉浸在悲伤之中，所以不能接待，还望恕罪。"

这倒是有些出乎两人的意料，没想到居然吃了闭门羹。裴少卿的性子急，马上说道："我们是大理寺公差，奉命调查刘能的案件，你家老爷为何不见我们？"

"实在抱歉，我家老爷悲伤过度，身体不适，确实没法接待，请两位大人改日再来吧。"老者说完转身关上了院门。

"岂有此理！"裴少卿心头火起，伸手就要砸门。

骆沉青一把拦住了他，示意他不要冲动："老裴，你多大岁数了，还这么冲动。"

"他们好大的架子，竟对大理寺办案的公差摆谱，我非得教训他们一下不可。"裴少卿还是怒气冲冲。

"不急不急，咱们为的是案子，这里面肯定有隐情。没关系，白天不行，咱们可以晚上来，或许能发现更多的线索。"骆沉青劝慰道。

"你的意思是？"

"晚上我们再来暗访。"

"好！"裴少卿终于不再坚持，"那我们现在去哪？"

"各回各家。"

"行吧，那咱们今晚亥时在这里会合。"裴少卿说。

骆沉青点了点头，他心里还有对《天机术》和巨子令的疑问，他要去大慈恩寺请教。他和裴少卿别过，自己朝着大慈恩寺的方向走去。

此时已经是下午申时，太阳已经开始缓缓下沉，走在熙攘的街市之上，骆沉青的思绪不禁飘忽起来，也不知道上官婉儿此时在做什么，她见到天后了吗？两人一起在曲江池游玩的画面不由得浮现在眼前。其实骆沉青对她也是有好感的，但是碍于两人的身份和案件的扑朔迷离，他只能将一些杂念暂时按捺下去，也许他们只是彼此生命里的匆匆过客吧！

不知不觉间，骆沉青已经走到了大慈恩寺的门口，他例行公事地向知客僧打听了方丈净空此时是否在庙中。小僧人回答："方丈此时正在禅房，他交代过了，如果是骆施主前来，不用通禀，您可以自行前往。"

"多谢小师父了。"骆沉青双手合十，行了一礼。

小僧人也赶忙双手合十回礼："施主请便。"

骆沉青迈步向净空的禅房走去。

离着还有十几丈远，屋内就传出了浑厚的声音："可是骆施主前来？快请进。"

骆沉青不由一怔，能在这么远就辨别出自己的脚步声，看来净空方丈的内家功力已经到了极深的地步，往日只关注案情却忽略了这么一位得道高僧的实力。

于是他也朗声说道："净空大师，正是骆某，那我就不客气了。"说罢迈开大步走进禅房。

一进禅房内，骆沉青就感觉到禅房内香烟缭绕，配合着滚热的茶香，让人有一种说不出的舒服。劳累了一天，沐浴在这样的香气里，精神不由得放松起来。

只见禅房内的茶几两侧，端坐两人，一位是净空大师，另一位赫然是凡尘。两人此时正在对弈，见到他进来，都是微微颔首，然后继续将注意力投向棋盘。骆沉青也不想打扰二人的雅兴，于是凑上前去定睛观瞧，只见棋盘上已经落子无数，真是杀得难解难分。

骆沉青再细细瞧去，执黑的凡尘四面出击，意图绞杀白棋的大龙，而白棋则是不慌不忙进退有据，牢牢占住星位，将黑棋凶猛的搏杀一一化解。随着局势的发展，黑棋所有的努力都化为乌有，虽然凡尘使出浑身解数，场面看似占优，其实已经中了白棋的圈套，落败只是时间问题。

凡尘此时眉头紧皱，而净空大师却是一副悠然自得的模样，他缓缓端起茶杯，轻啜了一口香茗，默不作声地等待着。

又过了许久，凡尘终于收回了目光，轻叹一声："佩服佩服，净空大师的棋力果然了得，在下甘拜下风。"说罢将手中的黑子投入棋盘，认输了。

净空倒是没有露出得意之色，出家人早已四大皆空，他并没有把胜负放在心上，只是淡淡笑着说："承让承让，贫僧也只不过是侥幸罢了，你的棋艺也当真了得，我看再有几年也定能胜过贫僧了。"

凡尘也并没有再客套，他看向骆沉青，问道："你可是又发现了什么？坐下来慢慢说话。"

骆沉青向两人一抱拳，口中说道："打扰两位的雅兴了，我确实是有些事想要向二位前辈请教。"

"来，请喝茶，慢慢说。"净空为他倒上了一杯茶水。

骆沉青也没客气，端起茶杯一饮而尽，忙碌了半日，他滴水未进，也确实是有些渴了。

第六十五章　分析

"你是说大理寺去调查不良人尸体的衙役被灭口了？"凡尘吃惊地问道。

骆沉青点了点头："那两人是我的下属，叫马六和刘能，前日被发现横尸家中，都是一击致命，伤口在脖颈处。"

"这两人身手如何？"凡尘继续问。

"都还不错，等闲之人三五人近不了身。"

"那这是遇到高手了啊！"凡尘和裴少卿有一样的想法。

"还有一种可能，就是马六在极度放松的情况下，被亲近的人杀害。"骆沉青说完，凡尘和净空也都陷入了沉思。

"看来这幕后布局的人手段很不简单啊！"净空说，"你有怀疑的对象了吗？"

"有的，就是马六的妻子。"骆沉青一五一十地将自己的怀疑说了出来。

"不是没有这种可能。据我所知，如果加入不良人组织，确实是不能留有子嗣的，他们结婚这么些年，没有子嗣，确实值得怀疑。"净空说。

"这件事我会继续查下去，相信我已经离真相越来越近了，另外，还有一件事我要跟二位述说，这件事也很重要。"骆沉青继续说道。

听到这话，两人的眼睛都是一亮，用期待的眼神等待他的后话。

骆沉青又简要地讲述了今天在曲江池遭遇东西突厥使者并且动手的经过，他着重讲述了哈卡斯和自己短暂的对话，说完从怀中掏出了那本古卷，放在了二人面前。

净空倒是没有太大的反应，而凡尘此时却有些激动，他的手微微有些颤抖，将古卷捧了起来，迫不及待地展开观看。

他的目光从希望变成殷切再变成激动，嘴里喃喃道："没错，是它了，是它了……我墨门的至宝终于可以完整了。"

骆沉青出言问道："前辈，是不是可以确认这残卷就是《天机术》？"

"没错，就是最后一部分残卷了。"凡尘斩钉截铁。

"好，那我就将它也托付于你保管了，至于里面的玄机现在我还没有时间参悟，接下来我要问你另外一个重要的问题。"骆沉青说。

凡尘将《天机术》残卷小心翼翼地收回怀中，看向骆沉青。

骆沉青也没有废话，直接开口问道："我想知道巨子令的来龙去脉以及现在的下落，希望前辈不吝赐教。"

凡尘听到这里一愣，似乎这个问题有些出乎他的意料，随即他就平静下来："你也看到残卷上的这句话了？"

骆沉青微微点头。

"那好，我就把我知道的与你说说吧。"凡尘说。

"想必你也知道这巨子令是我墨门掌门的身份象征，可以凭借巨子令向天下的墨门弟子发号施令，莫敢不从！当年赵穆等人之所以想要得到墨家的巨子令，就是因为巨子令具有号召作用，它是墨家最高权力与身份的象征，拥有了巨子令，就能够号召墨家弟子为自己所用。但是想要当上墨家巨子并非易事，需要有过人的身手、机智的头脑、贤能的品德，并且经历重重的考验和磨炼之后才能够成功。"凡尘开始侃侃而谈。

"后来，我墨门帮助李唐王室推翻隋朝的暴政，但是时任巨子却在战争中不知所终，巨子令也随他一起消失在江湖，这也是我墨门日渐式微的一个原因，没有了巨子，各个派系分崩离析，各自为政。"凡尘说到这里似乎有些怅然，"这些年来，我一方面在不断寻找同门，收集《天机术》残卷，另一方面就是在打探前任巨子和巨子令的下落。"

"可有线索？"骆沉青忙问。

凡尘摇了摇头，轻叹一声："这些年我走遍了大江南北，找遍了所有可能的地方，但是一无所获，巨子消失得无影无踪，似乎从来就没有出现过。"

骆沉青此时心念一动，说道："前辈，可曾前往突厥寻找？"

听到这话，凡尘也是肩膀一耸，说道："未曾！你这小子倒是提醒了我，既然你这残卷是从西突厥手中得到的，那说不定他们会知道巨子和巨子令的下落！哎呀，我原来怎么没有想到！看来我要赶奔突厥一探究竟了。"

"不忙，凡尘前辈，九日后城东的永兴坊将会召开武林大会，届时江湖人士会齐聚于此，我们借此机会打探一番，兴许不用远走突厥就能得到一些线索。"骆沉青说。

"你说的有理，你小子这真是雪中送炭啊，让我瞬间有了一种拨开云雾见青天的感觉，不错不错，我墨家后继有人。"凡尘有些激动。

"前辈过奖了，晚辈只是尽自己的能力而已。"骆沉青谦虚道。

"可喜可贺，可喜可贺，一切都是因果，贫僧也甚是欣慰，阿弥陀佛！"净空也陪着二人一起感慨。

"那就请二位前辈参悟《天机术》里的玄机吧，我今晚还要赶往刘能岳父的宅子，希望能找到一些线索。"骆沉青抱拳。

"等等，你说要去刘能岳父的家里，他怎么和岳父同住？"净空皱了皱眉。

"是这样的，刘能的岳父就是长安城有名的商贾林锦明，他似乎像是入赘林家。刚才我去林府却吃了个闭门羹，林锦明推托不见，所以我才打算夜间去探查一番。"骆沉青说。

"哦……"净空方丈若有所思，"这个林锦明平时也是本寺的香主，贫僧也算是和他有些交情，他这个人十分圆滑，在京城之内也是结交甚广，为了避免他生疑，贫僧就陪你走上一趟。"

"谢过大师。"骆沉青感谢道。

"无妨，两位就在我这大慈恩寺吃些斋饭吧，晚上我陪骆施主一同前往。"

"叨扰了。"骆沉青和凡尘一起说道。

用过晚膳，骆沉青被净空临时安排在了一间禅房内休息，他盘膝打坐，将头脑放空。他就是有这样的本事，无论外面是多么纷杂，情绪多么波澜起伏，只要进入了这个精神境界，外界所有的一切都不再会干扰到他，他现在一心只想好好恢复体力和精力，应对晚上将要发生的事情。

随着暮色的笼罩，大慈恩寺没有了白天的喧嚣，香客们也陆续散去，寺庙内只回荡着僧人们做晚课的声音。骆沉青蓦地睁开眼睛，将体内的气机进行了一番梳理后，他感觉疲惫尽消，丹田中一股热气涌出，温暖着四肢百骸。他从禅床上跃下，活动了一下筋骨，力量又回到了他的体内。这就是《天机术》的功效之一，不仅能大幅提高人体的潜能，而且运用这种秘术，可以快速恢复体力，并且治愈一些不致命的创伤，这也是他这些天屡遭暗算但是能迅速恢复的原因。

他检查了一下全身，带好了应用之物，走出了禅房，来到了净空大师的房前，净空的声音从房内传出："骆施主，你已经准备好了？那咱们就出发吧。"

"有劳大师了，这么晚了还要随我奔忙。"骆沉青很是客气。

"阿弥陀佛，无妨，为了京城百姓，天下苍生，贫僧也只能尽一些绵薄之力。"净空的声音十分平静。

"那我们就出发吧，大师请。"骆沉青看见净空也是换了一身并不宽大的僧衣，迈着沉稳的步伐走了出来。

"骆施主请。"

随后两人肩并肩地向庙外走去。因为已经是宵禁时分，街上格外冷清，寻常百姓都已经关门闭户，只能在坊内活动，路上只有一些有特别通行令的人脚步匆匆。因为骆沉青是大理寺少卿，几个衙门口的经常打交道，所以巡查的士卒们几乎都认得他，见他身边还有大慈恩寺的方丈，都纷纷施礼，相熟的头目还热情地打着招呼，两人纷纷微笑回应。

时间不长，两人就来到了怀贞坊林府，远远就望见街角处一个熟悉的身影，见二人走来，他快速起身迎了过来，边走边说："老骆你可真是有时间观念啊，说亥时就是亥时，早一分你都不来，我还寻思再等你一刻钟不见，我就自己杀进去了呢，咦……这不是大慈恩寺的净空方丈吗，您怎么也来了？"裴少卿有些诧异。

"净空大师是我的朋友，他听说咱们要来林府，怕咱们再受阻挠，所以特意过来帮忙，你快见过大师。大师，这是我们大理寺的捕头裴少卿裴捕头。"骆沉青介绍。

"哎呀，能劳动净空大师亲自出面，老骆你的面子可是不小啊！"裴少卿又在打趣，然后他紧接着说道，"晚辈裴少卿见过净空大师。"

净空微微颔首，朗声说道："阿弥陀佛，贫僧久闻裴捕头的大名，一直无缘得见，今日一见果然是一表人才，气质不凡啊。"

裴少卿被夸得有些不好意思，伸手挠了挠头，笑着说道："晚辈可没什么本事，全靠老骆相助，混口饭吃而已，大师过誉了。"

"好了，不说闲话了，咱们过去吧。"骆沉青提醒道。

于是三人朝向林府走去，净空大师当先走上前去，叩响门环，过了一阵府门打开，仍旧是白天的那个老者，他开门后愣了一下，没想到是一个老和尚站在门前，他仔细端详了一下，然后"哎呀"一声，说道："这不是净空方丈吗，你老人家怎么来了？"

净空双手合十："阿弥陀佛，贫僧听闻府上出了逆事，特来看望林老爷，看看需要不需要我为府上办一场法事超度亡魂。"

"唉，原来大师也知晓了家里的事啊，请您稍候，我去回禀我家老爷。"说完他匆忙转身直奔后堂。

"还是咱们净空大师有面子，白天我们来，看那老头耷拉着一张脸不情愿的样子。"裴少卿语气中带着不满，他还在为白天的事生气。

第六十六章　不甘

"阿弥陀佛，裴施主还是要修身养性啊，人家家里出了这样的事，主人心情必然不好，闭门谢客也情有可原。"净空开导他。

"大师说的是，以后我是该磨炼磨炼自己的性子了。"裴少卿说。

一旁的骆沉青险些笑出声，他太了解这个同僚了，天生就是这样的脾气秉性，他要是能转性恐怕早就高升了，何至于还是区区一个捕头，看来这辈子也没有指望了。

没过多久，老者回来，满脸堆笑，众人本以为这次可以顺利进入林府，没想到老者却说："我家老爷说了，天色已晚，他身体不适，已经躺下歇息了，有劳大师记挂，目前府上并未打算做法事，大师您还是请回吧，改日老爷会亲自去庙里赔罪。"

净空也是一愣，他没想到林锦明会这样不给面子，甚至连见一面都不通融，脸上顿时有些泛红，显然是觉得面子上挂不住，但他还是耐着性子问道："林员外哪怕见一面也不肯吗？"

"对不住，老爷吩咐，任何人都不见，望大师海涵。"老者还是一副笑呵呵的样子。

裴少卿在一旁早就怒气上涌，刚想发作，发觉脚面被人狠狠踩了一脚，他转头看去，骆沉青冲他微微摇了摇头，想到刚才净空的话，他也强压自己的怒火，没有作声。

净空又与老者沟通了几句，最后摇了摇头，叹息一声："好吧，也不为难你了，贫僧告辞了。"

"大师走好。"说罢，老者将府门紧闭，再也没了动静。

三人转身走向十字街，裴少卿见事情无望，有些不忿，出言说道："这个老东西，真不识相，净空大师都来到府门前了，居然一点面子也不给。"然后话锋一转，"看来净空大师的面子也不怎么值钱嘛，区区商贾就能如此对待，我看这大慈恩寺也要没落喽。"

他是说者无心听者有意，净空的脸色微微一变，显然是对这句话感到不满。

骆沉青见状赶忙出言打圆场，他说道："老裴，有你这么说话的吗？净空大师是把咱们当作朋友，所以才答应帮咱们试试，人家帮咱们是人情，不帮也是本分，你这张破嘴能不能管住。"

裴少卿此时也感觉到自己说错话了，赶紧赔上笑脸，冲着净空说道："哎呀，您瞧我这张破嘴，我不是针对大师您的，只是觉得这林家也太过傲气了，非得找个机会收拾他们一番。大师您别见怪，我给您赔不是了。"

"阿弥陀佛，裴施主不必如此，贫僧没有帮到你们，实在是惭愧。"

"大师何出此言，您能来帮我们已经感激不尽了，谋事在人，成事在天，林锦明不给面子我们就另想办法。"骆沉青很是诚恳。

"那你们接下来想要怎么做？"净空问道。

"只好用一些偷偷摸摸的手段了。"裴少卿笑道。

"那你们一定要小心谨慎，我和林员外打过交道，他身边时常会有一些亲随，据贫僧的观察，这些人应该都有些身手，恐怕不是那么容易应付的。"净空提醒道。

"没关系，在这长安城里我们是官，他们是民，真出了问题我不相信他们敢向官差动手，更何况老骆手中还有御赐的查案金牌，我想没有人敢造次。"裴少卿不以为然。

"那你可是想错了，马六和刘能不是官差吗？那些莫名其妙身死的官员哪个不是官印在身，这不都遭了不测，可见他们根本不会把官员的身份当回事。在他们眼中只有任务，所以你我确实得多加小心。"骆沉青明白这其中的利害。

裴少卿眼珠子转了转，说道："这么说好像也在理啊，那咱们是得小心谨慎了，我可不想莫名其妙丢了性命。"

骆沉青又对净空说道："今天有劳大师了，后面的事就让我们兄弟二人去做吧，今日之事感激不尽。"

"阿弥陀佛，惭愧惭愧，那贫僧就不妨碍两位施主做事了，以后有事可以上大慈恩寺来找我，告辞。"说罢转身飘然而去。

等他走远，裴少卿凑近说道："下一步咱们怎么做？"

"等。"骆沉青很是干脆。

"等？等什么？"

"时间，现在府中的人都还没有睡下，咱们无法潜入，等夜色更浓吧。但是咱们现在也不能闲着，你在这里盯着，看看有没有进出的可疑人物。我去后院的偏门，咱们子时在这里会合。"骆沉青还不忘提醒裴少卿，"一定要多加注意，保证安全。"

"放心吧。"裴少卿答应。

骆沉青点了点头，转身隐入巷子的黑暗中。

林府的院子确实很大，他走了半天才来到后门，这里是林府厨房和杂物搬运使用的偏门，出入的都是一些府上的家仆和下人，因此并不引人注意，此时后门也是紧紧关闭，悄无声息。

骆沉青纵身一跃，跳上了对面的屋顶，将身形隐蔽在房檐的黑暗之中，暗自提升五感，默默注视着林府内的动静。果然，没过多久，远远地从街道的黑暗之处走来了几个身影，骆沉青借助超人的视觉仔细分辨了一下，一共是四个人。虽然夜色深沉，不太能分辨几人的五官相貌，但是为首的一人他总觉得似乎有些熟悉，一时间却也想不起来。

只见这几人行色匆匆，并没有在街上多做逗留，他们直奔林府的后门而去，在叩响了府门不多久，后门随即打开，里面的人探头看了看他们，没有多说什么就将他们让进了府内。这一切都被骆沉青看在眼中，眼看几人进府后穿过一条廊道就要消失在视野内，骆沉青知道此时是一个千载难逢的机会，一旦错过，很多事情就将被掩盖，但是，裴少卿怎么办？他还在正门那里，眼下的情况通知他明显来不及了，于是经过瞬间的判断，骆沉青决定孤身犯险，跟踪这几人在林府内的情况。

想到这里，骆沉青气运丹田，从屋脊上纵身而下，轻飘飘地落在街市中，没有发出任何声响。他双脚沾地的一瞬间，天机秘术的要诀再次浮现心头，于是他又是一个起落，再看时，他已经站在了林府的墙头。他探头向府内四下张望，这里面是林府的后花园，夜已深，此时院子里也是悄无声息，看来仆人们也都沉沉睡去。

他提升五感，感应了一下周遭，除了前面几人越来越远的脚步声，周围再没有其他动静，他才从墙头跃下，将自己的身影隐藏于黑暗之中，一边提高警惕一边追寻着脚步声，弓着身体向前摸索着。

不一会儿，远远地看到那几人进入了一座楼台，略显昏暗的烛光将几人的脸庞映照得朦朦胧胧。如果是常人，在十几丈的距离外想要在这么昏暗的光线下看清对方的脸是绝无可能的，但是有习练天机秘术的骆沉青却能看得清楚，他突然间身形一晃，一种不可思议的感觉涌上心头：居然是他！为首的正是东突厥的头领，哥舒。

骆沉青心中大疑，此时他不是应该正在金吾卫的牢房之中吗，怎么会出现在这里？他居然和林锦明沆瀣一气？

与哥舒的不期而遇让他感觉到这其中必有隐情，看来今夜的查访没有走空，他必须想办法搞清楚事情的真相。于是他开始收敛全身的气机，将气息降到最低，甚至连一只猫身上散发的气机都要比他重，这样让他可以更好地隐藏自己。

房间门口迎出来一位头发斑白的老者，穿着雍容华贵，仪态不凡，这应该就是林锦明了。眼见着几人进入了房间，骆沉青也赶紧疾步跟上，借助天机术的力量，又跃上了楼台的屋顶。他匍匐在屋顶上，感应了一下周围的气息，并没有发现异常，于是慢慢地掀开其中一片房瓦，向内看去。

屋子里的烛光明亮了许多，可以看得出这里应该就是林锦明平日里读书和办公的地方，屋内的摆设十分考究，古董字画也是应有尽有，不愧是长安城有名的商贾，着实气派。

骆沉青很快就收摄心神，将所有的注意力都集中在几人身上。虽然这楼台有些高，但是对他来说都不是问题，他超乎常人的听力可以将所有人的谈话听得一清二楚。

只见林锦明十分客气地说道："哥舒大人，没想到您深夜造访寒舍，慢待了。"

哥舒从鼻子中发出一声轻哼，用蹩脚的汉话说道："白天让老子配合演的这出戏，可真是坑死老子了，金吾卫里都是什么破饭，连肉都没有，呸！"说完还吐了一口。

林锦明也没有反驳，只是问道："那事情进展得还顺利吗？"

哥舒又说："别提了，今天本来可以将哈卡斯那个蠢货一举拿下，没想到有人横插一道，坏了爷的好事，对了，那个小子叫什么来着？"

旁边的手下赶忙说："叫骆沉青，还有个上官……上官……婉儿的。"

"对，就是他俩，想想我就来气，等完成了主人吩咐的事，老子非要找他们报仇不可！"哥舒想起这事，还是有些愤愤。

"你招惹了他们？"林锦明的脸色一变，"这个骆沉青是大理寺的少卿，上官婉儿是天后身边的女官大红人，都是不好惹的主啊。"

"我管他什么大理寺呢，我哥舒有仇必报。"哥舒说完又啐了一口，"行了行了，我说林宿主，别光说我了，最近你办事不力，主人可是很不高兴呢！"

听到这句话，林锦明的身躯明显一震。

第六十七章　收获

屋顶上的骆沉青听到哥舒的话，心中也是一惊：宿主，宿主，听起来怎么这么耳熟？他又仔细想了想，终于回想起来，他和凡尘还有净空当时谈及长安一百零八坊的前世今生，宿主就是当时所遗留下来的。没想到林锦明居然是这等身份，看来要开启所有的秘密，这林锦明无疑是一把关键的钥匙，他继续仔细倾听。

"主人传话与我，要你今后做事的时候手脚干净一些，不要给人留下把柄，否则后果你自己可以想到。主人能给你泼天的富贵，也能拿走你的一切，包括你的小命！"哥舒说这话的时候脸色有些狰狞。

"扑通"一声，林锦明跪在了哥舒面前，他脸上露出恐惧的神情，口中不住说道："哥舒大人，请转达给主人，我林锦明从来都是忠心耿耿，绝不敢忤逆主人的意思，今后我一定尽心竭力完成任务，请他老人家放心。"

"好了好了，起来吧，后面的事你自己看着办，这屁股怎么擦干净，你心里有数，别再办砸了！"哥舒把目光偏向一旁，似乎不想与他对视。

"一定，一定。谢谢哥舒大人。"林锦明一边擦汗，一边站起身。

"你们先都退下吧，我与林宿主有要事相商，好好在外面守着。"哥舒撇了撇嘴，示意下属都先出去。

几个下属都应了一声，转身退出房间。

"好了，该谈正事了，主人有新的任务吩咐。"哥舒说道。

林锦明表情严肃说："大人稍等。"

随后他来到了案几后，伸手转动了几下，只听得屏风后的墙壁隐隐发出声响，随即一道暗门缓缓出现在眼前。林锦明伸出手示意道："保险起见，请哥舒大人里面谈。”

哥舒似乎很满意，说：“行，看来你是吃亏长教训了，这样好，稳妥。”

两人的身影没入暗室后，墙壁又缓缓合上，从外面看不出一丝一毫的痕迹。

骆沉青心道不好，这间暗室将自己所有的希望都阻隔了起来，就算是他天机秘术再精湛，也不可能隔墙探听到里面的情况。与真相失之交臂，实在是太过可惜，眼下只有静静等待，不能打草惊蛇，寄希望于二人出来后还能得到一些有用的信息。

正在心中盘算着，突然远处传来一阵喧嚣之声，隐约间骆沉青觉得声音十分耳熟。他立刻意识到：坏了！只见楼台周围的黑衣人迅速向前跑去，身法速度都非常之灵动，很快就隐没在黑暗中。

当下也不能考虑更多了，骆沉青爆发气机，也向声音传出的地点跃去。离着还有几十丈，隐约就能听见打斗和兵器撞击的声响，一个身影被十余人团团围住，他在勉力支撑，骆沉青一眼就认出了被围困在中央的人正是裴少卿。

来不及多思考，他立刻加入了战局，并朗声说道：“全都停手！我们是大理寺的公差，前来办案，无关人等立刻放下兵器！”

见到骆沉青出现，本来苦苦支撑的裴少卿可算是见到了救星，立马精神一振，他大声说：“老骆你可来了，这帮家伙凶得很，你再晚来一刻钟就该去城外给我上坟了！妈呀，可累死我了！”

骆沉青心说：都什么时候了，你还有心情开玩笑，要不是你突然惹这么一出，我很可能探查出新的线索了。

但是事已至此，毕竟这么多年的交情他也不好埋怨裴少卿，只希望两人能并肩渡过这道难关。

此时的裴少卿腰杆也硬了许多，没人比他更了解骆沉青的身手了，两人一起在大理寺破获了许多案件，相互配合默契，更是彼此信赖。

骆沉青此时还是不想将事态扩大，避免打草惊蛇，于是说："各位，我们二人来此办案，无意中惊扰了大家，可能这是个误会，大家不如开诚布公谈谈，化解了这个误会，如何？"

一个看上去像家丁首领的壮汉手持钢刀，首先说话："误会？这大半夜宵禁时分，你们跑到我林府来查案？可笑可笑，我们如何相信你们不是歹人？你们又没有穿着差服。而且这小子擅闯民宅，我们也必须将其拿下！"

骆沉青从怀中掏出令牌，向上一举，说："诸位请看，这是御赐的办案令牌，如果我们不是公差，这宵禁时分怎么还会在街市上逗留。"

家丁首领似乎没有想到他们真的拿出了令牌，神色一变，口气也明显软了三分："哦，原来真的是公差大人啊，我们是林府的护院，府中最近多事，老爷吩咐我们提高警惕，大人们这个时分私闯民宅，打伤我们的人，似乎不妥吧？"

"怎么回事？"骆沉青看了看身边的裴少卿。

"这……"裴少卿有些犹豫，"我这不是看你在约定的时间里没有来和我会合嘛，我就有些等不及了，怕你出事，我就敲开了林府的府门，想要进去寻你，没想到这帮奴才死活不让我进，我是好话说尽嘴皮子都快磨破了也没用，恰好这次出来我又没带着腰牌，然后几句话没说好，就打了起来。"

骆沉青瞪了他一眼，然后又转过头来拱手道："诸位，看来这确实是个误会，此人也是我大理寺中人，刚才如有冒犯，还望见谅。此事不如就这样吧。改日我们会登门向林员外赔礼，意下如何？"

众家丁脸上都露出了犹豫的表情，他们也知道惹上官府的麻烦也很头疼，虽然自己老爷手眼通天，但万万不会给自己出头的，为首的家丁又说："我们可以不追究，但是我们受伤的这两位兄弟怎么办？"说完他指向身后，骆沉青瞧去，有两位家丁护院打扮的人在同伴的搀扶下走上前来。一眼望去，这两人都是鼻青脸肿，脸上的血迹被涂抹得花里胡哨，犹如唱戏的脸谱一般。

骆沉青心中好笑，也知道裴少卿下手没轻没重，他问道："诸位的意思呢？"

"白打了，谁让你们惹上爷爷我呢！"裴少卿不服不忿。

瞬间，家丁们的眼神又变得犀利起来，自己的同伴被打了，打人者又如此嚣张，都是习武的血性汉子，他们不能忍！

眼见本来缓和的局面又要被搅黄，骆沉青赶紧出言说道："这样吧，虽然今天是个误会，但我们也确实伤到了你们的人，今日我出来匆忙，身边也没带什么值钱的物件，明日你们派人去大理寺报上我骆沉青的名字，去账房每人支五两银子，算是给这两位兄弟的医药费，如何？"

众人听他这么说，眼神也柔和了许多，家丁首领说："如此，就谢过骆大人了，兄弟们，关上门我们走！告辞。"

众家丁听他说话，转身搀扶着受伤的兄弟进入林府，将大门紧闭。

"阻挠公差办案，最后还要咱们赔钱，这叫什么事儿啊！"裴少卿嘴里还在念叨。

"好了，今天咱们出来是什么目的你都忘了吗？你光图自己一时痛快，很可能后面的线索就全断了。"骆沉青也没好气。

"那我这不是看你没有来找我，怕你遭遇不测，所以有些着急吗！"裴少卿一脸委屈。

"行，知道你是为了我好，不过今晚这么一闹恐怕再也查不出什么了，咱们先回去吧，后面如何展开调查商议后再说。"骆沉青说道。

"好吧。"裴少卿也无可奈何。

二人准备离去，但他们没有发现，府门旁边的阴影处有几双冰冷的眼睛正在注视着他们。

夜已深，骆沉青和裴少卿向前走着，空荡的街道只有他俩行走的脚步声，两人各自想着心事，爱唠叨的裴少卿也有些沉默。突然，骆沉青的身体猛然一震，似乎身体给他发出了预警，他不自觉地停下了脚步。看到他这样，裴少卿觉得有些奇怪，问道："怎么了？"

"这里的情况似乎有些不对劲。"骆沉青继续向四周观望。

"确实好像有些不对劲。"裴少卿也警觉了起来，干了这么多年捕快，他对危机也是再熟悉不过了。他紧紧握住了佩刀的刀柄，以应对随时可能发生的事情。

"咱们这是到哪儿了？"骆沉青问。

"看样子应该是兴化坊附近。"

"这里是皇亲国戚和高官显贵们的宅邸，平时走动的百姓就不多，这大半夜的更是人迹罕至。"骆沉青说。

裴少卿点了点头，正要开口，突然一阵劲风扑面袭来，几支弩箭裹挟着杀气破空而至。他大喝一声："小心，有暗器！"随后钢刀出鞘，在胸前划出了几道漂亮的弧线，只听得"叮，叮，叮"几声，暗器都被他用钢刀一一击落。一旁的骆沉青也施展天机秘术，闪转腾挪，躲开了暗器的袭击。

两人迅速靠拢，将后背紧紧贴在一起，环顾弩箭袭来的方向，身体也拉开架势，准备迎击。

第六十八章　伏击

四周似乎又恢复了寂静，两人观察了一会儿，并没有发现袭击者，刚才的一切仿佛并没有发生，只留两人在长街上严阵以待。

"看到什么了？"裴少卿问。

"没有，这里过于空旷和阴暗，我没有发现他们的藏身之处。"骆沉青调动体内的天机秘术，努力张望着，但是什么都没发现，他已经意识到，这些人的身手要比原先遇到的不良人强悍许多，"提高警惕，这次咱们可能碰上硬茬子了。"

"知道了！现在怎么办？"

"向东，那里应该有靖安司的巡逻岗哨，应该是安全的。"

两人默契地背靠背缓慢向东移动着，他们不想给对方任何可乘之机，现在比的就是耐性和运气。

过了一会儿，藏在暗处的敌人显然是沉不住气了，几声箭矢的破空之声再次袭来，因为已经有了准备，两人轻松化解了这次袭击。"小心，他们来了！"骆沉青说道。

他的话音刚落，几道黑影势不可挡地向他们撞击过来。

瞬息间，只听得"铛铛铛"的金属撞击声，裴少卿挥刀已经和他们过了几招，就在这几招之间，裴少卿就意识到对方的身手远在自己之上。他们出招迅速而果断，只要一出手就是毫不留情的杀招。更让他意外的是，对方的兵刃是他从来没有见过的。他们的兵刃样子很奇怪，有着怪异的弧度，类似于鸳鸯双钺，但是刀刃处有倒钩，并且更长，不仅可以近战，对上长兵器时也不吃亏。

骆沉青也在应付着另外几个黑影的攻击，这些人他已经很熟悉了，他们用的也是上次袭击他的手法和阵型，分工明确，队形严整，果然是他们！而且可以明显感觉到，这一批人比上次的实力要强很多，自己应对起来也颇感吃力。

"老裴，你要小心，这些人点子很硬！"骆沉青有些担心。

"……"很难得，裴少卿没有说话，因为他现在已经顾不上说话了，他左支右绌，很是狼狈。

看到这样的情景，骆沉青是急在心里。他几次想要靠近裴少卿，都被黑衣人联手封了回来，今天由于有裴少卿一起，所以他并没有把所有的机关带在身上，确实有些大意。

"啊……"此时裴少卿大叫了一声，脚步随即有些踉跄。

骆沉青偷眼看去，裴少卿的左臂似乎被兵器砍中，他的脸色霎时变得很难看。

"老裴！"骆沉青万分焦急。

黑衣人们一见这边得手，马上只留下两人继续围攻裴少卿，另外两人直奔骆沉青这边增援。

"你不用管我，老子还撑得住！他们往你那边去了。"裴少卿奋起精神，将手中的钢刀舞得上下翻飞，一时间没了人数优势的两个黑衣人也无可奈何。毕竟裴少卿当了这么多年的捕头，有着深厚的功底，不然他早就去孟婆那里报到了。

骆沉青见状，迅速锁定了一个黑衣人，他看起来在众人中武功最弱，配合起来也没有其他人熟练，所以这是最佳的突破口。骆沉青在闪躲其他人的攻击的同时，拼命欺身到那人的身前，瞅准时机大喝一声，随后双拳击出，直捣对方的胸口处。只听那人一声闷哼，随后像断线的风筝一般飞跌出去，但是骆沉青的拳头也感觉一阵生疼，原来他们身上都穿有护身软甲！

只见那人在地上挣扎了几下，想要爬起来，但是努力了几次都没有成功，虽然有软甲护身，但是骆沉青用天机秘术的这一击还是给了他很大重创，他已经丧失战斗力了。

其余的黑衣人一看，脚步和攻击都是一滞，他们也没想到碰到的对手手头居然这么硬，就是这么稍一迟缓，给了骆沉青可乘之机，他又对准一个黑衣人的面门，一拳横扫过去，这拳劲似乎笼罩了黑衣人的全身，黑衣人不敢硬接这一拳，只好向后撤步，尽快避过拳风，但这样的躲避使得团队阵型露出了破绽，骆沉青这一拳的目的本就不是击伤对手，为的就是搅乱他们的配合，他的目的达到了。

骆沉青瞅准机会，发动天机秘术，将自己从人缝中弹射出去，一阵风一样掠向裴少卿。黑衣人们发现了他的企图，几柄刀同时向他斩去，此时却已经无法将骆沉青如何。骆沉青干脆将双臂举起，硬撼刀锋，只听得"铛铛铛"几声过后，他毫发无损地冲出了包围，落在了裴少卿身边。

还好出来的时候把双臂的机关佩戴上了，好险好险！骆沉青心中暗叹。

来到裴少卿身边，帮他抵挡住其中一个黑衣人，眼见其余的黑衣人又包抄过来，骆沉青大声说道："老裴，跑！"

裴少卿当然也不傻，听闻此言后，虚晃几刀转身便跑，他知道骆沉青的功夫远超自己，自己必须先脱离战场，不是骆沉青丢下同伴，是自己只会成为骆沉青的累赘，所以最好的方式就是保住自己。

骆沉青看到裴少卿脱离战斗，一路向东狂奔，心下稍定，他确实因为担心他的安危，所以不能集中精神应对，这让他的施展大打折扣，现在他可以全心全意应对眼前的局面了。两名黑衣人见到手的肥肉要丢，也急忙想要去拦阻，骆沉青将身体横在他们面前，淡淡说："此路不通！"

黑衣人显然被激怒了，他们奋力地挥舞起了兵刃，狂风暴雨般急攻而上。骆沉青毫无惧色，迎头而上，双方又战在一处，十几个回合下来未分胜负。骆沉青打着打着心中一动，他想起了今天出来的时候镖囊里携带了暗器，此时不用更待何时？

墨家的机关暗器可以说曾经独步江湖，这些暗器构造精巧，并不是完全凭借人力投掷，而是依靠机械的手段，这样的暗器又准又快，被击中的人也是非死即伤，因为这暗器太过凶狠，所以骆沉青一般不使用，今天到了生死关头，他也要破例了。

打着打着，骆沉青趁机腾出了左手，摸向镖囊，熟悉的手感让他的触觉被激发，他瞬间摸出暗器，目光锁定一名黑衣人，在躲过了他的攻击之后，侧身将暗器——瞬飞轮朝着他的面门打了出去！

瞬飞轮轻巧便捷，能够拿来防御、攻击，还能够当作暗器扔出去，速度极快，很难发现瞬飞轮的飞行轨迹，让人防不胜防，并且内藏机关，和四叶草相仿，能够一分为四，能够飞回自己的手上，是一种强大的暗器。

黑衣人显然没有想到他能使用暗器，一时间有些不知所措，当他反应过来想要侧身躲避时已经来不及了，只听得闷哼一声，黑衣人身体像断了线的风筝一般向后跌倒，躺在地上没了声息。

其他的黑衣人也是一呆，进攻又一次迟缓下来，骆沉青见一击得手，也不给他们喘息的机会，又是两支瞬飞轮激射而出，分别攻向最近的两名黑衣人。

两人明显是有了提防，垫步拧腰侧身闪过，躲过了致命一击，当他们想要继续缠住骆沉青时，没料到瞬飞轮在他们身后的天空中划出一道优美的弧线，向他们的后脑袭来。"小心！"外围的黑衣人看出了危险，对同伴出言提醒。

两人也感觉到了脑后的破空声，准备低头躬身躲避，但是瞬飞轮的速度实在是太快，没等他俩躲开就嵌入了两人的后脑，刹那间，两人的身体就像一摊烂泥一样倒了下去。其他黑衣人一看又有两名同伴被重创，双眼都泛起了血红，准备拼命！

骆沉青还想故技重施，将手探入镖囊，却抓了一个空。他出来的时候只携带了三支瞬飞轮，眼下已经用尽，他心中大叫不好。

其余的黑衣人重新变换队形，形成了扇形，慢慢逼了上来。骆沉青知道这次也许无法幸免了，也提升自己的气机，准备搏命了。

就在这千钧一发的时候，只听得东边传来一声大喝："老骆，别怕，我搬救兵来了！"

这声音再熟悉不过了，是裴少卿。

众人都转过头去，只见裴少卿一手提刀，一手捂住左臂的伤口，一瘸一拐地朝这边走来，身后还跟着一个高大魁梧的人。仔细看去，一颗锃亮的光头在黑夜里是那么的醒目。

"阿弥陀佛，放下屠刀，立地成佛！"那个人一开口，中气十足。

"大师！"骆沉青立刻辨认出了，这分明就是净空大师的声音。

"骆施主不必惊慌，贫僧到了。"

黑衣人们看他们又来了帮手，有些进退维谷。因为如果继续进攻，对方的实力让他们在短时间内很难解决，如果撤走又相当于任务失败，回去后肯定难逃责罚，于是他们有了片刻的犹豫。

就在他们犹豫的同时，净空大师已经快步来到了骆沉青的身边，将身躯挡在了他前面。只见他双手合十，双目闪烁精光，声音浑厚有力："我劝诸位还是早早停手，出家人慈悲为怀，放你们一条生路。"

黑衣人相互对视一眼，都看到了对方眼中的犹豫，但一个像是首领的黑衣人嘿嘿一笑："哪里来的和尚，好大的口气，看你是出家人，劝你少管闲事，我们不与你为难。"

"善哉善哉，骆施主是我的朋友，朋友有难，贫僧岂可袖手旁观。"净空的语气也是十分坚决。

"天堂有路你不走，地狱无门自来投！兄弟们给我上，连同这和尚一起做掉！"黑衣人首领发出指令。

得到命令后，黑衣人们不再犹豫，立刻重新变换队形，慢慢逼近三人。

　　此时裴少卿心中十分忐忑，他是真的怕了这些心狠手辣武功高强的家伙。虽然有净空大师的助阵，但心头不免还是有些惶恐，见他们又一次逼上来，双眼凝视着他们，手中的刀柄被他攥得更紧了。

　　骆沉青倒是松了一口气，他知道净空的武功远在自己之上，有了他的相助，今天应该是安全了。但他也知道黑衣人的实力不容小觑，于是出言提醒道："大师，这些人善使暗器，且兵刃古怪，您可要小心。"

　　"阿弥陀佛，多谢施主提醒。"净空一边说着，一边摆开了架势迎敌。多年修行的禅意让他有着无比的耐心，敌不动我不动，直到消耗完对方的锐气。

　　果然，对方首先沉不住气了，他们展开队形，分批次相互配合着欺身而上。净空一开始凝立不动，直到对方来到身前丈许处，突然眼中精光暴射，口中一声："来得好！"右掌瞬间劈出，直奔当先的黑衣人的面门。黑衣人见来势凶猛，急忙挥舞手中的怪异兵器向上横扫，没想到净空的右掌在即将接触到刀锋的时候，突然变化招数，紧贴着刀锋向下滑去。黑衣人兵刃扑空，大感错愕，无奈招式已尽。他心知不妙，脚尖点地想要疾退，但此时已经来不及了，净空的右掌已经按在了他的胸口，只听得一声："破！"黑衣人口中鲜血狂喷，向后飞跌出去。

　　另一名夹攻的黑衣人此时兵刃已至，刀锋直指净空大师的脖颈。只见净空不慌不忙低头避过刀锋，抬起左腿向前猛蹬，这看似平凡无奇的一腿蕴含着他数十年的功力，尽管招式并不出奇，但黑衣人就是闪躲不过，腿到之时这名黑衣人也应声飞出。

　　瞬息间，两名黑衣人就这样被打翻在地。其余人眼中都露出了惊惧之色，纷纷停止进攻看向首领。首领盯着净空，净空的本事显然也出乎了他的意料，他迅速在心里评估了对方的实力，知道他们不可能是这个老和尚的对手。

第六十九章　援助

　　净空打倒两名黑衣人后，也没有急于进攻，仍然如一尊罗汉一样矗立当场，但身上散发出来的气息威压全场，给人一种神圣不可侵犯的傲气，双方就这样僵持着。

　　骆沉青在心中暗叹：这世间真的是天外有天，人外有人，本以为自己的修行已经算得上是出类拔萃了，没想到净空大师才是真正的世外高人，就算他完全施展天机秘术也完全不是对手，看来今后还是要努力修行，不可小觑了天下英雄啊！

　　裴少卿此时已经乐开了花，他远远地冲黑衣人们叫道："龟孙子们，这下遇到高人了吧？有本事别做缩头乌龟啊，刚才你们不是挺横的吗？"

　　黑衣人们戴着面罩，但也明显可以看到他们的面庞都微微颤抖，显然是被嘲讽后心有不甘，但眼前这个对手实力过于强大，他们也无可奈何。

　　就在双方继续对峙的时候，远处街市上传来了一片嘈杂的脚步声，隐约可以听到有呼喊声："快快，跟上跟上，前面好像出事了，都给我精神点！"

　　黑衣人们又是一怔，他们知道这边的打斗已经引起了注意，此地不可久留，迅速脱离战斗才是上上之选。于是为首的黑衣人抖手掷出几枚暗器，分别攻向三人，口中喊道："点子太硬，风紧扯呼！"

　　骆沉青他们早有防范，将暗器一一打落，转眼再看，黑衣人们纷纷从怀中掏出一物，投掷在地上，随着"轰隆"几声，地面上火光四起，烟雾弥漫，骆沉青等人急忙捂住口鼻以防不测。等到浓重的烟雾散去，他们抬眼观瞧，所有的黑衣人包括被击倒的，都已经消失得无影无踪，似乎从来就没有出现过一般。

骆沉青四下张望了一下，感觉这些黑衣人的气息确实已经消失，随即走上前去，将打出的三支瞬飞轮捡起，收回镖囊，然后转身看向净空。

裴少卿此时抢起钢刀拉开架势，快步走上前来说道："大师，咱们快去追啊，别让这帮兔崽子跑了！"

净空见他又恢复了神气，想到他刚才狼狈的样子，心中好笑但是也不能说出来，于是说："两位施主不必追了，他们逃遁的身法在贫僧之上，贫僧恐怕无能为力，不过你二人平安无事，贫僧也就放心了，阿弥陀佛。"

裴少卿听闻眼中闪过失望，嘴里犹自吐槽："就这么放过了他们，老子不甘心啊，今天白白挨了一刀，这个梁子算是结下了，看我以后怎么收拾他们！"

骆沉青此时也走了过来，拍了拍他的肩膀打趣道："你不甘心就去追啊，打不打得过他们？"

"我不去，我打不过他们！"裴少卿嘴上很硬，但内心很诚实。

骆沉青又看了看他的伤势，还好，虽然看上去皮开肉绽有些吓人，好在没有伤到筋骨，将养些时日就能恢复了。净空也从怀中掏出了一个精致的小瓷瓶，打开后倒出了三粒药丸，递给裴少卿，说："这是我亲自配制的疗伤丹药，对外伤有奇效，裴施主速速服下，回去后再用金创药敷在伤口上，料想有个十天半月就能恢复了。"

裴少卿赶忙道谢："谢过大师赐药。"然后伸手接过，一扬脖子就吞了下去，果然感觉到胃中有清凉之意升腾，随即四肢百骸也尽感舒爽，伤口处的疼痛明显减轻。

"晚辈谢过大师相助，大师您怎么赶来了？"骆沉青躬身向净空施礼。

净空还礼道："阿弥陀佛，贫僧担心二位施主的安全，所以没有走远，一直在附近徘徊，没想到真的遇到了裴施主，看到他的伤势和听他讲述，才知道你们遭遇了埋伏，所以匆忙赶来，还好及时赶到，没有酿成大祸。"

裴少卿在一旁帮腔道："就是，我跑出去没多远就遇到了大师，他一听说毫不迟疑就赶了过来。这次多亏了大师，不然你我兄弟二人的小命就要交待了。"

"阿弥陀佛，救人一命胜造七级浮屠，两位施主不必如此，更何况骆施主本就是贫僧的朋友，朋友有难出手相助也是应该的。"净空很是真诚。

说话间，嘈杂的脚步声和呼喝声转眼就到了近前，骆沉青等人抬眼看去，这是一队巡夜的兵丁，看旗帜和服饰应该是靖安司的兵马。

众兵丁冲过来将三人团团围住，灯球火把把这一方天地照得亮如白昼，当先一个队官模样的人分开众人跨步而出。

"谁这么大胆，敢在宵禁时分在街市上寻衅滋事，你们眼中还有王法吗！"队官的语气十分严厉。

"放屁，你是哪根葱，敢用这样的语气跟我们讲话，仔细瞧瞧！"裴少卿本来就一肚子气，这下可找到了出气筒，打不过黑衣人他无可奈何，但是面对官兵他又恢复了意气风发。

队官听说他这样讲话，也是一愣，转身从身后的兵丁手中拿过火把，上前仔细观看："哟，这不是裴捕头吗，这位大人……哟，骆大人，失敬失敬，怎么是您二位啊！快把兵器都放下，失礼失礼。"他的语气明显软了七分，同在衙门口，大理寺的这两位大人靖安司也有很多人认识。

"您二位这大半夜的来这里做什么？"队官问道，他又看到了站在一旁的净空，两位大理寺公差和一位和尚站在一起，这样的组合出现在半夜空旷无人的街面上确实有些奇怪。

"我和骆大人一起出来能干什么啊，除了办案难道我们两个大男人大半夜逛街啊！"裴少卿有些不悦。

"小人不是这个意思，裴大人别误会。"队官听出了语气中的责怪。

"没什么，你别在意，裴大人受伤了，所以说话有些重。"骆沉青赶忙打圆场。

"啊，受伤了，要不要赶紧去请郎中？"队官很是关切，虽然不是一个衙门的，但与大理寺的捕头搞好关系总是没错的，谁知道以后有没有求到人家的时候。

"无妨，只不过你们这个区域的巡查也太懈怠了吧，我们深陷苦战这么久你们才发现，以后要加强巡逻戒备了，最近这长安城里可不怎么太平，出了事你们都担待不起！"裴少卿还是有些不满地说道。

"一定一定，让两位大人受惊了。大人们现在要去哪儿？小人派几个士卒护送大人们吧。"队官讨好地说。

"不必了，你们把我们送到管辖的边界处就行了，然后继续巡查，不可擅离职守。"骆沉青发话，"现在你们用火把帮我照亮前面，本官要查看一番。"

听闻此言，队官赶紧招呼几名士卒跟在骆沉青身后，走向刚才的事发地点。来到近前，骆沉青仔细观察了一下地面，在火把的照耀下可以看见，隐约有一些殷红的鲜血滴落在地面。骆沉青说："你招呼手下检查一下四周，把暗器和弩箭帮我收集起来。"

队官又赶紧让手下四处寻找，人多好办事，众人四下寻找了一番，搜集到了七支弩箭和六枚暗器，由队官检查后递了过来。

骆沉青将这些证据放好，然后说："走吧，我们这就离开，烦劳你们相送一程。"

队官的嘴角咧开一个微笑，忙说道："不麻烦不麻烦，这也是我们的职责所在。"

在火把的照耀下，众人开始出发。骆沉青和裴少卿都知道，经此一闹，有了净空大师的陪伴再有靖安司的巡逻队相送，那些黑衣人的计划应该是彻底失败了。他们今晚想必不会再前来进攻，二人心情也放松了不少。

又沿街走了一阵，队官拱手说道："几位大人，这就是小的们辖区的边界了，往前走就是朱雀门了，那边紧邻皇城，戒备森严岗哨众多，想必不会再有什么事了，请几位大人保重。"

骆沉青抬头看了看，果然那里的灯火要比这边明亮许多，于是也客气道："多谢众兄弟们了，今天这份情本官记下了，若日后有什么需要，可去大理寺衙门寻我，告辞。"

众兵丁齐声说："小的们恭送骆大人、裴大人。"

随后在队官的口令下，一齐转身继续巡逻而去。

空荡的街道上又只剩下了他们三人，他们相视一眼，都觉得刚才所发生的事情不可思议，眼神中都充满了疑问。

还是骆沉青先开口："老裴，你刚才打斗间发现什么了吗？"

裴少卿摇了摇头，说："光顾着保命了，没顾得上仔细观察，你指哪方面？"

"兵器，他们使用的兵器。"骆沉青提点道。

裴少卿一脸茫然，然后又沉吟片刻："兵器，确实是古怪的兵器，我也是第一次见，难道……你是说，他们所用的兵器就是杀害马六和刘能的兵器！"

"孺子可教也。"骆沉青说。

"啊，确实，他们兵器的样式，那奇怪的弧度，确实与马六脖子上的伤口相似。我一直以为是镰刀一样的凶器，你这么一说，这帮家伙的兵器确实有很大的嫌疑。"裴少卿恍然大悟。

"如果我判断的没错，基本可以断定他们与杀害马六和刘能的凶手是一伙儿的，这林锦明也肯定与这件事脱不了干系。虽然现在咱们已经打草惊蛇了，但是也不能说今晚一无所获，至少我们锁定了林府与不良人的关系。有了这个突破口，后面的事我们一定可以揪出更多的线索了。"骆沉青言之凿凿。

"那接下来咱们怎么办？"裴少卿问。

"回家睡觉，尤其是你，好好回去养伤，这几日就不要再出来抛头露面了，杜大人那里我会帮你请假，公事上你就别再操心了。别忘记过几天武林大会就要召开了，前面可能还有恶战等着咱们，你可不要大意。"骆沉青还是很关心自己这位老朋友的。

"好吧，我听你的。"裴少卿无可奈何。

"大师，您呢？"骆沉青问。

"自然是回大慈恩寺，贫僧有一个建议，不知骆施主愿意听否？"净空问。

骆沉青点点头："大师请讲。"

"今天晚上这件事后，这群歹人一定将骆施主当作心头大患，贫僧所料不错的话，他们会千方百计地想办法除掉你，你独自一人再留在府上恐怕很不安全，不知施主府上还有何人？"净空说。

"我府上没有家眷，就有一位相伴多年的仆人。"骆沉青回答道。

"如此甚好，贫僧建议骆施主与我一同回大慈恩寺居住，一旦有事也好相互有个照应，不知施主意下如何？"净空发出邀请。

骆沉青沉思了一下，他自己是不怕任何人的，甚至觉得不良人找上门来更好，这样他就有机会生擒活捉一人打探出一些线索，但是那位老仆与他相伴多年，老实本分勤勤恳恳，不忍心让他卷入是非，更不希望他平白无故丢掉性命，想到这里，他说道："大师说的有理，我先回到府上把仆人安顿一下，然后就去大慈恩寺寻您。"

净空点了点头："阿弥陀佛，如此甚好。"

"唉，我说，你们都凑到一起是安全了，那我呢？万一他们找我寻仇怎么办？"裴少卿有些慌。

"你不用担心，这件案子你接触不深，远不及我知道得多，他们只会把我当作首要目标，你暂时是安全的。以后如果在衙门找不到我，就来大慈恩寺。"骆沉青安慰道。

听罢，裴少卿点了点头，暂时答应下来。

商议好后面的联络方式，三人相互道别，各自回自己的住处。

骆沉青拖着一身疲惫回到家里时，老仆早已沉沉入睡，他也没有惊动，自己打水收拾了一下自己，卸下了身上的天机术机关，检查了房门和窗户，发现没有什么异样，于是脱下衣服，很快就沉沉睡去。

第七十章　名单

朦胧间，骆沉青似乎感觉到房门有微微的响动，他立刻睁开了眼，发现此时外面的朝阳透过窗纸照射了进来，已经天明了。他问道："谁啊？"

老仆的声音在门外响起："大人，是我啊，您起来了吗？"

"有什么事吗？"骆沉青问道。

"门外来了上次那个俊俏的大人，说要见你。"

俊俏的大人，骆沉青马上意识到应该是上官婉儿，她不是回宫找天后禀报了吗，怎么这一大早的又跑过来了？

骆沉青吩咐道："你先把她请到我的书房，好生看茶招待，我洗漱一番这就来。"

"好的，老爷。"

虽然劳累，但是此时骆沉青也睡意全无，上官婉儿一大早就赶来府上，肯定是有重要的事，随即他从床上一跃而起，简单梳洗了一番，整理了一下衣装，迈步走向书房。

书房内，上官婉儿显然是无心品茶，紧皱眉头焦急地等待着，见骆沉青来了，赶忙从椅子上站起，想要迎过去，骆沉青伸手向下指了指，出言道："上官大人，不急不急，坐下来慢慢说。"

上官婉儿脸色一变："你叫我什么？这里可不是衙门。"

骆沉青微微一愣，知道自己又说错话了，赶忙改口："婉……婉儿，请坐。"

上官婉儿转怒为喜，说道："这还差不多，你猜我为何这个时候来找你？"

骆沉青摇头表示自己不知道。

"我昨日去回禀天后，结果宫里的宦官说天后去城西的寺庙诵经祈福了，所以我没见到她老人家，宦官还说天后可能要去三五日，一时间不会回宫。"

"哦？天后一心向佛，众人皆知，这倒没什么可奇怪的。"骆沉青说。

"是，但是我却另有发现。"上官婉儿故作神秘。

看着骆沉青期待的眼神，上官婉儿很是满意，她用纤纤玉手端起面前的茶杯，轻啜了一口，然后缓缓放下，目光中似有流光闪动。她就是喜欢像骆沉青这样能静静倾听的男子，身上没有任何浮躁之气，做起事来也是异常专注。

"天后没在宫中，我便去查看了死亡人员的全部名单。"上官婉儿说。

"这些名单我也是看过的，除了一些人身有官职，并没有什么特殊之处，我没办法把他们的身份联系起来。"骆沉青实话实说。

"你当然不知道，你在大理寺接触的都是案件和凶犯，对朝堂之事知之甚少，所以并不奇怪。"上官婉儿继续卖关子，她并不是故意为难骆沉青，她只是喜欢多和他说些话罢了。

"那婉儿可否指点一二？"

"指点倒谈不上，我确实可以给你一些启示。"

"请婉儿不吝赐教。"

"好了，我就不卖关子了，实话与你说，我看到了死亡名单上的几人，他们曾经或多或少与武氏族人有过嫌隙，甚至有人与武后政见不合，甚至直接发生过冲突。"这句话犹如一声惊雷，将骆沉青震得有些不知所措。他不是没有想过这种可能，但这念头也只是一闪而过，作为帝国的最高统治者，用政治手段铲除异己时常发生，但是如此痛下杀手实属罕见，不顾忌自己的名节采取这么凶残的手段，难道说她完全不在乎吗？

"我知道你心里在想什么，但是事情可能未必是你所想的那样。"上官婉儿又说，"天后有的时候会不择手段，但是这么大的事她未必会去做。"

骆沉青收回了念头，静静听上官婉儿继续说。

"你了解天后吗？"上官婉儿又问。

骆沉青摇了摇头，虽然他为皇帝和天后办差，但对天后的身家底子却并不清楚。

"那我就简单与你说说吧，记住，这些话只能出我的嘴，入你的耳，不能有第三个人知晓，否则你我都会有杀身之祸。"上官婉儿表情严肃。

骆沉青又点了点头，聚精会神地等待着。

"天后本是李治父亲唐太宗李世民的嫔妃，贞观十一年十一月，唐太宗来到洛阳宫后，听说十四岁的天后'容止美'，遂召她入宫，封为五品才人，赐号'武媚'。天后进宫后并未得到先皇的宠爱，做了十二年的才人，地位始终没有得到提高。但在先皇病重期间，她老人家和太子李治也就是现在的皇帝陛下开始建立了感情。先皇驾崩后，天后依例与部分没有子女的嫔妃一起入长安感业寺为尼，但她与皇上一直藕断丝连。永徽元年皇上在为祭奠先皇周年忌日而入感业寺进香时，又与天后相遇。两人相认，并互诉离别后的思念之情。因无子而失宠的王皇后将这一切看在眼里，便主动向陛下请求将天后纳入宫中，企图以此打击她的情敌萧淑妃。永徽二年，陛下的孝服期已满，天后便再度入宫。入宫前，她已怀孕，入宫后便生下儿子李弘。永徽六年十月被册封为皇后。"上官婉儿介绍说，"你明白了吧，天后身边一直强敌环伺，步步惊心，所以她能在残酷的政治斗争中走到最后，必须有一些手腕，不然她的结局一定很凄惨。"

骆沉青有些动容，他入大理寺后一心办案，并没有关注过政治斗争，认为那些事都与自己无关，没想到武后的背景和身世如此复杂。

"那婉儿你怎么看最近发生的这些事？"骆沉青直截了当。

上官婉儿并没有马上回答，又端起茶轻啜一口，然后缓缓说道："我的直觉告诉我，这件事应该是有幕后的人在操纵，天后是否有参与，我不确定，背后的目的是什么，我也不敢妄下定论，所以我才将这些告知于你，你是咱们长安城最有名的办差官，一切答案只能靠你寻找了。"

虽然骆沉青早前就怀疑过武后，但碍于上官婉儿的身份而对其有所隐瞒，所以在此时他只是静静地听着，对此并没有再多言，而后转移了话锋，"那婉儿你对不良人组织怎么看？"骆沉青又问道。

"不良人？这个我确实不太了解，但是我在宫中无意中听到过，说这个组织很多年前就随着袁天罡和李淳风的去世解散了，虽然最近似乎又有出现，但我想会不会是一些江湖神棍打着不良人的名头兴风作浪呢？"上官婉儿这样分析道。

骆沉青也没有回答，只是沉默。

上官婉儿看出了他有心事，关心地问："怎么了？看你一副忧心忡忡的样子。"

"咱们分别后，我回了一趟大理寺，杜大人告知我同僚马六和刘能遇害了，而他们就是奉命去寻找不良人尸体的下落的。"骆沉青告诉了她事实。

"我对他们的尸体进行了查验，发现都是一击致命，伤口也与平常的刀伤有些不同。于是我和老裴就去了一趟马六的家，发现他家被打扫得极为干净，没有留下任何线索。我们又去了刘能岳父林锦明的家，吃了个闭门羹，晚上我们准备夜探林府，却意外地看到林锦明与另外一个熟人。"骆沉青说。

"熟人，是谁？"上官婉儿有些迫不及待。

"哥舒，那个东突厥的首领。"

"啊？他不是被金吾卫带去衙门了吗？为何会出现在林府？"上官婉儿更加不解。

骆沉青摇了摇头，说："我也不知道，本来想要继续打探，没想到他二人躲进了密室，我无法探听到更多的消息。"

"真是混账，我要去金吾卫找那个秦将军算账。他是怎么搞的，擅自释放皇上的钦犯，还一副大言不惭的样子，我看这个官他是不想做了。"上官婉儿有些动怒。

"别急，我还没说完，当我们准备离开的时候，又遭到了不明身份的黑衣人的袭击，经过一番恶战才打退他们，老裴也负了伤，不过这些人手段诡异，我们没能抓到活口。"骆沉青说。

听到这里，上官婉儿大骇，她急忙起身来到骆沉青身边，语调都有些颤抖，问道："那你呢？有没有受伤？"

骆沉青笑笑："你说呢，我这时候不是正在这里陪你喝茶吗，如果我受伤了怎么还能如此。"

上官婉儿松了一口气："没想到我们分开后居然又发生了这么多事，还好你没有受伤。下面我们该怎么做？"

"我今天收拾收拾家里，让仆人离开，准备搬去大慈恩寺暂住几天，查这桩案子我已经成了摆在明面上的靶子，如果继续留在家中恐怕会有麻烦。我跟净空方丈有些交情，他也建议我先去寺里暂住，那里僧人众多，相对比较安全。以后你要是寻我除了在大理寺就去大慈恩寺吧。"骆沉青把自己的计划告诉了上官婉儿。

听他这么一说，上官婉儿也觉得很有道理："也好，你一个人在家确实比较危险，净空大师也有些道行，应该是最好的选择。"她也认可了这个方案。

"既然昨天我在林府见到了哥舒，那说明他背后肯定有很强的势力给他撑腰，不然金吾卫那样的衙门岂能随意进出，我打算等下就前往金吾卫衙门，顺便看一下哈卡斯。你呢，要不要和我同行？"骆沉青看向上官婉儿问道。

"当然，我肯定是要和你一起去的！"上官婉儿很是坚定。

"那好，咱们收拾一下便出发吧，你在这里稍候片刻。"说完骆沉青起身回到寝室准备。其间，他唤来了老仆人，跟他说："最近我要出门办事，会有一阵不回来，你也很久没有回家省亲了，借此机会不妨就回家看看吧。"然后给老仆拿出了十两银子，约定好一个月后再相见。老仆刚开始想要拒绝，但在骆沉青的坚持下，只能收下银子答应尽早回来。

安顿好了一切，骆沉青向上官婉儿示意了一下，两人于是迈步出门，赶往金吾卫衙门。

第七十一章　如也

似乎是只要出宫，上官婉儿的心情就格外好。阳光温吞吞地洒下来，并不刺眼。上官婉儿好奇地边走边打量街边的小摊贩，每一样东西她都想尝尝，每一件百姓的衣服她都想穿穿。

一入侯门深似海，看来宫里虽然好，但还是老百姓的生活自由自在啊！骆沉青看着她开心的样子，心中暗想。其实他完全不知，正是因为身边有了他，上官婉儿才会格外开心。

两人就这样边看边走来到了金吾卫衙门，左右两侧的石狮子无时无刻不在显示着这里的威严，普通百姓都很少从这里经过，他们可不想和金吾卫沾染上什么关系。

两人刚迈步踏上石阶，门口执勤的士卒就喊了起来："站住，你们是什么人？"

骆沉青倒是不以为然，衙门口的士卒都是这样，而且金吾卫相当于拱卫长安城的卫戍部队，与大理寺这样查案和靖安司维持治安的衙门不完全属于一个系统，所以也并不算太熟悉。

他站定脚步，朗声说道："本官乃大理寺少卿骆沉青，今日特来此拜会秦将军，你们快去通禀。"

站岗的士卒显然被吓了一跳，心想：大理寺少卿怎么来了？他赶忙小跑过来，讪笑着问道："大人可有凭证？公事公办，还望海涵。"

骆沉青从腰间解下令牌，递了过去。

士卒接过令牌看了看，笑容又多了三分，说道："请大人稍等，我这就进去禀报。"说完一溜烟地跑进了府衙。

"这帮狗仗人势的东西。"上官婉儿挖苦道，"就是因为他们作威作福，百姓才无处申冤，他们不敢。"

正义之心还很强啊！骆沉青心想，也不答话。

不一会儿的工夫，士卒又是小跑着回来，高声说："骆大人，秦将军有请，请随小的来。"

"有劳。"两人肩并肩走向府衙。

金吾卫属于唐朝的禁卫军，禁卫军又分为"北衙"和"南衙"。北衙禁军由皇帝亲自统御，分为御林军（羽林军）、龙武军、神武军和神策军四军，由于办公机构设置在皇宫之北，名唤"北衙"。而南衙禁军由宰相府管辖，由于宰相们的办公地点在皇宫之南，故而得名"南衙"。南衙分设十六卫，其中左右千牛卫和左右金吾卫便属于其中的四卫。

穿过衙门的廊道，前方豁然开朗，一座气势恢宏的府衙坐落在庭院正中，远远就看见秦将军带着几位下属等在那里，见二人过来，朗声说道："骆大人，上官大人，是什么风把你们吹来了，未能远迎，还望恕罪。"

士卒一见自己的将军都迎候了，连忙告了个罪退下去了，骆沉青和上官婉儿也没有客气，迎上前去拱手施礼："见过秦将军。"

"本将如果没有猜错，两位一定是奔着哥舒和哈卡斯两个突厥人来的吧？"秦将军开门见山。

"正是，不知将军可否让我二人去看看他们？"习武之人都是如此直爽，没有什么拐弯抹角的烦琐礼节。

"好，那就一同前去吧。"秦将军说，随后他大手一挥，"这边请。"

众人簇拥着几人绕过主殿，向后面的牢房走去。

"不知二位想先见谁？"秦将军问道。

"先去瞧瞧哥舒吧。"骆沉青说。

"回大人，哥舒被关押在天字二号房。"一个狱卒模样的衙役说道。

"走，去瞧瞧。"

来到了天字号牢房，这里一般关押的都是比较有身份的犯人，特别优待能享有一间单间，比起阴暗潮湿的牢房好上了许多，但也是陈设简陋，谁真的愿意被囚禁在此呢？

"打开。"秦将军吩咐道。

手下听闻，赶忙示意狱卒将房门打开。

随着门锁和铁链的碰撞之声，牢门被缓缓打开，众人迈步进到了牢房内。

"犯人何在？"秦将军问道。

一个狱卒慌慌忙忙跑了进来，躬身施礼："秦将军，不知您问的是哪个犯人？"

"混账，就是关在这里的那个突厥人。"秦将军一脸不满。

"啊！"狱卒显然是吃了一惊，"他……他昨夜被人提走了呀。"

众人听闻，急忙向囚室内看去，里面果然是空空荡荡，哪有什么哥舒的影子！

"这……"秦将军一时无语，脸色变得很难看，"来人，这是怎么回事？让你们严加看管，结果人都给我看没了，你们是皮痒了是吧？"

狱卒慌慌张张有些结巴地说道："将……将军，是这样的，昨晚有一位公公带着天后的口谕来监狱提人，说是皇上要亲自审问，小的们不敢阻拦，所以就将人交给他了，这事还没有来得及向您汇报，您就来视察了。"

"什么？天后的口谕？"秦将军一脸茫然，"你们可看仔细了？"

"看仔细了，那位公公拿出了大内的凭证，小的们也核验过，确实无误。"狱卒赶忙回答。

秦将军再也说不出话来，许久后从口中憋出几个字："好吧，本将自会去宫中询问缘由。"然后一脸尴尬地看向骆沉青二人。

上官婉儿心头一乐：昨天看你来拿人的时候威风凛凛，一副公事公办的模样，你老小子也有吃瘪的时候，真是舒服！

"没关系，秦将军，那咱们就去看看哈卡斯吧。"骆沉青给他解围。

"好……"秦将军难掩尴尬，"两位这边请。"

哈卡斯被单独关在人字号房的第五间，还没走到近前，一个中年狱卒就飞奔了过来，大声说道："秦将军，大事不好了！"

秦将军又是一惊，哥舒的事已经让他很没面子，可别再出事了！但是怕什么来什么，只见狱卒禀报道："将军，哈卡斯不翼而飞了！"

秦将军的脑子"嗡"的一声，身体摇晃了一下，险些摔倒。下属们赶忙从身后将他扶住，不断劝道："将军保重身体，莫要着急，且听狱卒怎么说的。"

过了好一会儿，秦将军才觉得好了一些，他瞪着眼睛几乎要将牙齿咬碎，一字一句地说："快快禀报，到底是怎么回事！"

狱卒赶忙说道："昨夜是小人和戚风值夜，子时我们一起检查了所有人字号的牢房，一切正常。哈卡斯虽然没有入睡，但也在牢房内安安静静，并没有什么异样。我们问他有什么需要，他也只是摇了摇头没有说话，然后我们就继续巡视其他的牢房，没想到两个时辰后，我们再次来到人字号牢房的时候，第五号房间已经是空空如也，人就不见了。"

"混账，这么一个大活人，就这么在咱们金吾卫衙门里没了，你们都是干什么吃的！我三令五申严加看管，你们都把我的话当成放屁是吗？一群饭桶，废物！"秦将军的面子彻底挂不住了，他展现了雷霆之怒。

这样的变化骆沉青也没有想到，对方居然有把手伸到金吾卫的通天本领，哈卡斯不是普通人，他也是一身的武艺和武勇，能在神不知鬼不觉的情况下把他带走，对方的手段着实了得。

众下属都噤若寒蝉，看着将军发火，一个个都低下头不敢看他。

"你，过来，我来问你，发现哈卡斯失踪了为什么不第一时间示警？我不问你们就不说了是吗？"秦将军想要把火撒在这个狱卒的身上。

"回大人，小人发现他失踪后，第一时间就做了禀报。"狱卒唯唯诺诺，大气都不敢出。

"你都跟谁说了？"

"小人禀告了昨夜当值的赵乾赵将军。"狱卒回道。

"赵将军？他怎么说？"秦将军继续问。

"赵将军说他知道了，此事不可声张，待您今日来到衙门，他自会与您言说。"

"他真是这样说的？"秦将军问。

"是，小人所言没有半句虚假，我可不敢欺瞒您。"

"好吧，你先退下吧。"

"是。"狱卒转身离开。

"现在怎么办？"秦将军又是一脸尴尬。

"你说怎么办呢？两名钦犯可都是在金吾卫衙门出的事，你问我们怎么办？"上官婉儿一脸嘲讽之色。

秦将军此时也没有了昨日的威风，蔫头耷脑，说道："你们都给我退下，以后都好好给我做事，不能再出现半点纰漏，这件事本将军会亲自查清，到时候是谁的责任就由谁来负责。"说罢挥了挥手让众人散去。

"两位大人，不如一起去找赵乾赵将军问个究竟吧？"秦将军邀请道。

"还是不了，你们是同僚，我们是外人，不方便出面。我和上官大人还想在这里四处看看，寻找一些蛛丝马迹，您公务繁忙，将军不必相陪了。"骆沉青客气道。

"好吧，那就怠慢二位了，秦某确实有事要办，就不奉陪了，二位请自便。"说罢一拱手，转身气冲冲地直奔公堂而去。

骆沉青和上官婉儿相视一眼，眼中都充满了疑惑。虽然上官婉儿有些幸灾乐祸，但是她也不曾想到两个大活人居然就这么从戒备森严的金吾卫牢房中出去了，实在是不可思议。

没过多久，公堂那边就传来了秦将军的咆哮声，显然他这么急匆匆离去，就是找赵乾兴师问罪的，身为武夫果然是脾气火暴。

众金吾卫的官吏听到咆哮，都纷纷探出头来，四下张望，过了一会儿都摇了摇头，返回自己的工作岗位，显然是他们已经习惯了秦将军的做事风格，习以为常了。

骆沉青苦笑着摇了摇头，说道："咱们去查看一下牢房吧。"

上官婉儿点点头："真是粗鄙的武夫啊！"

第七十二章　传话

两人又一次来到了人字号牢房，在众狱卒的注视下，仔细检查了牢房的门窗和屋顶，一番查看后，上官婉儿问道："发现什么了吗？"

骆沉青摇了摇头："据我观察，牢房的门窗以及锁链都没有暴力破坏的痕迹，可以肯定的是哈卡斯一定不是被人用暴力手段劫持走的。"

"那你的意思是说，劫走他的人使用了一些特殊的手段？"上官婉儿有些好奇。

"是的，哈卡斯的身手咱们都是见过的，他孔武有力，武功底子不错，如果强行将他带走他必定会反抗，金吾卫的牢房戒备森严，一旦打斗起来不会没有人听见动静，所以我怀疑只有两种可能，一种是哈卡斯认识他们，自愿配合他们一起离开，另外一种可能就是这些人对他使用了特殊手法，让他丧失抵抗能力，然后再将他转移出去。"

上官婉儿点了点头表示认同，她又问道："那哈卡斯会被带去哪里呢？"

骆沉青说："这个尚不可知，长安城这么大，想要隐藏一个人实在是太容易了，我们如果只是埋头寻找，恐怕就像大海捞针，很难有什么结果。"

"那这条线索岂不是又断了？"上官婉儿有些焦急。

"目前看，确实是这样。我们得另外想想办法，具体怎么做，我现在心中也没有计划，咱们先回去吧。"说完他当先迈步向外走去。

"那就这么眼睁睁地看一个大活人消失吗？"上官婉儿着实有些意难平，但是也加快了脚步跟了上去。

两人出了金吾卫衙门，思绪纷乱。骆沉青又将昨夜在林府的遭遇在脑海中重温了一遍，既然现在哈卡斯不知所终，哥舒又意外地出现在了林府，看来想要有所突破还得从林府着手。等等，刚才在牢房的时候狱卒说发现哈卡斯失踪后禀报过值守的赵乾，哈卡斯可是陛下钦点的犯人，就这么失踪在衙门里，他不应该害怕吗？为何赵乾会如此淡定？这其中必有缘由。

于是他开口说道："婉儿，我有一事相求，不知道你能不能帮我这个忙？"

听到他主动开口叫自己婉儿，上官婉儿的心中别提有多高兴了，刚才的不愉快似乎也都被她抛到了九霄云外，她扑闪着两只大眼睛说："跟我就不用客气了，说吧，让我怎么做？"

"帮我去调查一下金吾卫这个赵乾将军的底子，我感觉他似乎有些问题。"骆沉青说。

"你是说……"上官婉儿先是愣了一下，转念一想似乎就明白了什么，"那就包在我身上吧，我这就跑一趟兵部和吏部，那里都有我的老熟人，想必查个人并不难，那我们明日未时在大慈恩寺见？"

"好，一言为定，那就烦劳婉儿你了。"

"你不用这么客气，明天见吧，记得事成之后请我吃糖葫芦。"上官婉儿脸上绽放一个灿烂的微笑，冲他挥了挥手，心情颇佳地转身离去。

见她的身影消失在街角，骆沉青正打算离去，突然他心生感应，似乎有人在一旁暗暗注视着他，他立刻提升自己的气机，因为金吾卫衙门门口的百姓并不多，所以他立刻辨别出了气息来自身后的东南方向，但是这份关注似乎并没有恶意。有人在监视我？他心中暗想，不过这些天经历了这么多事，被人关注也并不是什么奇怪的事情，为了不打草惊蛇，骆沉青装作很正常的样子，迈步向前走去。

转过一个弯后，他感觉身后的气息也随着他移动着，他继续不露声色往前走着，他倒要看看此人要跟到什么时候，又会有怎样的企图。

又向前走了十几步后，街上的人变得更加稀疏，骆沉青听到身后传来一声微弱的呼唤："骆大人，请留步。"

他停下脚步，转身向后看去，一个身穿粗布衣，约莫四十多岁、长相平平无奇的男人，迎着他的目光走上前来。

骆沉青没有先开口，只是静静等着对方，只见那中年男人边走边向身后张望，似乎怕被人发现一样，终于，他走到了骆沉青近前。

"你是何人，找我有什么事吗？"骆沉青并不认识他。

"骆大人自然是不认得我的，但是我可听说过大人不少事迹，您的大名在长安城可是无人不知无人不晓啊。"中年男子的声音略带沙哑。

"惭愧惭愧，全靠百姓们抬爱，不知阁下尊姓大名？"

"小人名叫戚风。"中年人回道。

"戚风。"骆沉青马上意识到，刚才在金吾卫衙门里那个狱卒曾经提起过这个名字，昨晚当值的就有这个戚风，"你就是金吾卫衙门昨夜当值的狱卒？"

"大人果然心细如发，就是小人。"

"你为何会在这里？"

"小人想将昨晚的事禀告给大人，因为受人所托。"说完，戚风又向四周观望了一下，谨慎地从怀中掏出一物，递了过来。

骆沉青顺手接过，仔细端详，这是一块布料，上面的纹饰与中原的有着明显不同，做工与中原相比略显粗糙。他再仔细瞧去，这布料的中间似有字迹，他举起布料向太阳照射的方向观看，猛然间他意识到这字迹应该是鲜血。他拿着布料在鼻尖闻了闻，果然一股淡淡的血腥味儿刺鼻，布料上只有两个扭曲的字迹：危，宫。

这是什么意思？骆沉青来不及细想，将布料收好，又问戚风："你与我说说昨晚发生的事吧。"

"回大人，昨晚小人像往常一样在衙门里当差，秦将军吩咐过要严加看管，所以我们不敢懈怠，时刻注意着突厥人的动静。那个突厥人表现得十分镇静，他不吵也不闹，也没有吃喝，就是静静地坐在那里，似乎在想着什么。我一看他挺听话的，也就放了心，没想到当我去巡监的时候，他却主动与我攀谈起来，问了我一些平常的问题，我一个人闲着无聊，也就陪他说了说话，等到子时左右我和同僚查看过监牢后，一切正常，我那个同僚说自己有些困乏，就想要回去休息一下，我看也没有什么重要的事，就让他先回去了，我自己一个人想要再待一会儿。那个突厥人看到我又主动与我说话，我就和他又聊了一会儿。正在此时，牢房的大门有了轻微的响动，那个突厥人的脸色霎时一变，用力撕扯下衣服的一角，咬破手指写下了这两个字，然后递给我，千叮咛万嘱咐让我一定要把它送到骆大人您的手中。"戚风一口气说完，似乎有些紧张，"然后我就突然失去了知觉，等我再醒来的时候牢房里竟是空无一人。"

骆沉青看着手中的血书，仔细推敲着戚风的话，脑中闪过了一个念头！

黑暗中，哈卡斯从昏迷中悠悠转醒，他此时觉得脑袋有些疼，视线也有些模糊，当他缓缓地看清周围的环境，发觉自己已经身处一个不知名的地方。这间屋子十分简陋，光秃秃的墙壁，屋内也没有任何陈设，而光线更是阴暗，这是一间连窗户都没有的密室，金吾卫狱卒们也都不知所终，这里究竟是什么地方？为什么我会来到这里？之前到底发生了什么？他心中有一连串的问号。

就在他思考的时候，忽听得房门一响，哈卡斯尽力抬眼看去，一扇门从不远处被打开，微弱的光从外照射进来，让他隐约间能分辨出几个人影，随后这几个身影从门外走入，来到了他的面前。为首的赫然是一位挂着拐杖的黑衣老者，他面无表情地凝视着哈卡斯，眼神中充满了不可名状的神色。

"原来是你！"

(全书完，欲知后事如何，敬请关注《天机长安2》)